Weltbild

Sandra Brown

Nur wer Liebe lebt

Roman

Aus dem Amerikanischen von
Tatjána Lénárt-Seidnitzer

Weltbild

Titel der nordamerikanischen Originalausgabe:
Led Astray

erschienen bei Silhouette Books, Toronto
Published by arrangement with
HARLEQUIN ENTERPRISES II B.V./S.àr.l.

Konzeption/Gestaltung: fredebold & partner gmbh, Köln
Umschlaggestaltung: Atelier Seidel – Verlagsgrafik, Teising
Titelabbildungen: plainpicture/Ableimages,
istockphoto/Ron, Patty Thomas Photography
Redaktion: Sarah Hielscher
Satz: Buch-Werkstatt GmbH, Bad Aibling
Druck und Bindearbeiten: CPI – Ebner & Spiegel, Ulm
Printed in Germany
ISBN 978-3-89941-998-6

Genehmigte Sonderausgabe 2011
für Verlagsgruppe Weltbild GmbH,
Steinerne Furt, 86167 Augsburg

Cora Verlag GmbH & Co. KG,
Valentinskamp 24, 20354 Hamburg

1. KAPITEL

Während des gesamten Dinners drehte sich das Tischgespräch nur um ein einziges Thema. Es war eine Art Festmahl, wie es gewöhnlich nur für Sonntage vorbehalten blieb, so als gäbe es Anlass zu feiern statt zu trauern.

Sarah hatte sich in der Zubereitung des Essens selbst übertroffen. Es gab Schmorbraten und sogar herrlich lockere Hefebrötchen, frisch aus dem Backofen, um damit den sämigen, würzigen Bratensaft aufzusaugen, und der Mandelpudding zum Nachtisch war sündhaft kalorienreich.

Doch Jenny fand keinen Geschmack an dem köstlichen Mahl, und sie brachte nur mit Mühe ein paar Bissen hinunter.

Beim Kaffee, den Sarah in die zarten Tassen mit dem gelben Schlüsselblümchenmuster schenkte, sprachen sie immer noch über die bevorstehende Reise von Hal nach Mittelamerika. Eine Reise von unbestimmter Dauer, die ihn praktisch zum Gesetzesbrecher werden lassen und vermutlich sein Leben gefährden würde.

Doch alle waren sehr angetan von dieser Reise, insbesondere Hal, dessen Wangen vor Aufregung glühten. „Es ist ein gewaltiges Unterfangen“, verkündete er stolz. „Doch ohne den Mut der armen

Seelen in Monterico wäre alles vergebens, was wir getan haben und tun werden. Ihnen gebührt die Ehre.“

Sarah berührte liebevoll die Wange ihres jüngeren Sohnes, während sie sich nach dem Einschenken des Kaffees wieder an ihren Platz setzte. „Aber du hast diese unterirdische Eisenbahnlinie initiiert, um ihnen zur Flucht zu verhelfen. Das finde ich wundervoll. Einfach wundervoll. Nur gib auf dich Acht, ja?“ Ihre Unterlippe zitterte. „Du wirst dich doch nicht in ernste Gefahr begeben, oder?“

Hal tätschelte ihre zarte Hand, die seinen Arm ängstlich umklammert hielt. „Mutter, ich habe dir doch schon tausendmal gesagt, dass die politischen Flüchtlinge an der Grenze von Monterico auf uns warten. Wir nehmen sie dort nur in Empfang, führen sie durch Mexiko und dann …“

„Und dann schmuggelt ihr sie illegal in die Vereinigten Staaten“, warf Bruce trocken ein.

Sarah warf ihm einen verärgerten Blick zu.

Bruce störte sich jedoch nicht daran. Er war an missbilligende Blicke von seiner Mutter gewöhnt. Er streckte die langen, jeansbekleideten Beine weit von sich und lümmelte sich in einer Art auf seinen Stuhl, die Sarah stets irritierte. Während seiner Kindheit hatte sie unaufhaltsam an seinen Tischmanieren herumgemäkelt, doch ihre Strafpredigten waren erfolglos geblieben.

Er legte einen gestiefelten Fuß über den anderen und schaute seinen Bruder eindringlich an. „Ich frage mich nur, ob du immer noch mit solchem Feuereifer bei der Sache bist, wenn der Grenzschutz dir einen Tritt in den Hintern gibt und dich in den Knast befördert."

„Wenn du dich nicht gewählter ausdrücken kannst, dann verlass bitte den Tisch", fauchte Reverend Bob Hendren.

„Entschuldige, Dad." Ungerührt nippte Bruce an seinem Kaffee.

„Wenn Hal ins Gefängnis kommt", fuhr der Pastor fort, „dann geschieht es um einer guten Sache willen, an die er glaubt."

„Das hast du damals nicht gesagt, als du für mich die Kaution gestellt hast", wandte Bruce ein.

„Du wurdest wegen Trunkenheit festgenommen."

Bruce grinste. „Ich halte es für eine gute Sache, sich gelegentlich zu betrinken. Ich glaube daran."

„Bruce, bitte." Sarah stieß einen langen, leidvollen Seufzer aus. „Versuche bitte, dich ausnahmsweise zu benehmen."

Jenny starrte hinab auf ihre Hände. Sie hasste diese Familienszenen. Bruce konnte sehr provozierend sein, doch sie hielt es für angebracht, dass er unverblümt die Risiken aufzeigte, die Hals Vorhaben beinhaltete. Außerdem wusste sie, dass sein Spott nur eine Reaktion auf das Verhalten seiner Eltern war, die Hal eindeutig bevorzugten.

Bruce gehorchte, indem er das Grinsen von seinem markanten Gesicht verschwinden ließ, aber er argumentierte weiterhin. „Dieser Liebesdienst … diese Mission scheint mir nur ein geeigneter Weg zu sein, um sich umbringen zu lassen. Warum riskiert er seinen Kopf in einer Bananenrepublik, in der sie zuerst schießen und dann Fragen stellen?"

„Du kannst die Motive deines Bruders natürlich nicht verstehen", meinte Bob mit einer wegwerfenden Handbewegung.

Bruce richtete sich auf, stützte die Arme auf den Tisch und beugte sich eindringlich vor. „Ich kann schon verstehen, dass er diese Leute befreien will, die auf der schwarzen Liste stehen. Ich halte nur den Weg nicht für richtig." Ungehalten strich er sich mit einer Hand über das dunkelblonde Haar. „Und wie sollen sie überleben, wenn sie erst einmal in Texas sind? Wovon werden sie leben? Was werden sie anfangen? Hast du an Arbeit gedacht, an Unterkünfte, Verpflegung, Medizin, Kleidung? Glaub nur nicht, dass jedermann sie mit offenen Armen willkommen heißen wird, nur weil sie aus einem kriegserschütterten

Land stammen. Man wird sie für Abschaum halten, wie alle anderen illegalen Einwanderer. Und sie auch so behandeln."

„All das legen wir in Gottes Hand", sagte Hal ein wenig unsicher. Seine Standfestigkeit geriet durch Bruce' Sachlichkeit stets ins Wanken. Immer, wenn er eine seiner Überzeugungen für unerschütterlich hielt, erschütterte Bruce sie mit seinen Argumenten in den Grundfesten wie ein Erdbeben. Manchmal glaubte er, dass das Schicksal Bruce dazu benutzte, um ihn zu prüfen. Oder war Bruce ein Werkzeug des Teufels, um ihn in Versuchung zu führen? Seine Eltern waren zweifellos von der zweiten Theorie überzeugt.

„Tja, dann hoffe ich nur, dass Gott mehr Verstand besitzt als du", meinte Bruce.

„Das reicht!", sagte Bob scharf.

Bruce stützte die Ellbogen auf den Tisch und führte seine Kaffeetasse an die Lippen. Er benutzte dabei nicht den zierlichen Henkel, sondern umfasste sie mit beiden Händen.

Irgendwie wirkte er fehl am Platze in der Pfarrhausküche mit der zarten Rüschengardine, dem blassgelben, karierten Linoleumboden und dem gläsernen Schrank, der zerbrechliches Geschirr enthielt, das gut behütet und nur an Feiertagen benutzt wurde.

Seine Anwesenheit ließ die behagliche Küche

überladen erscheinen. Und dabei war er gar nicht außergewöhnlich groß oder muskulös. Körperlich unterschieden Bruce und Hal sich kaum. Von weitem und von hinten waren sie sich sogar zum Verwechseln ähnlich.

Doch da hörte die Gemeinsamkeit auch schon auf. Vor allem in ihren Ansichten und Charakteren unterschieden sie sich wie Tag und Nacht.

Bruce besaß eine überwältigende Persönlichkeit, ein undefinierbares gewisses Etwas, eine Ausstrahlung, die jeden Raum kleiner erscheinen ließ, sobald er eintrat. Drinnen wirkte er wie ein übergroßer Junge, dem die Kleidung zu klein geworden war, der weites Land und unendlichen Himmel brauchte. Und er schien den Wind in den Haaren und Kleidern hineinzubringen.

Jenny war ihm nie nahe genug gekommen, um es herauszufinden, aber sie glaubte, dass seine Haut nach Sonnenschein riechen musste. Die Spuren langer Stunden in der Sonne zeigten sich auf seinem Gesicht, besonders um die bernsteinfarbenen Augen. Die feinen Fältchen ließen ihn älter aussehen, als er war. Doch er hatte seine zweiunddreißig Jahre auch bis zur Neige ausgekostet.

Und an diesem Abend – wie immer, wenn Bruce irgendwo zugegen war –, lag Uneinigkeit, wenn nicht sogar Streit in der Luft. Unfriede und Missvergnügen folgten ihm wie ein Schatten. Er war wie ein Raubtier, das durch den Dschungel zieht, die friedlichen Bewohner in Aufruhr versetzt und die Stille durchbricht, selbst wenn er es nicht darauf anlegte.

Sarah war sehr bekümmert, weil Bruce ihr köstliches Abschiedsessen für Hal verdarb, aber sie bemühte sich eisern, ihren aufsässigen Sohn zu ignorieren und den Frieden wieder herzustellen. „Bist du sicher, dass du all die Treffpunkte im Kopf hast?", fragte sie Hal.

Während er mindestens zum hundertsten Male seine Reiseroute aufsagte, begann Jenny, den Tisch abzuräumen. Als sie sich über seine Schulter beugte, um seinen Teller zu entfernen, nahm er ihre Hand, drückte sie und führte sie an die Lippen, ohne jedoch seinen eifrigen Monolog zu unterbrechen.

Sie verspürte den Drang, sich hinabzubeugen, sein blondes Haar zu küssen, seinen Kopf an ihre Brust zu betten und ihn zu bitten, nicht zu gehen. Doch natürlich tat sie es nicht. Ein solches Verhalten wäre ungeheuerlich, und jeder am Tisch hätte sie für verrückt gehalten.

Sie unterdrückte ihre Gefühle und trug das restliche Geschirr zum Spülstein. Niemand bot ihr Hilfe an. Niemand achtete auf sie. Seit sie im Pfarrhaus wohnte, war es ihre Aufgabe, den Abwasch zu erledigen.

Eine Viertelstunde später, als Jenny sich die Hände abtrocknete, drehte sich das Gespräch immer noch um dasselbe Thema. Sie schlüpfte zur Hintertür hinaus, stieg die Verandastufen hinunter, durchquerte den Garten und stützte die Arme auf den weißen Zaun.

Es war eine herrliche Nacht, beinahe windstill, wie es im Westen von Texas höchst selten vorkam. Nur ein Hauch von Staub lag in der Luft. Der riesige Vollmond sah aus wie ein leuchtender Aufkleber, den jemand an den samtenen Himmel geheftet hatte. Die Sterne wirkten groß und zum Greifen nahe.

Es war eine Nacht für Liebende, für innige Umarmungen, für törichtes, romantisches Geflüster. Es war keine Nacht für einen Abschied. Oder wenn Lebewohl gesagt werden musste, dann sollte es voller Leidenschaft und Bedauern geschehen, versüßt durch Koseworte statt geprägt von den Einzelheiten einer Reiseroute. Jenny fühlte sich rastlos.

Die Hintertür quietschte in den Angeln und schloss sich dann mit dem sanften, weichen Knall von altem Holz auf altem Holz. Jenny drehte sich um und sah Bruce die Stufen hinunterschlendern. Sie wandte sich wieder ab, als er zu ihr trat und sich neben sie an den Zaun stellte.

Ohne zu sprechen, angelte er eine Zigarettenschachtel aus seiner Brusttasche, schüttelte sie, schloss die Lippen um einen Stängel und zog ihn aus der Packung. Ein Feuerzeug flammte kurz vor seinem Gesicht auf. Er steckte es zusammen mit der Schachtel zurück in die Hemdtasche, während er den Rauch tief in die Lungen einsog.

„Diese Dinger sind Sargnägel“, bemerkte Jenny und starrte weiterhin geradeaus.

Einen Augenblick lang betrachtete er sie schweigend. Dann drehte er sich um und lehnte sich mit dem Rücken an den Zaun. „Ich bin noch nicht tot, und ich habe zu rauchen angefangen, als ich etwa elf war.“

Sie blickte zu ihm auf, lächelte, schüttelte aber den Kopf. „Welche Schande! Denk doch nur einmal, was du deinen Lungen angetan hast. Du solltest aufhören.“

„Ach ja?“, entgegnete er mit diesem schiefen, lässigen Grinsen, das die Herzen aller Frauen höher schlagen ließ – ob jung oder alt, ob ledig oder verheiratet. Es gab nicht ein einziges weibliches Wesen in La Bota, auf das Bruce Hendrens Lächeln die Wirkung verfehlte.

„Ja, du solltest aufhören. Aber du wirst es ja doch nicht tun. Ich weiß, dass Sarah dich schon seit Jahren darum bittet.“

„Aber nur, weil sie sich an schmutzigen Aschenbechern und dem Geruch von Zigarettenrauch stört. Sie hat mich nie gebeten aufzuhören, weil sie sich um meine Gesundheit sorgt.“ Ein Anflug von Bitterkeit lag in seinen Augen, den ein weniger empfindsamer Mensch als Jenny nicht bemerkt hätte.

„Nun, ich sorge mich um deine Gesundheit.“

„Wirklich?“

„Ja.“

„Bittest du mich aus diesem Grund, das Rauchen einzustellen?“

Sie wusste, dass er sie nur neckte, doch sie ging darauf ein. Sie reckte das Kinn ein wenig vor und erwiderte nachdrücklich: „Ja.“

Er warf die Zigarette auf die Erde und drückte sie mit einer Stiefelspitze aus. „Da. Es ist vollbracht. Ich habe aufgehört.“

Jenny lachte. Sie wusste nicht, wie auffallend hübsch sie war, wenn sie den Kopf zurückwarf und lachte. Ihr Hals bog sich graziös, hob ihre honigfarbene Haut hervor. Ihr weiches, rotbraunes Haar schwang locker und seidig um ihre Schultern. Ihre grünen Augen funkelten. Ihre freche Nase rümpfte sich schelmisch. Sie hatte ein rauchiges Lachen, das eindeutig verführerisch wirkte, ohne dass sie sich dessen bewusst war.

Doch Bruce spürte es. Sein Körper reagierte auf den temperamentvollen Klang, und er konnte sich nicht dagegen wehren. Sein Blick fiel auf ihre blütenzarten Lippen und glänzenden Zähne. „Das ist das erste Mal, dass ich dich heute Abend lachen sehe."

Sie wurde sofort ernst. „Mir ist auch nicht nach Lachen zumute."

„Weil Hal abreist?"

„Natürlich."

„Weil ihr die Hochzeit wieder verschieben musstet?"

Jenny senkte den Kopf und kratzte mit dem Daumennagel über den Zaunpfahl. „Das auch, obwohl das nicht so wichtig ist."

„Warum nicht, zum Teufel?", entgegnete Bruce schroff. „Ich dachte, die Hochzeit sei der wichtigste Tag im Leben einer Frau. Zumindest einer Frau wie dir."

„Das ist es auch, aber verglichen mit der Mission, zu der Hal auf bricht …"

Er stieß einen obszönen Fluch aus, der sie verstummen ließ. „Und was ist mit den anderen Malen?", hakte er brüsk nach.

„Du meinst die anderen Aufschübe?"

„Ja."

„Hal musste seinen Doktor machen. Es war wichtig für ihn, seine Dissertation zu beenden, bevor wir heiraten und … und eine Familie gründen."

Wie immer brachte Bruce sie dazu, wie ein

Dummkopf zu stammeln. Sie verspürte den Drang, ein Stück zurückzuweichen, doch so nahe stand er gar nicht neben ihr. Es schien nur so. Er übte immer diese Wirkung auf sie aus. Er raubte ihr den Atem, erweckte in ihr das Bedürfnis, die Hände fest miteinander zu verschlingen, so als würde sie dahinschmelzen, wenn sie es nicht täte. Er wühlte sie auf. Sie hatte nie den Grund dafür herausgefunden, aber es war so. Besonders an diesem Abend, als ihre Nerven bereits gespannt waren und ihre sorgsam gehütete Beherrschung ins Wanken zu geraten drohte, fiel es ihr schwer, seinem eindringlichen Blick zu begegnen. Er sah zu viel.

„Wann habt ihr eigentlich angefangen, miteinander zu gehen?“, fragte Bruce unvermittelt.

„Miteinander gehen?“ Ihr Ton deutete an, dass dieser Ausdruck nicht zu ihrem Wortschatz gehörte.

„Ja, du weißt schon, zusammen ausgehen, Händchen halten, schmusen im Kino. Eben miteinander gehen. Es muss passiert sein, während ich an der Uni war, denn ich kann mich nicht daran erinnern.“

„Na ja, wir haben eigentlich nie angefangen, miteinander zu gehen. Es hat sich einfach so ergeben, könnte man sagen. Wir waren ständig zusammen. Wir wurden als Paar angesehen.“

„Jenny Fletcher“, sagte Bruce, kreuzte die Arme vor der Brust und starrte sie ungläubig an. „Willst du damit etwa sagen, dass du nie eine Verabredung mit einem anderen Burschen hattest?“

„Nicht, weil ich nicht darum gebeten wurde“, verteidigte sie sich.

Er warf resignierend die Hände hoch. „Mensch, Mädchen! Das wollte ich auch nicht andeuten. Du hättest sämtliche jungen Böcke in der Stadt dazu bringen können, nach dir zu lechzen.“

„Ich wollte aber nicht, dass sie nach mir lechzen. Das klingt sehr unwürdig.“

Bruce konnte nicht widerstehen, mit dem Handrücken über ihre Wange zu streichen, als sie äußerst reizvoll errötete. Sie wandte den Kopf ab, und er ließ die Hand sinken. „Ich glaube, ein Mann könnte durchaus deinetwegen seine Würde verlieren, Jenny“, murmelte er tiefsinnig. Dann fuhr er in unbeschwertem Ton fort: „Aber du bist mit keinem anderen Jungen ausgegangen, weil du es als Untreue gegenüber Hal empfunden hättest.“

„Das stimmt.“

„Selbst als ihr noch auf der Uni wart?“

„Ja.“

„Hm.“ Automatisch holte er die Zigarettenschachtel hervor. Dann erinnerte er sich und steckte sie zurück in die Tasche. „Wann hat Hal denn um deine Hand angehalten?“

„Vor ein paar Jahren. Ich glaube, wir waren im letzten Semester.“

„Du glaubst? Du kannst dich nicht erinnern, wann das war? Wie kannst du einen so weltbewegenden Augenblick vergessen?“

„Mach dich nicht über mich lustig, Bruce.“

„Hat die Welt sich etwa nicht bewegt?“

„Es ist nicht wie im Kino.“

„Dann hast du die falschen Filme gesehen.“

„Ich weiß, welche Filme du dir ansiehst“, sagte Jenny mit vorwurfsvollem Blick. „Die Art, die Sammy Mac Higgins nach der Polizeistunde im Hinterzimmer seiner Spielhalle zeigt.“

Bruce bemühte sich, trotz ihres hochmütigen Tones eine ernste Miene beizubehalten, gab dann den Versuch auf und ließ das blendende Lächeln auf seinem Gesicht erscheinen. „Ladys sind willkommen. Willst du mich nicht irgendwann einmal begleiten?“

„Nein!“

„Warum nicht?“

„Solche Filme würde ich mir nie im Leben ansehen. Sie sind abstoßend.“

Er beugte sich zu ihr vor. „Woher willst du das wissen, wenn du noch nie einen gesehen hast?“ Sie stieß mit einer Hand an seine Schulter, und er wich zurück, aber nicht ohne vorher ihren frischen, blumigen Duft einzuatmen. Sein Lächeln schwand, und er forschte ernst in ihrem Gesicht. „Jenny, wann hat Hal dich gebeten, ihn zu heiraten?"

„Ich habe dir doch gesagt, es …"

„Wo wart ihr? Beschreibe die Umgebung. Was ist passiert? Hat er sich vor dir niedergekniet? War es auf dem Rücksitz seines Wagens? War es am Tage? Bei Nacht? Im Bett? Wann?"

„Hör auf! Ich habe doch gesagt, dass ich mich nicht erinnere."

„Hat er es überhaupt getan?" Seine Stimme klang so leise, dass sie aufhorchte.

„Wie meinst du das?"

„Hat er je die Worte laut ausgesprochen? ‚Jenny, willst du mich heiraten?' Hat er das je gefragt?"

Sie senkte den Blick. „Wir wussten schon immer, dass wir einmal heiraten würden."

„Wer wusste es schon immer? Du? Hal? Mom und Dad?"

„Ja. Alle." Sie drehte ihm den Rücken zu und setzte sich in Bewegung. „Ich muss ins Haus und …"

Seine warme, harte Hand schloss sich um ihr Handgelenk und brachte sie zum Stehen. „Sag Hal, dass er nicht auf diese törichte Reise gehen soll."

Sie wirbelte herum. „Wie bitte?"

„Du hast es gehört. Sag ihm, dass er zu Hause bleiben soll, bei uns, wo er hingehört."

„Das kann ich nicht."

„Du bist die Einzige, auf die er vielleicht hört. Du willst doch nicht, dass er geht, oder? Oder?", wiederholte er mit mehr Nachdruck, als sie nicht antwortete.

„Nein!", rief Jenny und entriss ihm ihr Handgelenk. „Aber ich kann mich nicht zwischen Hal und eine Mission stellen, zu der er sich aus religiösen Gründen berufen fühlt."

„Liebt er dich?"

„Ja."

„Und du liebst ihn?"

„Ja."

„Und du willst ihn heiraten und ein Haus und Kinder und all das haben, ja?"

„Das ist meine Sache. Und die von Hal."

„Verdammt, ich will mich nicht in dein Privatleben einmischen. Ich versuche meinen kleinen Bruder davon abzuhalten, sich erschießen zu lassen. Ob es nun irgendjemandem gefällt oder nicht, ich bin immer noch ein Mitglied dieser Familie, und du wirst mir antworten."

Sie schreckte vor seinem Zorn zurück, doch sie fühlte sich auch beschämt, weil sie ihn aus Familienangelegenheiten ausschloss, wie seine Eltern es so oft taten. Im Grunde genommen war sie die Außenstehende, nicht er. Sie begegnete seinem Blick. „Natürlich will ich das, Bruce. Ich warte bereits seit Jahren darauf, ihn zu heiraten."

„Also gut", sagte er ruhiger, „dann sprich ein Machtwort. Stell ihm ein Ultimatum. Sag ihm, dass du nicht mehr hier sein wirst, wenn er zurückkommt. Lass ihn wissen, wie du dazu stehst."

Sie schüttelte den Kopf. „Er fühlt sich von einer höheren Macht gelenkt."

„Dann führe du ihn von diesem vermeintlich rechten Weg ab, Jenny. Ich denke genauso an Hal wie an dich. Herrje, wenn Präsidenten und Diplomaten und Söldner und der Himmel weiß wer dieses Chaos in Mittelamerika nicht beseitigen können, wie zum Teufel will Hal es dann anstellen? Er lässt sich da auf etwas ein, von dem er keine Ahnung hat."

„Der Himmel wird ihn beschützen."

„Du plapperst nur nach, was du von ihm gehört hast. Ich kenne die Bibel auch, Jenny. Sie ist mir eingebläut worden. Ich habe sogar eine Zeit lang die hebräischen Generäle studiert. Ja, sie haben ein paar wundervolle Schlachten gewonnen, aber Hal hat keine Armee hinter sich. Er hat nicht einmal die Unterstützung der U.S.-Regierung. Wir haben alle ein Gehirn, um vernünftig zu denken, und was Hal vorhat, ist unvernünftig."

Insgeheim stimmte Jenny ihm uneingeschränkt

zu. Aber Bruce verstand es meisterhaft, Worte und Wahrheiten zu verdrehen, wie es ihm in den Kram passte. Sich seiner Denkweise anzuschließen, hieße sich dem Teufel auszuliefern. Außerdem musste ihre Loyalität Hal und der Mission gehören, der er sich verschrieben hatte. „Gute Nacht, Bruce."

„Wie lange lebst du jetzt schon bei uns, Jenny?"

Sie blieb erneut stehen. „Seit ich vierzehn war. Fast zwölf Jahre."

Die Hendrens hatten sie aufgenommen, als ihre Eltern ums Leben gekommen waren. Eines Tages, während des Schulunterrichts, war ein Gasofen in ihrem Haus explodiert, und es war bis auf die Grundmauern abgebrannt. Später erinnerte sie sich, dass sie in der Algebrastunde die Sirenen der Feuerwehr und des Krankenwagens gehört hatte. Damals hatte sie nicht gewusst, dass es für ihre Eltern und für ihre kleine Schwester, die wegen Halsschmerzen zu Hause geblieben war, bereits zu spät gewesen war. Ihr Daddy war in der Mittagspause nach Hause gefahren, um nach der kranken Tochter zu sehen.

Jenny war ganz allein auf der Welt zurückgeblieben und hatte nichts besessen außer den Kleidern, die sie an jenem Tag in der Schule getragen hatte. Die Fletchers waren mit ihrem Pastor und dessen Frau, Bob und Sarah Hendren, befreundet gewesen. Da Jenny keine lebenden Verwandten hatte, war nicht weiter über ihre Zukunft diskutiert worden.

„Ich erinnere mich, dass ich in den Herbstferien vom College nach Hause gekommen bin und dich hier vorgefunden habe“, sagte Bruce. „Mom hatte ihr Nähzimmer in ein Schlafzimmer verwandelt, das einer Prinzessin würdig wäre. Sie hatte endlich die Tochter, die sie immer wollte. Mir wurde aufgetragen, dich wie eine von uns zu behandeln.“

„Deine Eltern waren sehr gut zu mir“, gab Jenny leise zu.

„Hast du dich deswegen nie gegen sie aufgelehnt?“

Seine Frage empörte sie, und sie zeigte es. „Ich weiß überhaupt nicht, wovon du sprichst!“

„Oh doch, das weißt du. Es ist zwölf Jahre her, seit du eine eigene Entscheidung getroffen hast. Fürchtest du, dass sie dich rauswerfen, wenn du ihnen widersprichst?“

„Das ist doch albern“, rief Jenny verblüfft.

„Nein, es ist nicht albern, es ist traurig.“ Bruce reckte sein hartes, eckiges Kinn vor. „Sie haben entschieden, wer deine Freunde sein dürfen und wer nicht, welche Kleider du trägst, welche Universität du besucht hast, sogar wen du heiraten wirst. Und jetzt sieht es ganz so aus, als würden sie entscheiden, wann die Hochzeit stattfindet. Wirst du sie auch deine Kinder planen lassen?“

„Hör auf, Bruce. Nichts davon ist wahr, und ich weigere mich, mir das länger anzuhören. Hast du etwa zu viel getrunken?“

„Leider nein. Aber ich wünschte, ich hätte es getan.“ Er trat zu ihr und ergriff ihren Arm. „Jenny, wach auf. Sie erdrücken dich. Du bist eine Frau, eine verdammt gut aussehende Frau. Was wäre schon, wenn du etwas tätest, das ihnen missfällt? Du bist keine vierzehn mehr. Sie können dich nicht bestrafen. Und wenn sie dich raus werfen – was sie niemals tun würden –, na und? Du kannst woanders hingehen.“

„Eine unabhängige Frau sein, meinst du?“

„Ja, das trifft wohl den Kern.“

„Du meinst, ich sollte mich in der Stadt herumtreiben, so wie du es tust?“

„Nein. Aber ich halte es auch nicht für gesund, dass du neunzig Prozent deiner Freizeit mit Bibelstunden verbringst.“

„Mir gefällt die Kirchenarbeit.“

„Unter Ausschluss von allem anderen?“ Aufgeregt strich er sich mit den Fingern durch das Haar. „All die Arbeit, die du für die Kirche leistest, ist bewundernswert. Ich will deinen Verdienst nicht schmälern. Aber ich mag nicht mit ansehen, dass du vorzeitig verschrumpelst wie eine alte Jungfer.

Du vergeudest dein Leben."

„Das stimmt doch überhaupt nicht. Ich werde ein Leben mit Hal führen."

„Nicht, wenn er nach Mittelamerika geht und sich umbringen lässt!" Er sah, dass sie erblasste, und fügte in sanftem Ton hinzu: „Es tut mir leid. Ich wollte mich nicht in all das einmischen."

„Eigentlich geht es dir um Hal, stimmt's?"

„Ja." Er ergriff ihre Hände. „Rede mit ihm."

„Ich kann ihn nicht umstimmen."

„Er muss auf dich hören. Du bist die Frau, die er heiraten will."

„Setz nicht zu viel Vertrauen in mich."

„Ich werde dich nicht für seine Entscheidung verantwortlich machen, wenn du das meinst. Versprich mir nur, dass du versuchen wirst, ihn von seinem Vorhaben abzubringen."

Jenny blickte zur Küche. Durch das Fenster sah sie, dass Hal immer noch mit seinen Eltern am Tisch saß, ins Gespräch vertieft. „Gut, ich verspreche es dir. Ich werde es versuchen."

„Gut." Bruce drückte ihre Hände und ließ sie dann los.

„Sarah hat gesagt, dass du über Nacht bleibst." Sie verschwieg ihm, dass sie selbst sein Zimmer für ihn vorbereitet hatte, dass sie es gelüftet und das Bett frisch bezogen hatte. Sie wollte ihn in dem Glauben lassen, dass seine Mutter sich die

Mühe gemacht hatte.

„Ja. Ich habe ihr versprochen, zu dem großen Abschied morgen früh hier zu sein. Ich hoffe, dass es nie dazu kommt."

„Na ja, jedenfalls gefällt es Sarah, wenn du hin und wieder hier zu Hause schläfst."

Er lächelte wehmütig und berührte sanft ihre Wange. „Ach, Jenny, du bist ja so diplomatisch. Meine Mutter hat mich eingeladen und mir gleichzeitig aufgetragen, all die Trophäen vom Fußball und Basketball aus meinem Zimmer zu entfernen, während ich hier bin. Sie ist es leid, das Zeug abzustauben."

Mitgefühl stieg in Jenny auf. Sie schluckte schwer. Erst vor ein paar Wochen hatten Sarah und sie die Sporttrophäen von Hal sorgfältig in saubere Tücher gewickelt und in Kartons auf dem Dachboden verstaut. Schon seit zwölf Jahren wusste sie, wer der Lieblingssohn war. Doch Bruce hatte selbst schuld. Er hatte eine Lebensweise gewählt, die seine Eltern nicht gutheißen konnte.

„Gute Nacht", sagte sie und wandte sich widerstrebend ab. Plötzlich wünschte sie, ihn in die Arme nehmen zu können. Er sah oft so aus, als ob er es brauchte, umarmt zu werden … eine lächerliche Vorstellung in Anbetracht seines Rufes als größter Sexprotz der Stadt. Doch reichte jene Art von Liebe? Wahrscheinlich nicht einmal für einen Draufgänger wie Bruce.

Aufmerksam lauschte Hal den Ausführungen seines Vaters über eine umfangreiche Spendenaktion, die zur Unterstützung der Flüchtlinge initiiert werden sollte. Er blickte auf, als Jenny die Küche betrat, und bedeutete ihr durch eine Kopfbewegung, sich ihm zu nähern.

Sie trat hinter seinen Stuhl, legte die Hände auf seine Schultern und stützte das Kinn auf seinen Kopf.

„Müde?“, fragte Hal, als Bob verstummte. Die Hendrens blickten die beiden stolz und strahlend an.

„Ein bisschen.“

„Dann geh doch ins Bett. Du musst morgen früh aufstehen, um mir nachzuwinken.“

Sie seufzte und legte die Stirn auf seinen Kopf, damit seine Eltern ihre Verzweiflung nicht sahen. „Ich kann ja doch nicht schlafen.“

„Nimm doch eine von den Schlaftabletten, die mir der Arzt verschrieben hat“, schlug Sarah vor. „Sie sind mild, und eine kann nicht schaden. Mich entspannen sie immer so sehr, dass ich gut einschlafen kann.“

„Komm.“ Hal schob seinen Stuhl zurück. „Ich bringe dich hinauf.“

„Du hast uns noch nicht den Namen der Kontaktperson in Mexiko gegeben, mein Sohn", erinnerte Bob ihn.

„Ich gehe noch nicht schlafen, Vater. Ich komme gleich wieder."

Gemeinsam stiegen Jenny und Hal die Treppe hinauf. Vor dem Schlafzimmer seiner Eltern blieb er stehen. „Willst du nun eine Schlaftablette?"

„Ja. Ich weiß, dass ich sonst die ganze Nacht wach liegen werde."

Er ließ sie allein und kam einen Moment später mit zwei rosa Pillen in der Hand zurück. „Auf der Flasche steht eine oder zwei. Ich glaube, du solltest zwei nehmen."

Sie betraten ihr Zimmer, und Jenny knipste die Nachttischlampe an. Bruce hatte recht. Der Raum war wie für eine Prinzessin hergerichtet worden. Leider hatte Jenny kein Mitspracherecht, was die Dekoration anging. Selbst vor ein paar Jahren hatte Sarah nach eigenem Gutdünken die Gardinen erneuert.

Der Raum war zu mädchenhaft und verspielt für Jennys Geschmack. Sie hoffte nur, dass es ihr gestattet wurde, nach der Hochzeit mit Hal das Schlafzimmer einzurichten. Ein eigenes Haus stand außer Frage, denn es verstand sich von selbst, dass Hal das Pfarramt übernehmen würde, wenn Bob sich einmal zur Ruhe setzte.

„Nimm deine Pillen und zieh dir den Schlafanzug an. Ich warte und decke dich dann zu", sagte Hal.

Jenny ging ins Badezimmer und schluckte gehorsam beide Tabletten. Doch sie zog keinen Schlafanzug an. Sie schlüpfte in ein Negligee, das sie für eine besondere Gelegenheit wie diese gekauft und aufbewahrt hatte.

Sie musterte sich im Spiegel und beschloss, zur Tat zu schreiten, wie Bruce ihr nahe gelegt hatte. Sie wollte nicht, dass Hal ging. Es war eine gefährliche, törichte Mission. Sie hatte das Gefühl, dass sich ihr gesamtes Leben unwiderruflich ändern würde, wenn sie ihn nicht davon abhielt.

Das silbergraue Nachtgewand fühlte sich sündhaft aufreizend und sinnlich auf ihrer nackten Haut an. Sie strich mit ihren Händen über den seidigen Stoff. Hauchzarte Träger hielten das Oberteil mit dem tiefen Ausschnitt, das die Innenseite ihrer Brüste enthüllte. Hauteng umschmiegte es ihren Körper, sodass keine Rundung ihrer Gestalt verborgen blieb. Erst unterhalb der Hüften war es leicht ausgestellt, und der bogenförmige Saum reichte bis an die Knöchel.

Sie besprühte sich mit einem leichten, blumigen Parfüm ein und bürstete sich das Haar. Dann schloss sie einen Moment lang die Augen und nahm all ihren Mut zusammen, bevor sie das

Licht löschte und dann die Tür öffnete.

„Jenny, vergiss nicht …“ Hal vergaß, was immer er hatte sagen wollen, sobald er sie erblickte. „Was hast du … Woher hast du das … ehm … das Ding?“, stammelte er.

„Ich habe es für eine besondere Gelegenheit aufgehoben.“ Mit sinnlichen Bewegungen trat sie zu ihm. Sie legte die Hände auf seine Brust. „Jetzt ist sie wohl gekommen.“

Er lachte verlegen, legte sehr locker die Arme um ihre Taille. „Vielleicht hättest du es bis nach der Hochzeit aufheben sollen.“

„Und wann wird das sein?“ Sie beugte sich zu ihm hinunter und presste die Lippen auf den Ausschnitt seines Baumwollhemdes, das er zu einer Jeans trug. Hal räusperte sich und strich ihr über die Wange.

„Sobald ich zurückkomme.“

„Das hast du schon einmal versprochen.“

„Und du warst immer sehr verständnisvoll. Diesmal werde ich mein Versprechen halten. Wenn ich zurückkomme …“

„Aber das kann Monate dauern.“

„Möglich. Es tut mir leid.“

„Ich will nicht so lange warten, Hal.“

„Wie meinst du das?“

Jenny schmiegte sich dichter an ihn. „Liebe mich jetzt.“

„Das tue ich."

„Ich meine … halt mich fest. Leg dich zu mir. Schlaf mit mir."

„Jenny, warum tust du das?", stöhnte er.

„Weil ich verzweifelt bin."

„Doch längst nicht so verzweifelt, wie du mich machst."

„Ich will nicht, dass du gehst."

„Ich muss."

„Bitte bleib. Heirate mich", flüsterte sie an seiner Kehle.

„Das werde ich, wenn alles vorüber ist."

„Ich brauche einen Beweis deiner Liebe. Schlafe heute Nacht mit mir."

„Ich kann nicht. Es wäre unrecht."

„Willst du mich denn nicht?"

Unwillkürlich presste Hal die Lippen auf ihren Hals. „Doch. Manchmal träume ich davon, wie es sein wird, mit dir im Bett zu liegen und … Doch, ich begehre dich, Jenny." Er küsste sie und ließ eine Hand zu ihrer Hüfte hinabgleiten.

Sie schmiegte sich noch dichter an ihn, rieb ihren Schenkel an seinem. „Bitte, liebe mich, Hal. Ich brauche dich heute Nacht." Sie bedeckte sein Gesicht und seinen Hals mit raschen, feurigen Küssen.

Hal umfasste ihre Oberarme und schob sie von sich. „Jenny, sei vernünftig. Wir dürfen es nicht tun. Es wäre ein Verstoß gegen unsere Prinzipien. Ich breche morgen zu einer wichtigen Mission auf, und ich darf mich nicht von dir ablenken lassen, so begehrenswert du auch bist.“ Er beugte sich hinab und gab ihr einen züchtigen Kuss auf die Wange. „Außerdem sind meine Eltern unten. Jetzt sei ein braves Mädchen und geh schlafen.“

Jenny schluckte schwer, ließ sich zum Bett führen und kletterte gehorsam hinein.

Er deckte sie zu und vermied es dabei entschlossen, ihre Brüste anzusehen. „Bis morgen früh.“ Er küsste sie sanft auf den Mund. „Ich liebe dich wirklich, Jenny. Deswegen tue ich nicht, worum du mich bittest.“ Er knipste das Licht aus, ging zur Tür und schloss sie hinter sich.

2. *KAPITEL*

Der Raum lag im Dunkeln. Jenny drehte sich auf die Seite. Heiße Tränen rannen über ihre Wangen und auf das Kopfkissen. Nie zuvor hatte sie sich so verlassen gefühlt, nicht einmal, als sie ihre Eltern verloren hatte. Sie war allein, mehr als je zuvor in ihrem Leben.

Sogar ihr Schlafzimmer erschien ihr fremd. Doch das lag vielleicht an der Wirkung der Schlaftabletten, die ihre Sinne betäubten. Sie versuchte das Dunkel zu durchdringen und die Umrisse der Möbel zu erkennen, doch alles verschwamm vor ihren Augen. Sie fühlte sich, als würde sie schweben. Sie war sehr schläfrig, doch ein neuer Tränenstrom hielt sie wach.

Hal behauptete, sie zu lieben, doch er hatte sie einfach abgewiesen. Wie demütigend! Selbst wenn er große moralische Bedenken haben sollte, so hätte er sich zu ihr legen, sie umarmen und ihr einen Beweis seines angeblichen Verlangens geben können, damit ihr eine Erinnerung blieb, an die sie sich während seiner Abwesenheit klammern konnte.

Doch er hatte sie vollkommen zurückgewiesen. Wie unbedeutend musste sie für ihn sein. Er hatte Wichtigeres zu tun, als sie zu lieben und zu trösten.

Die Tür öffnete sich. Jenny drehte sich um und blickte mit tränenverschleierten Augen zum Lichtschein, der vom Flur ins Zimmer fiel. Eine Sekunde lang zeichnete sich die Silhouette eines Mannes ab. Dann betrat er den Raum und schloss die Tür hinter sich.

Jenny setzte sich auf und streckte ihm die Arme entgegen. Ihr Herz schlug höher vor Freude. „Hal!“, rief sie glücklich.

Er trat ans Bett und sank auf die Kante. Seine Gestalt verschmolz beinahe völlig mit den dunklen Schatten im Raum.

„Du bist zurückgekommen“, murmelte sie verwundert. Sie ergriff seine Hände und führte sie an die Lippen. „Ich habe mich so unglücklich gefühlt. Ich dachte, mir bricht das Herz. Ich brauche dich heute Nacht. Halte mich.“ Ihre Worte gingen in Seufzer über, und er zog sie in die Arme. „Ja, halte mich ganz fest.“

„Jenny.“

Die plötzlich Bewegung des Aufsetzens, die wenigen Worte, die sie gesprochen hatte, wirkten erschöpfend in ihrem halb betäubten Zustand. Benommen lehnte sie die Wange an seine Handfläche.

„Jenny“, murmelte er erneut. Er strich mit dem Daumen über ihre Wangen und wischte die Tränen fort.

Als ihre Tränen versiegt waren, verbarg sie das Gesicht in seiner Halsbeuge. Er senkte den Kopf über ihren. Sein Gesicht fühlte sich rau an ihrer Schläfe an. Sie hob eine Hand und strich über die Stoppeln an seinem Kinn, und dabei streifte sie mit den Fingerspitzen seine Lippen.

Sie hörte ihn leise aufstöhnen. Das Geräusch schien aus weiter Ferne zu kommen, doch sie spürte, wie sein Körper sich versteifte. Er bog ihren Kopf zurück und senkte seinen Mund auf ihren. Besitz ergreifend zog er sie an seine Brust. Sie hörte auf zu denken und gab sich ganz ihren sinnlichen Instinkten hin.

Er öffnete ihre Lippen. Sein Zögern war kurz. Ein Herzschlag verging, oder vielleicht zwei, und dann ließ er seine Zunge in die süßen, geheimnisvollen Tiefen ihres Mundes vordringen.

Jenny wimmerte und klammerte sich benommen an ihn. Sie wusste nicht, ob es die Wirkung seines Kusses oder die der Schlaftabletten war, die all ihre Sinne so wundervoll betörte. Der Kuss hielt an, wurde mit jeder Sekunde, mit jedem hämmernden Pulsschlag leidenschaftlicher, bis sie glaubte, ihr Herz würde zerspringen.

War die Bettdecke hinabgerutscht? Es musste wohl so sein, denn ihre Haut wurde plötzlich gekühlt – und dann gewärmt von seiner Hand, die sie berührte, die ihre Brüste streichelte.

Sie spürte, dass ihr Kopf in das weiche Kissen sank und erkannte, dass er sie auf das Bett hinabgedrückt hatte. Er schob die Träger des Nachthemdes von ihren Schultern. Sie stöhnte auf, ohne zu wissen, ob es aus Protest oder Zustimmung geschah. Sie wusste nur, dass Hände über ihre nackte Haut glitten, ihren Körper erforschten, dass Fingerspitzen ihre Knospen streichelten.

Dann erwachten heiße, überwältigende Gefühle in ihr, die sie überwältigten. Mit Lippen und Zunge liebkoste er sie, immer wieder, langsam und aufreizend, schnell und federleicht.

Sie wollte seinen Kopf umfassen und ihn an sich drücken. Doch ihre Arme waren schwer, lagen kraftlos auf dem Bett, wie von unsichtbaren Fesseln gehalten. Das Blut wallte wie flüssige Lava durch ihre Adern, doch sie hatte weder die Energie noch den Willen, sich zu bewegen.

Sie genoss sein Gewicht auf ihren nackten Brüsten, als er auf das Bett sank und sich halb auf sie legte. Kühn, aber unendlich sanft erforschte seine Zunge ihren Mund. Es war wundervoll. Er war wundervoll.

Geführt von seinen Händen, hob sie die Hüften und half ihm, ihr das Negligee abzustreifen. Entblößt und verletzlich lag sie unter ihm. Doch die Hände, die ihren ganzen Körper streichelten, waren behutsam und zärtlich, und sie machten jede Liebkosung zu einem kostbaren Geschenk.

Sogar ihre Zehen wurden von seinen Finger gestreichelt. Oder war es seine Zunge? Sanft massierte er ihre Waden, ihre Knie, ihre Schenkel. Sein Haar kitzelte sie angenehm am Bauch, während er mit den Lippen zart an ihrer samtenen Haut knabberte.

Und als seine Hand zwischen ihre Schenkel glitt, ließ sie sinnlich die Hüften kreisen und zeigte ihm somit ihre Bereitwilligkeit. Er liebt mich wirklich, dachte sie glücklich, er begehrt mich.

Aufreizende, forschende Finger streichelten sie. Ihre Haut wurde schlüpfrig, ihr Atem beschleunigte sich, ihr Puls begann zu rasen. Bis sie davonzuschweben schien, wie auf unsichtbaren Schwingen, in eine wundersame Welt der Leidenschaft.

Und dennoch war es nicht genug. Ihr verlangte nach mehr, viel mehr.

Seine Jeans fühlte sich rau, aber nicht unangenehm zwischen ihren Schenkeln an. Und dann spürte sie Haar, Haut, Männlichkeit. Harte Wärme und glatte Kraft, die sich an ihr rieb, suchte, sich vortastete, bis ihre Körper miteinander verschmolzen, schnell und unbeirrt, wie es ihnen bestimmt war.

Sie hörte einen Aufschrei, als ein brennender Schmerz sie durchzuckte, doch ihr wurde nicht bewusst, dass sie selbst diesen erstaunten Laut ausgestoßen hatte. Denn sie war zu sehr von der stählernen Männlichkeit fasziniert, die sie in sich spürte. Doch kaum hatte sie das Entzücken der Vereinigung erkannt, als er auch schon zurückwich.

„Nein! Nein!“ Der Protest hallte durch ihren Kopf, doch sie war sich nicht sicher, ob sie die Worte wirklich ausgesprochen hatte. Sie war beseelt von dem einzigen Wunsch, dass es noch nicht enden möge.

Wie aus eigenem Antrieb glitten ihre Hände unter seine Jeans, pressten sich auf die harten Muskeln seines Gesäßes. Sie spürte den Schauer, der durch seinen Körper lief, hörte sein Aufstöhnen, spürte seinen warmen Atem an ihrer Wange und fühlte, dass er noch tiefer in sie eindrang.

Hingebungsvoll schmiegte sie sich an ihn. Er küsste ihr Gesicht, ihren Hals, ihre Brüste, und ihre Haut prickelte unter seinen Lippen. Überwältigende Empfindungen durchströmten sie, und ihr Körper bewegte sich zusammen mit seinem in vollkommener Harmonie. Die Spannung in ihren Schenkeln, ihrem Bauch, ihren Brüsten wuchs und wuchs immer mehr, und dann löste sie sich schließlich erneut.

Sein Körper über ihr straffte sich. In sich spürte sie jeden köstlichen Ausbruch seiner Liebe, und dann einen steten, beständigen Druck, als er sie noch immer ausfüllte. Gesättigt, aber selbstsüchtig, schloss sich ihr Körper um ihn, hielt ihn gefangen wie eine seidige Faust.

Sie war schon beinahe eingeschlafen, als er sich von ihr löste. Er drehte sich auf die Seite und zog sie an sich. Sie kuschelte sich an ihn, erfüllt von einem Gefühl der Zufriedenheit und Zugehörigkeit, wie sie es nie zuvor verspürt hatte.

Noch immer benommen, noch immer verzückt, noch immer berauscht von dem wundervollen Erlebnis, lächelte sie verklärt, während sie in einen traumlosen Schlaf versank.

Jenny erwachte früh. Sie war allein. Irgendwann während der Nacht hatte er sie verlassen. Das war verständlich, und sie verzieh es ihm, obgleich sie gern in seinen Armen erwacht wäre. Doch die Hendrens hätten niemals gebilligt, was zwischen ihnen geschehen war. Sie wollte ihnen ersparen, dass sie es herausfanden. Genau wie er.

Schritte und Gesprächsfetzen hallten durch die Flure des alten Hauses. Es roch nach frisch aufgebrühtem Kaffee. Vorbereitungen für Hals Abreise waren im Gange. Offensichtlich hatte er noch nicht mit seinen Eltern gesprochen.

Die letzte Nacht änderte alles. Nun legte er gewiss genauso großen Wert auf eine rasche Hochzeit wie Jenny. Sie genoss die Erinnerungen an ihre Vereinigung. Sie schämte sich nicht dafür, auch wenn sie ihren Körper eingesetzt hatte, um Hal zum Bleiben zu veranlassen.

Er gehörte zu ihr. Er konnte sich weiterhin als zweiter Pfarrer betätigen, bis sein Vater in den Ruhestand trat und ihm das Amt völlig überließ. Sie war gut ausgebildet für die Frau eines Pfarrers. Gewiss sah er nun ein, dass das Schicksal es so für sie bestimmt hatte.

Aber wie mochten die Hendrens auf die Änderung seiner Pläne reagieren? Sie wollte ihn die unvermeidliche Debatte nicht allein durchstehen lassen. Eilig warf sie die Bettdecke beiseite. Es überraschte sie ein wenig, dass sie nackt war. Ach ja, er hatte ihr das Nachthemd ausgezogen. Und zwar recht hastig, dachte sie mit einem zufriedenen Lächeln.

Sie eilte ins Badezimmer und drehte die Wasserhähne der Dusche auf. Sie sah nicht anders aus als sonst, und dennoch hatte er unauslöschliche Spuren in ihr hinterlassen. Sie glaubte noch immer sein Gewicht auf sich zu spüren, das Spiel seiner Muskeln unter ihren Händen zu fühlen, das Stöhnen der Leidenschaft zu hören. Und ihr Körper reagierte heftig und spontan auf diese Erinnerungen.

Schnell zog sie sich an und stürmte die Treppe

hinunter. Sie brannte darauf, Hal zu sehen. Als sie die Küche erreichte, klopfte ihr Herz vor Aufregung. Atemlos blieb sie auf der Schwelle stehen und betrachtete die Szene.

Die Hendrens saßen am Frühstückstisch. Auch Bruce war anwesend. Er saß auf der Stuhllehne und hatte den Oberkörper weit zurückgelehnt. Er hielt den Kopf gesenkt und starrte brütend in die Kaffeetasse, die er auf seiner Gürtelschnalle balancierte.

Wo mochte Hal stecken? Gewiss schlief er nicht mehr.

Bob hob den Kopf und erblickte Jenny.

„Wo ist Hal?“, fragte sie.

Die drei am Tisch starrten sie stumm an. Eine düstere Vorahnung stieg in ihr auf, wie Gewitterwolken an einem bislang strahlend blauen Himmel.

„Er ist schon fort, Jenny. Gerade eben.“, sagte Bob sanft. Er stand auf, schob seinen Stuhl zurück, trat einen Schritt auf sie zu.

Sie wich zurück, so als fühle sie sich bedroht. Sie konnte nicht atmen. Sämtliche Farbe wich aus ihrem Gesicht. „Das ist unmöglich.“ Ihre Worte waren kaum zu hören. „Er hat sich nicht von mir verabschiedet.“

„Er wollte dir eine herzzerreißende Abschiedsszene ersparen“, erklärte Bob. „Er dachte, auf diese Art sei es leichter für dich."

Es durfte nicht wahr sein. Sie hatte sich alles so schön vorgestellt, hatte sich alles genau ausgemalt: Hals verklärte Miene bei ihrem Anblick, den innigen Blickaustausch zwischen ihnen, verbunden durch ein wundersames Erlebnis, das ein Geheimnis für den Rest der Welt war.

Doch er war fort, und sie sah nur drei Gesichter, die sich ihr zugewandt hatten. Sarah und Bob musterten sie voller Mitleid, Bruce hingegen mit einem erstaunlichen Mangel an Gefühl.

„Das glaube ich nicht!", rief Jenny. Sie stürmte durch die Küche, stolperte beinahe über einen Stuhl, schob ihn heftig beiseite und rannte zur Hintertür hinaus. Der Hof war leer. Kein Auto stand auf der Straße.

Hal war wirklich fort. Die Wahrheit traf sie schwer. Ihr war nach Schreien zumute. Ihr war danach zumute, sich auf den Boden zu werfen und mit den Fäusten auf die harte Erde zu hämmern. Sie verspürte eine überwältigende Enttäuschung.

Aber was hatte sie erwartet? Hal hatte seine Zuneigung zu ihr nie demonstriert. Nun, im nüchternen Tageslicht, erkannte sie, wie verblendet sie gewesen war. Er hatte ihr nicht versprochen, sie nicht zu verlassen. Er hatte ihre Liebe zueinander auf eine körperliche Weise besiegelt.

Darum hatte sie ihn gebeten. Es war unrealistisch, mehr zu erwarten. Und es war typisch für ihn, ihr die Demütigung zu ersparen, die der vergebliche Versuch, ihn zum Bleiben zu veranlassen, bedeutet hätte.

Warum fühlte sie sich dann so verlassen? Beraubt. Verloren. Niedergeschlagen und zurückgewiesen. Und zornig.

Ja, verdammt zornig. Wie konnte er sie denn so verlassen, während sie sogar bedauerte, dass sie nicht die ganze Nacht hatten zusammen verbringen können?

Jenny stand auf dem unebenen Bürgersteig und starrte auf die leere Straße. Wie konnte er sie so ungerührt verlassen, ohne ihr Lebewohl zu sagen? War sie so unwichtig für ihn? Wenn er sie liebte ... Aber liebte er sie wirklich? Liebte sie ihn so, wie es sein sollte? Oder hatte Bruce recht? Waren sie und Hal einfach in eine Beziehung hineingeraten, die jeder von ihnen erwartete? Eine Beziehung, die bequem für sie war, weil sie ihr Sicherheit bot, und bequem für ihn, weil sie ihm genügend Zeit für seine geistlichen Pflichten ließ?

Welch erschreckender Gedanke! Jenny versuchte nun ihn zu verscheuchen und das Glücksgefühl heraufzubeschwören, das sie in der vergangenen Nacht erlebt hatte.

Doch die Bedenken ließen sich nicht zerstreuen,

und sie erkannte, dass sie gründliche Überlegungen anstellen musste, bevor Hal nach Hause zurückkehrte. Es wäre töricht, trotz ihrer Zweifel eine Ehe einzugehen. Die Vereinigung ihrer Körper war ein wundervolles Erlebnis für sie, doch sie wusste, dass es als Basis für eine Ehe nicht ausreichte. Und das Schlafmittel hatte sie berauscht. Vielleicht hatte sie die körperliche Liebe weltbewegender in Erinnerung, als sie in Wirklichkeit war. Vielleicht war alles nur ein erotischer, von Drogen hervorgerufener Traum.

Sie machte auf dem Absatz kehrt, um ins Haus zurückzugehen, und stieß beinahe mit Bruce zusammen, der sich ihr so leise genähert hatte, dass sie sich seiner Anwesenheit nicht bewusst geworden war. Sie zuckte zusammen unter seinem eindringlichen Blick.

Er musterte sie aus seinen goldbraunen Augen so starr und unbewegt, dass er sie an eine gefährliche Raubkatze erinnerte. Er stand reglos da, vollkommen reglos, bis er schließlich unwillkürlich einen Mundwinkel hochzog.

Jenny deutete diese verräterische Geste als Ausdruck des Bedauerns. Empfand er Mitleid für sie, weil es ihr nicht gelungen war, Hal zum Bleiben zu veranlassen? Würde jeder in der Stadt sie nun als erbarmungswürdige, verlassene Geliebte ansehen, die sich nach einem Mann verzehrte, dem sein Lebenswerk wichtiger war als sie?

Verärgert über diese Vorstellung, wandte sie den Blick von seinem Gesicht ab, straffte die Schultern und wollte an ihm vorbeigehen.

Er verstellte ihr den Weg. „Ist alles in Ordnung, Jenny?“ Seine dunkelblonden Brauen waren zusammengezogen, die Fältchen in seinen Augenwinkeln traten deutlich zum Vorschein, und seine Kinnpartie wirkte so hart wie sein Gesicht.

„Natürlich“, antwortete sie fröhlich mit einem falschen Lächeln. „Warum sollte es das nicht sein?“

Er zuckte die Schultern. „Immerhin ist Hal gegangen, ohne sich von dir zu verabschieden.“

„Aber er wird zurückkommen. Und es war richtig, dass er so gegangen ist. Ich hätte eine Abschiedsszene nicht ertragen.“ Sie fragte sich, ob ihre Behauptungen in seinen Ohren genauso unwahr klangen wie in ihren.

„Hast du mit ihm gesprochen?“

„Ja.“

„Und?“

Ihr Lächeln schwand, und sie senkte den Blick. „Und ich fühle mich jetzt viel wohler. Er will mich heiraten, sobald er zurückkommt.“

Es war nicht gelogen. Es war auch nicht ganz die Wahrheit, und sein forschender Blick verriet ihr, dass er nicht überzeugt war.

Hastig ging sie an ihm vorbei. „Hast du überhaupt gefrühstückt? Ich mache dir etwas. Zwei Eier, leicht angebraten?“

Bruce lächelte erfreut. „Du weißt noch, wie ich sie gern mag?“

„Natürlich.“ Jenny hielt ihm die Fliegentür auf. Sie stand sehr aufrecht und presste sich gegen den Holzrahmen, als er sich an ihr vorbeizwängte. Dennoch berührten sich ihre Körper. Nur flüchtig, doch mit verblüffender Auswirkung. Ihre Brüste richteten sich hart auf. Ihre Schenkel prickelten vor Wärme. Ihr Herz schlug rasend schnell.

Sie bemühte sich, ihre Erregung zu verbergen, indem sie hastig das Frühstück für Bruce zubereitete. Ihre Hände zitterten beinahe unkontrollierbar. Und sobald sie den gefüllten Teller vor ihn auf den Tisch gestellt hatte, floh sie in ihr Zimmer.

Nun, da ihr Körper zu sexueller Regsamkeit erweckt worden war, schien er nicht länger schlafen zu wollen. Aber besaß er kein Urteilsvermögen? Kein Unterscheidungsvermögen? Reagierte er nun auf jeden Mann, mit dem sie in Berührung kam?

Diese Vorstellung erweckte eine tiefe Beschämung in Jenny. Dennoch zog sie sich aus, kroch ins Bett und zog die Knie an. Im Geiste durchlebte sie noch einmal die Ereignisse der vergangenen Nacht, und sie genoss die heftigen Empfindungen, die dabei ihren Körper durchströmten.

Drei hohe, schlanke Bierflaschen standen ordentlich aufgereiht auf dem glänzenden Tisch. Sie waren leer. Vor etwa einer halben Stunde war Bruce zu Whisky übergegangen, doch die Schuldgefühle, die ihn quälten, ließen sich nicht einmal durch eine betäubende Menge von Alkohol schmälern.

Er hatte Jenny vergewaltigt.

Es war sinnlos, einen beschönigenden Ausdruck zu benutzen, um seine Schuld zu erleichtern. Er hätte sagen können, dass er sie geliebt, mit ihr geschlafen, sie entjungfert hatte. Doch sosehr sein Gewissen auch nach Ausflüchten suchte, er hatte sie vergewaltigt. Es war keine brutale Schändung gewesen, aber er hatte sie getäuscht, sich die körperliche Liebe erschlichen.

Er nahm noch einen Schluck. Der Whisky brannte ihm in der Kehle. Seit Jahren hatte er nichts bereut. Doch nun fühlte er sich überwältigt von Schuld. Aber was konnte er dagegen tun? Es ihr gestehen? Ihr sagen: „Ach übrigens, Jenny, neulich nachts, du weißt schon, bevor Hal fortgegangen ist. Das war nicht er, mit dem du geschlafen hast. Das war ich …"

Er stieß einen heftigen Fluch aus und leerte das

Glas in einem Zug. Er konnte sich lebhaft vorstellen, wie sich ihr liebliches Gesicht vor Entsetzen verzerrte. Die Erkenntnis, dass sie mit ihm zusammen gewesen war, würde ihr vermutlich einen Schock versetzen, von dem sie sich nie wieder erholte. Der berüchtigtste Schürzenjäger im Westen von Texas hatte die süße Jenny Fletcher genommen. Nein, er durfte es ihr nicht sagen.

Er hatte schon früher schlimme Sachen getan. Ihm gefiel sein Ruf als Teufelskerl, und er gab sein Bestes, um ihn zu fördern, um den Leuten zu zeigen, dass er im Laufe der Jahre keineswegs sanfter geworden war. Manchmal übernahm er sogar die Verantwortung für Dinge, die er gar nicht begangen hatte. Dann ließ er sein lässiges Grinsen für sich antworten und seine Kumpel daraus ihre eigenen Schlüsse ziehen, ob das neueste Gerücht zutraf oder nicht.

Doch diesmal war er ganz tief gesunken.

Er winkte den Barkeeper heran, und dabei wurde er sich seiner Umgebung bewusst. Die stickige Luft in der Taverne roch nach Rauch und abgestandenem Bier. Grelle Neonlichter an den Wänden warben für die verschiedensten Getränkesorten. Ein trauriger Strang Lametta, übrig geblieben von Weihnachten, hing am wagenradförmigen Kronleuchter. Eine Spinne hatte ihr Netz zwischen den Speichen gesponnen. Waylon

Jennings beklagte eine verlorene Liebe aus der Musikbox in der Ecke.

Es war billig. Es war verlottert. Es war ihm vertraut.

„Danke, Bert“, sagte Bruce lakonisch, als der Barkeeper ihm ein neues Glas Whisky hinstellte.

„Schwerer Tag?“

Schwere Wochen, dachte Bruce. Seit einer Woche lebte er nun mit seiner Sünde, doch die Schuldgefühle waren nicht abgeklungen. Sie lasteten noch genauso schwer auf seiner Seele. Seele? Besaß er so etwas überhaupt?

Bert beugte sich über den Tisch und stellte die leeren Bierflaschen auf ein Tablett. „Hab was gehört, das dich interessieren könnte.“

„Ja? Was denn?“ Ein Wassertropfen hing an der Außenseite seines Glases. Er erinnerte ihn an Jennys Tränen. Mit dem Daumen wischte er ihn fort.

„Über das Stück Land westlich von der Mesa.“

Trotz seiner düsteren Stimmung horchte Bruce interessiert auf. „Die alte Parson-Ranch?“

„Ja. Hab gehört, dass die Verwandtschaft bereit ist zu verhandeln.“

Bruce zeigte Bert ein Lächeln, das einer Zahnpasta-Reklame alle Ehre gemacht hätte, und legte ihm ein Zehn-Dollar-Schein auf die Theke. „Danke, Kumpel.“

Bert erwiderte das Lächeln und schlenderte davon. Er mochte Bruce und war froh, ihm helfen zu können.

Bruce Hendren war unbestritten einer der besten Ölspekulanten der Gegend. Er konnte das Öl riechen, wusste instinktiv, wo es sich befand. Er hatte zwar die Universität besucht und ein Examen in Geologie abgelegt, um offiziell anerkannt zu werden und Vertrauen zu erwecken, doch er besaß ein Geschick, das sich nicht aus Büchern erlernen ließ. Er hatte ein paar Löcher gebohrt, die trocken geblieben waren, aber sehr wenige. So wenige, dass er den Respekt von Männern gewonnen hatte, die länger in der Branche tätig waren, als er alt war.

Schon seit Jahren bemühte er sich um die Bohrrechte auf der Parson-Ranch. Das alte Ehepaar war verstorben, doch die Kinder hatten nicht nachgegeben und behauptet, sie wollten das Land ihrer Familie nicht durch Bohrtürme entweihen lassen. Natürlich war es nur eine Ausrede. Sie hatten ausgeharrt, um den Preis in die Höhe zu treiben.

„Hallo, Bruce."

Er war so in Gedanken versunken, dass er die Frau nicht bemerkt hatte, die an seinen Tisch getreten war und ihn nun mit der Hüfte streifte. Mit einem deutlichen Mangel an Interesse blickte er auf. „Hallo, Didi. Wie geht's?"

Wortlos legte sie einen Schlüssel auf die glänzende Tischplatte und schob ihn mit dem Zeigefinger zu Bruce hinüber. „Sonny und ich haben endlich Schluss gemacht."

„Ist es offiziell?"

In Didis Ehe hatte es schon monatelang gekriselt. Weder sie noch Sonny hielten die Gelübde ein, vor allem nicht den Treueschwur. Sie verhielt sich schon seit längerem recht einladend gegenüber Bruce, doch er war nicht darauf eingegangen. Er kannte nur wenige Skrupel, doch einem Prinzip blieb er stets treu: niemals mit einer verheirateten Frau. Trotz allem glaubte er irgendwie an die Unantastbarkeit der Ehe.

„Ja, es ist offiziell. Ich bin wieder frei, Bruce." Didi lächelte. Ihre üppige Figur steckte in einer hautengen Jeans und einem tief ausgeschnittenen Sweater. Sie beugte sich zu ihm vor und bot ihm einen tiefen Blick auf ihren Brustansatz.

Statt sein Verlangen zu entfachen, erweckte sie in ihm das Bedürfnis nach einem Bad. Er dachte an Jenny. Sie war so sauber, so adrett, so feminin. Nicht aufgetakelt, nicht üppig, nicht sinnlich, einfach weiblich.

Didi strich mit einem langen Fingernagel über seinen Arm. „Bis später, Bruce", hauchte sie verführerisch und schwebte mit selbstsicherem Schritt davon.

Er zog spöttisch einen Mundwinkel hoch. Hatte er eine solch kühne Einladung jemals als attraktiv empfunden? Didis Unverfrorenheit war beinahe lächerlich.

Jenny wusste nicht einmal, dass sie sexy war. Sie benutzte einen so zarten Duft. Didis schweres Parfüm hingegen wirkte geradezu aufdringlich. Jennys Stimme war klar und rein und für ihn wesentlich verführerischer als Didis affektiertes Schnurren. Und Jennys ungeübte Liebkosungen hatten ihn wesentlich mehr erregt als jedes berechnende Vorspiel seiner früheren Geliebten.

Seine Gedanken wanderten zurück zu dem unschuldigen Schlafzimmer, das einem Kind gehören sollte, nicht einer Frau, die seidene Negligees trug. Er wusste genau, dass es Seide war, denn er kannte das unvergleichliche Gefühl von Seide an einem Frauenkörper. Doch Jennys Haut war genauso weich. Und ihr Haar. Und …

Ihre Jungfräulichkeit hatte ihn zutiefst verblüfft. Er hätte nicht gedacht, dass sein Bruder so lammfromm war. Wie konnte Hal, wie konnte irgendein Mann all die Jahre mit Jenny unter einem Dach gelebt haben, ohne mit ihr zu schlafen? Er musste Hals unerschütterliche Tugendhaftigkeit bewundern, doch er konnte sich nicht vorstellen, wie jemand sich selbst derart starre Moralvorschriften setzen konnte.

Jenny hatte es nicht getan. Sie war bereit gewesen, sich Hal in jener letzten Nacht hinzugeben. Nur ein Trottel hätte dieses kostbare Geschenk zurückweisen können.

Nie zuvor hatte Bruce ein derartiges Verzücken verspürt wie in dem Moment, als er in sie eingedrungen war. Nie zuvor war es so schön für ihn gewesen. Weil keine andere Frau wie Jenny war. Sie war unerreichbar, verboten, trotz seiner weitgesteckten Grenzen.

Er wusste es seit Jahren. Sie gehörte zu Hal. Es verstand sich von selbst. Bruce musste sich damit abfinden. Er konnte jede Frau haben, die er wollte. Nur nicht die eine, die er wirklich wollte.

Er war durch und durch schlecht. Ihm war nichts und niemand wichtig. Das sagten die Leute, und es entsprach größtenteils der Wahrheit. Doch Hal und Jenny waren ihm wichtig genug, um sich zurückzuhalten und deren Glück nicht zu stören.

Er hatte sein Geheimnis gut gehütet. Niemand wusste es. Niemand würde es je erraten. Am allerwenigsten Jenny. Ihre Gefühle für ihn waren rein schwesterlicher Art. Doch er hatte immer gespürt, dass sie sich auch vor ihm fürchtete. Er erweckte Unbehagen in ihr, und das machte ihm oft das Herz schwer. Ihre Angst war natürlich berechtigt. Er hatte einen skandalösen Ruf, und jede

Frau, die Wert auf ihren unbescholtenen Namen legte, hielt sich von ihm fern, so als wäre seine Sinnlichkeit ansteckend.

Aber er fragte sich oft, was geschehen wäre, wenn Jenny früher in ihr Haus gezogen wäre. Wenn er nicht gerade zu der Zeit die Universität besucht hätte, wenn er nicht bereits als Wüstling ohnegleichen verschrien gewesen wäre, wenn sie Zeit gehabt hätten, eine Beziehung aufzubauen. Hätte Jenny sich dann ihm zugewandt? Wäre alles anders gewesen?

Er stellte es sich gern so vor. Denn er spürte, dass sich hinter Jennys Reserviertheit eine lebenslustige, sinnliche Frau verbarg, die in einem unsichtbaren Käfig gefangen war. Vielleicht wollte sie daraus befreit werden. Vielleicht …

Du machst dir etwas vor, ermahnte Bruce sich. Mit jemandem wie dir will sie nichts zu tun haben. Er stand auf, warf einige Geldscheine auf den Tisch, und dabei dachte er plötzlich: Es sei denn, du änderst deinen Lebenswandel …

Er war in jener Nacht nicht mit Verführungsabsichten in ihr Zimmer gegangen. Er hatte sie weinen gehört und sie nur trösten wollen. Doch dann hatte sie ihn für Hal gehalten. Er hatte das dunkle Zimmer betreten und sich vorgenommen, den Irrtum aufzuklären.

Er hatte die Verzweiflung in ihrer Stimme gehört. Er hatte ihren Kummer nachempfunden. Sie sehnte sich nach Liebe und war abgewiesen worden. Er hatte ihre Bitte erfüllt und sie umarmt. Er hatte sie geküsst und die Nachgiebigkeit ihres Körpers gespürt, und da hatte es kein Zurück mehr gegeben.

Was er getan hatte, war unverzeihlich. Doch was er nun beabsichtigte, war beinahe genauso schlimm. Er wollte versuchen, sie seinem Bruder zu stehlen, der ihre Liebe zurückgewiesen hatte.

Nun, da Bruce sie einmal besessen hatte, konnte er nicht mehr auf sie verzichten. Er wollte nicht länger zulassen, dass seine Familie Jenny unterdrückte. Er konnte nicht mit ansehen, wie die Sehnsucht auf ihrem Gesicht allmählich zu Enttäuschung wurde, wie ihre Vitalität sich in Resignation verwandelte, wie all ihre Lebenslust in einem Käfig der Rechtschaffenheit erstickt wurde.

Er durchquerte das Lokal, trat zu Didi, die mit einem Mann in einer Nische saß. „Du hast etwas vergessen", sagte er und warf den Schlüssel auf den Tisch.

Sie blickte ihn verwirrt an. „Was soll das?"

„Ich brauche ihn nicht."

„Du Schuft!", zischte sie giftig.

„Hab nie etwas anderes behauptet", entgegnete Bruce gelassen. Er stieß die Tür auf, trat hinaus in die kühle Abendluft und atmete tief durch, um seinen Kopf vom Alkohol und dem stickigen Geruch der Taverne zu klären.

Er glitt hinter das Steuer seiner 63er Corvette Stingray, startete den Motor und brauste davon. Jeder Mann im Umkreis von hundert Meilen beneidete ihn um den klassischen Wagen, der innen wie außen schwarz wie die Nacht war. Mit sanftem Schnurren brauste er über die Schnellstraße und glitt dann beinahe lautlos durch die Straßen der Stadt.

Einen halben Häuserblock vom Pfarrhaus entfernt, fuhr Bruce an den Kantstein und stellte den Motor ab. In Jennys Zimmer brannte kein Licht mehr. Dennoch starrte er gedankenverloren eine volle Stunde lang das dunkle Zimmer an, wie er es schon in den vergangenen sechs Nächten getan hatte.

3. KAPITEL

Jenny blickte vom Altar auf, als eine große Silhouette in der Kirchentür auftauchte und sich dunkel vom Sonnenschein draußen abhob. Sie hatte nicht erwartet, ausgerechnet Bruce in der Kirche zu sehen. Doch es war er, der sich nun die dunkle Sonnenbrille abnahm und zu ihr hinüberschlenderte.

„Hallo. Vielleicht sollte ich meine Spende erhöhen. Kann sich die Kirche denn keinen Hausmeister leisten?“ Er deutete mit dem Kopf zu dem Putzkorb neben ihren Füßen.

„Ich tue es gern.“ Verlegen steckte sie den Griff des Staubwedels in die Gesäßtasche ihrer Jeans.

Er grinste. „Es scheint dich zu überraschen, mich hier zu sehen.“

„Allerdings. Wie lange ist es her, seit du zum letzten Mal in der Kirche warst?“

„Seit Ostern.“ Er setzte sich auf die erste Bank und streckte die Arme auf der Rückenlehne aus.

„Ach ja, ich erinnere mich. Wir haben am Nachmittag ein Picknick im Park veranstaltet.“

„Und ich habe dich auf der Schaukel angeschubst.“

Jenny lachte. „Ich habe geschrien, dass du mich nicht so hoch stoßen solltest, aber du hast einfach weitergemacht.“

„Es hat dir gefallen.“

Ihre Augen funkelten schelmisch. „Woher hast du das gewusst?“

„Instinkt.“ Er lächelte sie an, und sie erriet, dass er viele Instinkte hatte, wenn es um Frauen ging.

Bruce dachte zurück an den vergangenen Frühling, an jenen sonnigen, warmen Ostersonntag. Jenny hatte ein gelbes Kleid getragen, weich und flatternd, das sich mit jedem Windstoß an ihren Körper geschmiegt hatte.

Es hatte ihm gefallen, sie dicht an seine Brust zu ziehen, während sie auf der uralten Schaukel mit den dicken Seilen gesessen hatte. Er hatte sie unnötig lange festgehalten und die Gelegenheit genutzt, den sommerlichen Duft ihres Haares einzuatmen und das Gefühl ihres schlanken Rückens an seiner Brust zu genießen.

Sie hatte mit kindlicher Freude gelacht, als er sie schließlich losgelassen hatte. Ihr Lachen klang noch immer in seinen Ohren. Heftige Frühlingsgefühle hatten ihn an jenem Tag durchströmt. Er hatte sich danach gesehnt, sich mit Jenny ins Gras zu legen, sie zu küssen, den Kopf in ihren Schoß zu legen und in ihr Gesicht aufzublicken. Ihn hatte danach verlangt, sie sanft und gemächlich und voller Zärtlichkeit zu lieben.

Doch sie war Hals Mädchen gewesen an jenem Tag, so wie immer. Und als Bruce es kaum noch hatte ertragen können, die beiden zusammen zu sehen, war er zu seinem Wagen gegangen und hatte sich ein Bier aus der Kühltasche geholt. Seine Eltern hatten ihre Missbilligung unmissverständlich demonstriert.

Schließlich, um niemandem die gute Laune zu verderben – vor allem nicht Jenny, die stets niedergeschlagen auf jeglichen Unfrieden in der Familie reagierte, war Bruce nach einem knappen Abschiedsgruß in seiner schwarzen Corvette davongebraust.

Nun verspürte er dieselbe Sehnsucht nach Jenny. Sonnenschein fiel durch das bunte Kirchenfenster und warf Regenbogenfarben auf ihr Gesicht und ihr Haar, das sie zu einem losen Zopf geflochten trug. Sie trug eine eng sitzende Jeans und abgetragene Turnschuhe, und sie sah äußerst reizvoll und verführerisch aus. Er fragte sich, ob die Kirchenwände wohl einstürzen würden, wenn er sie in die Arme nähme und küsste. „Wer hat diesmal die Blumen gestiftet?“, fragte er, um sich von seinen Gelüsten abzulenken.

Jedes Jahr wurde ein Kalender in der Gemeinde herumgereicht, und die Mitglieder trugen sich für jeweils einen Sonntag ein, an dem sie die Blumen für den Altar spendeten.

Jenny blickte auf die Karte, die an dem Strauß

roter Gladiolen hing. „Die Randalls. ‚In Erinnerung an unseren geliebten Sohn, Joe Wiley', steht hier."

„Joe Wiley Randall", murmelte Bruce gedankenverloren, mit einem Lächeln auf dem Gesicht.

„Kanntest du ihn?"

„Na klar. Er war in der Schule ein paar Klassen über mir, aber wir sind ab und zu zusammen losgezogen." Er blickte über die Schulter zurück. „Dort in der vierten Reihe haben wir an einem Sonntag mal gesessen. Als der Klingelbeutel herumgereicht wurde, hat Joe Wiley sein Kaugummi drangeklebt. Wir fanden es herrlich. Wir haben uns köstlich über die Gesichter der Leute amüsiert, als ihre Finger am Kaugummi kleben blieben."

Mit funkelnden Augen setzte Jenny sich neben ihn. „Und was ist passiert?"

„Ich bekam eine ordentliche Tracht Prügel. Er wahrscheinlich auch."

„Nein, ich meine die Karte. Da steht doch: in Erinnerung an …"

„Ach so. Er ging nach Vietnam." Einen langen Augenblick starrte Bruce auf den Blumenstrauß. „Ich kann mich nicht erinnern, ihn nach seinem Hochschulabschluss noch einmal gesehen zu haben." Er schwieg eine Weile. „Er war ein höllisch guter Basketballspieler", sagte er gedankenverloren. Dann zog er den Kopf ein, als ob ihn der Zorn des Himmels wie ein Blitzschlag treffen könnte. „Oh je, so etwas sagt man nicht in der Kirche, stimmt's?“

Jenny lachte. „Was macht das schon für einen Unterschied? Du sagst es doch ständig.“ Dann wurde sie ernst und blickte ihn forschend an. „Du bist gläubig, oder?“

„Ja, auf meine Art schon“, antwortete Bruce in selten ernsthaftem Ton. „Aber ich weiß, was die Leute über mich reden. Sogar meine eigenen Eltern halten mich für einen Heiden.“

„Das tun sie ganz bestimmt nicht.“

Er blickte sie zweifelnd an. „Na, und was denkst du von mir?“

„Dass du ein typischer Pfarrerssohn bist.“

Er lachte laut auf. „Das ist eine sehr vereinfachte Darstellung, meinst du nicht?“

„Keineswegs. Als Kind hast du dich aufsässig verhalten, um bloß nicht für einen Musterknaben gehalten zu werden.“

„Ich bin inzwischen erwachsen, aber ich will trotzdem kein Musterknabe sein.“

„Das könnte dir auch niemand vorwerfen“, neckte sie und piekte ihn mit dem Zeigefinger ins Bein. Hastig zog sie die Hand wieder zurück. Sein Oberschenkel war hart, und er erinnerte sie zu sehr an harte, jeansbekleidete Muskeln auf ihren nackten Beinen. Um ihre Verwirrung zu überspielen, fragte sie: „Weißt du noch, wie du versucht hast, mich zum Lachen zu bringen, als ich im Kirchenchor gesungen habe?“

„Ich?“, entgegnete er empört. „So etwas habe ich nie getan.“

„Doch. Du hast da hinten in der letzten Reihe gesessen, mit einem von deinen Mädchen, und Grimassen geschnitten und ...“

„Mit einem von meinen Mädchen? Das klingt ja, als hätte ich einen ganzen Harem gehabt.“

„Hast du das nicht?“

Bedeutungsvoll ließ er den Blick über ihren Körper wandern. „Es ist immer Platz für eine mehr. Willst du dich bewerben?“

In gespieltem Zorn sprang Jenny auf und stemmte die Hände in die Hüften. „Würdest du jetzt bitte verschwinden? Ich habe zu arbeiten.“

„Ja, ich auch.“ Bruce seufzte und stand auf. „Ich habe soeben die Bohrrechte für die alte Parson-Ranch erworben.“

„Ist das gut?“ Jenny wusste nur wenig von seinem Beruf. Sie hatte nur gehört, dass er etwas mit Öl zu tun hatte und als erfolgreich angesehen wurde.

„Sehr. Wir fangen demnächst zu bohren an.“

„Meinen Glückwunsch.“

„Heb ihn dir auf, bis der erste Brunnen sprudelt.“ Er zupfte spielerisch an einer Strähne ihres Haares, die sich aus dem Zopf gelöst hatte. Dann wandte er sich ab und schlenderte zur Tür.

„Bruce?“

„Ja?“ Er blieb stehen und drehte sich zu ihr um. Er sah sehr markant und gut aus, windzerzaust und sonnengebräunt, verwegen und gefährlich. Er hatte die Daumen in die Gürtelschlaufen seiner Jeans gehakt und den Kragen seiner Lederjacke hochgeschlagen.

„Ich habe vergessen zu fragen, warum du vorbeigekommen bist.“

Er zuckte flüchtig die breiten Schultern. „Aus keinem bestimmten Grund. Bis bald, Jenny.“

„Bis bald.“

Er starrte sie einen Augenblick lang an, bevor er die Sonnenbrille aufsetzte und zur Tür hinaustrat.

Jenny kämpfte mit dem feuchten Bettbezug, den ihr der starke Wind zu entreißen drohte. Die Laken, die sie bereits auf die Leine gehängt hatte, blähten sich wie Segel und umflatterten sie wie riesige Flügel.

Als sie den letzten Zipfel mit einer Wäscheklammer befestigte und erschöpft die Arme sinken ließ, erklang ein monsterhaftes Gebrüll. Eine drohende Gestalt zeichnete sich hinter dem Laken ab und umfing sie mit starken Armen. Sie schrie leise auf.

„Jetzt habe ich dich erwischt“, knurrte der bisher unkenntliche Angreifer ihr ins Ohr und zog sie an sich.

„Lass mich los.“

„Sag bitte.“

„Bitte!“

Bruce gab sie frei, spähte um das Laken herum und lachte über ihre Bemühungen, sich aus dem Stoff zu winden, der sich um ihren Körper geschlungen hatte.

„Bruce Hendren, du hast mich soeben zu Tode erschreckt!“

„Gar nicht wahr. Du wusstest doch genau, dass ich es bin.“

„Aber nur, weil du schon einmal so etwas mit mir gemacht hast.“ Jenny versuchte ungehalten, sich das windzerzauste Haar aus den Augen zu streichen. Es war genauso sinnlos wie ihr Bemühen, ernst zu bleiben. Schließlich gab sie es auf und lachte mit ihm. „Eines Tages …“ Sie sprach nicht weiter, doch sie drohte ihm mit dem Zeigefinger.

Blitzschnell umfasste er ihren Finger und hielt ihn gefangen. „Was ist eines Tages, Jenny Fletcher?“

„Eines Tages bekommst du noch deine gerechte Strafe.“

„Darauf würde ich nicht wetten.“ Er hob ihren Finger an den Mund, biss spielerisch hinein und stieß dabei ein kannibalisches Knurren aus.

Der Anblick ihres Fingers zwischen seinen kräftigen, weißen Zähnen brachte sie ganz durcheinander, und als er schließlich ihre Hand losließ, wich sie hastig zurück, so als wäre sie einer Flamme zu nahe geraten.

Sie fragte sich, warum er wohl ins Pfarrhaus gekommen war, obgleich er recht häufig vorbeischaute, seitdem Hal fort war. Ein paar Mal war er gekommen, um all den Kram aus seinem ehemaligen Zimmer zu entfernen, der Sarah störte – obgleich er alles mit einer Wagenladung hätte fortschaffen können. Einmal hatte er einen Kuchen gebracht, den er auf einer Wohltätigkeitsveranstaltung erstanden hatte und nicht allein aufessen konnte. Ein anderes Mal hatte er sich die Schleifmaschine von seinem Vater ausgeliehen, um damit seinen Wagen zu polieren. Und mehrmals hatte er einfach nur gefragt, ob Post von Hal gekommen sei.

Jedes Mal brachte er einen triftigen Grund vor, doch Jenny vermutete ein tiefer liegendes Motiv. Vielleicht kam er um seiner Eltern willen, und das rührte sie. Es sah ihm gar nicht ähnlich, ein solches Interesse an den Vorgängen im Pfarrhaus zu zeigen. Gewöhnlich verbrachte er seine Freizeit zusammen mit seinen Kumpeln in den Kneipen der Stadt … wenn er sich nicht gerade in weiblicher Gesellschaft befand.

Und je mehr Zeit Jenny mit ihm verbrachte, desto mehr störte sie der Gedanke an seine Frauengeschichten. Dieser Anflug von Eifersucht war natürlich völlig unangebracht, und sie konnte sich nicht erklären, woher er plötzlich stammte.

„Ist der Wäschetrockner kaputt?“, fragte Bruce, schwang sich den leeren Korb über die Schulter und folgte Jenny zur Hintertür.

„Nein, aber ich mag den Geruch der Wäsche, wenn sie an der frischen Luft trocknet.“

Er lächelte, während er ihr die Tür aufhielt. „Du bist ein schwieriger Fall, Jenny.“

„Ich weiß. Hoffnungslos altmodisch.“

„Das mag ich gerade an dir.“

Erneut verspürte sie den Drang, mehr Abstand zu ihm zu gewinnen. Wenn er ihr so nahe stand, wenn er sie so eindringlich ansah, fiel ihr das Atmen schwer. „Möchtest du … möchtest du ein Glas Limonade?“

„Gern.“ Bruce brachte den Korb in die Waschküche, während sie Eiswürfel in zwei Gläser gab und die sprudelnde Limonade darübergoss.

„Wo sind meine Eltern?“

„Sie besuchen einige Leute im Krankenhaus.“ Die Erkenntnis, dass sie und Bruce allein in dem alten Haus waren, beunruhigte Jenny seltsamerweise. Ihre Hand zitterte ein wenig, als sie sein Glas vor ihn auf den Tisch stellte. Sie sank ihm gegenüber auf einen Stuhl und nippte nervös an ihrem kalten Getränk. Sie sah ihn nicht an, aber sie spürte seinen Blick auf sich ruhen. Hätte ich bloß etwas unter das T-Shirt gezogen, dachte sie unwillkürlich. Und prompt richteten sich ihre Brüste auf und spannten sich unter dem weichen Stoff.

„Jenny?"

Sie zuckte zusammen. „Was?" Sie bemühte sich um eine gleichgültige Miene und presste unter dem Tisch die Knie zusammen.

„Hast du von Hal gehört?"

Sie schüttelte heftig den Kopf, als Antwort auf seine Frage und um die heftigen Gefühle abzuschütteln, die sie durchströmten. „Nicht seit seiner Karte vor einem Monat. Meinst du, dass es etwas zu bedeuten hat?"

„Ja." Bruce lächelte, als sie erschrocken den Kopf hob. „Dass alles in Ordnung ist."

„Keine Nachricht ist eine gute Nachricht?"

„Ja, so ähnlich."

„Bob und Sarah nehmen sich sehr zusammen, aber sie sind beunruhigt. Wir hatten nicht erwartet, dass er die Grenze von Monterico überschreiten müsste. Wir hatten gehofft, dass er inzwischen längst auf dem Rückweg ist."

„Vielleicht ist er es ja und hatte nur keine Gelegenheit, uns zu benachrichtigen.“

„Vielleicht.“ Es tat ihr weh, dass Hal seine wenigen Nachrichten an die ganze Familie adressiert hatte. Er hatte geschrieben, dass in Monterico schlimme Zustände herrschten, dass er sich aber in Sicherheit befinde. Er hatte nicht ein einziges persönliches Wort für sie hinzugefügt, und das enttäuschte sie, vor allem nach den Geschehnissen in jener letzten Nacht.

„Vermisst du ihn?“, fragte Bruce sanft.

„Schrecklich.“ Sie schaute ihn an, senkte jedoch sogleich wieder den Blick. Sie konnte nicht lügen, wenn sie in seine Augen schaute. Sie vermisste Hal zwar, aber nicht schrecklich. In gewisser Weise erleichterte es sie sogar, dass er nicht da war. Und das erschien ihr seltsam. Wollte sie ihn nicht mehr, nachdem sie mit ihm geschlafen hatte? Sie sehnte sich zwar danach, diese überwältigende Erfahrung, diesen Sinnestaumel erneut zu erleben, doch sie war nicht sonderlich erpicht darauf, Hal zu sehen. Wahrscheinlich lag es daran, dass sie ihm noch immer zürnte, weil er sie ohne Abschied verlassen hatte. Es war die einzige Erklärung für sie.

„Es geht ihm bestimmt gut. Hal kommt immer unbeschadet davon.“ Bruce lehnte sich zurück und balancierte den Stuhl auf den Hinterbeinen.

„Als Hal etwa acht war und ich zwölf, wohnte uns gegenüber eine Familie mit einer sehr übergewichtigen Tochter. Alle Kinder in der Schule nannten sie Fettsack und Schweinchen und lauter solche hässlichen Dinge. Ein paar Jungen warteten immer an der Ecke auf sie und hänselten sie, wenn sie nach Hause ging."

Jenny lauschte selbstvergessen seiner tiefen, rauen Stimme. Seine Finger glitten gemächlich an seinem Glas hinauf und hinunter, das an der Außenseite feucht und schlüpfrig war. Die Härchen auf seinem Handrücken hoben sich hell von der gebräunten Haut ab. Seltsam, es war ihr nie zuvor aufgefallen. Die Art, wie er das Glas streichelte, wirkte faszinierend, und sie konnte sich lebhaft vorstellen …

„Eines Tages ging Hal mit ihr nach Hause und griff die Jungen an, als sie das Mädchen wieder zu hänseln begannen. Er holte sich eine aufgeschlagene Lippe und ein blaues Auge. Aber Mom und Dad erklärten ihn zu einem Helden. Mom gab ihm eine doppelte Portion Nachtisch, und Dad lobte ihn für seine gute Tat in den Himmel. Und ich dachte mir: Wenn das reicht, um sie glücklich zu machen, dann kann ich es auch."

„Und was hast du getan?"

„Am nächsten Tag habe ich der Bande hinter der Garage aufgelauert. Ich hatte doppelten

Grund, mit ihnen abzurechnen. Einerseits, weil sie meinen kleinen Bruder verdroschen hatten, und andererseits, weil sie wieder einmal das arme Mädchen verhöhnten. Ich stürmte also hinter der Garage hervor und knallte dem Ersten den Deckel einer Mülltonne ins Gesicht. Dem Zweiten schlug ich mit der Faust in den Magen, dass ihm die Luft ausging. Und dem Dritten trat ich in … na ja, dahin, wo es kleinen Jungen wehtut."

Jenny lächelte unwillkürlich. „Und was dann?" Wie ging es weiter?"

„Nun, ich erwartete, genauso gelobt zu werden wie Hal am Tag zuvor." Er schüttelte mit einem wehmütigen Lächeln den Kopf. „Ich erhielt eine Strafpredigt und eine Tracht Prügel, wurde ohne Abendessen in mein Zimmer geschickt, durfte zwei Wochen lang mein Fahrrad nicht benutzen und bekam kein Taschengeld."

Die Vorderbeine seines Stuhls trafen mit einem harten Knall auf den Boden. „Du siehst also, Jenny, dass ich zu einem Unruhestifter und Aufwiegler erklärt worden wäre, wenn ich diese Mission in Mittelamerika übernommen hätte. Hal hingegen wird als Heiliger angesehen."

Ohne nachzudenken, legte Jenny ihre Hand auf seine. „Es tut mir so leid, Bruce. Ich weiß, dass es sehr wehtut."

„Jenny? Wir sind zurück. Wo bist du?" Die

Hendrens kamen zur Vordertür herein.

Bruce und Jenny blieben voneinander gefesselt. Sie lösten ihre Hände und Blicke erst, als seine Eltern die Küchentür erreichten.

„Ach, hier bist du ja. Hallo, Bruce."

Jenny sprang auf und erbot sich, Kaffee zu kochen. Auch Bruce erhob sich.

„Ich muss gehen. Ich wollte nur wissen, ob ihr etwas von Hal gehört habt. Ich komme ein andermal vorbei. Bis dann." Es gab keinen Grund mehr, seinen Besuch auszudehnen. Er war wirklich gekommen, um nach Hal zu fragen, aber hauptsächlich, um Jenny zu sehen.

Er hatte sie gesehen. Sie hatte sogar seine Hand genommen. Er fühlte sich wohl.

Jenny beugte sich in ihren Wagen und stellte einen Karton mit Lebensmitteln auf den Rücksitz. Ein lang gezogener, lauter Pfiff ließ sie so hastig herumwirbeln, dass sie beinahe mit dem Kopf an die Karosserie stieß.

Bruce saß auf einem schweren Motorrad, mit einem unverschämten Ausdruck auf dem Gesicht, der zu seinem Pfiff passte. Ein glänzend schwarzer Sturzhelm baumelte in seiner Hand. Er trug ein blaues Hemd mit abgeschnittenen Ärmeln. Entweder hatte der Wind sämtliche Knöpfe abgerissen, oder Bruce hatte es versäumt, sie zu schließen. Ein verblichenes, rotes Tuch war um seinen Hals geknöpft. Er sah aus wie ein Bandit. Die Hell's Angels hätten ihn vermutlich mit offenen Armen empfangen und zu ihrem Anführer erwählt.

Fasziniert musterte Jenny die hellbraunen Härchen auf seiner Brust. Es fiel ihr sehr schwer, den Blick von all der entblößten, gebräunten Haut zu lösen. „Du bist nicht sehr nett", schalt sie.

„Vielen Dank. Du auch nicht."

„Wieso nicht?"

„Du trägst eine enge Jeans, die jeden Mann auf dumme Gedanken bringen könnte."

Sie blickte an sich hinab und entgegnete: „Nur gewisse Männer. Solche mit einer schmutzigen Fantasie."

„Hm. Damit bin ich wohl gemeint."

„Wem der Schuh passt … Kein anderer Mann hat mir heute nachgepfiffen."

„Dann hat kein anderer Mann gesehen, wie du dich bückst."

Sie warf ihm einen vernichtenden Blick zu. „Elender Sexist!"

„Und ich bin stolz darauf."

„Was wäre, wenn ich mich bei dir anschleichen und so pfeifen würde?"

„Ich würde dich in die Büsche ziehen."

„Du bist unverbesserlich.“

„Das habe ich schon öfter gehört.“ Seine Zähne blitzten im Sonnenschein, als er lächelte. Er beugte sich vor und stützte die Hände auf die Lenkstange. Seine Armmuskeln spannten sich. „Hast du Lust auf eine Fahrt?“

Jenny schloss entschieden die hintere Tür und öffnete die Fahrertür. Sie musterte das Motorrad mit einem abschätzenden Blick. „Du bist ja verrückt.“

„Nein, nur unverbesserlich. Komm schon, Jenny, es wird ’ne Wucht.“

Sie schüttelte den Kopf. „Ich steige nicht auf das Ding.“

„Warum nicht?“

„Ich traue deiner Fahrweise nicht.“

„Aber ich bin stocknüchtern.“

„Ausnahmsweise?“, konterte sie. „Ich bin einmal mit dir im Wagen gefahren und habe dabei mein Leben riskiert. Selbst die Polizei salutiert dir nur, wenn du vorbeisaust. Sie weiß, dass sie dich nicht einholen kann.“

Er zuckte die Schultern. „Ich fahre eben gern schnell. Aber ich fahre sicher.“

„Ich fahre sicherer. Nein, danke.“ Sie stieg in ihren Wagen. „Außerdem schmilzt die Eiscreme“, sagte sie durch das geöffnete Fenster, während sie anfuhr.

Bruce begleitete sie nach Hause. Er fuhr abwechselnd hinter ihr und neben ihr und vor ihr, und sie musste mehrere Male abbremsen, um nicht mit ihm zusammenzustoßen. Sie bemühte sich um eine strenge, missbilligende Miene, doch sie lachte, als sie das Pfarrhaus erreichten.

Er stellte das Motorrad neben ihren Wagen und nahm den Sturzhelm ab. „Siehst du? Völlig harmlos. Komm, fahr mit." Die Sonne schien auf sein Haar und ließ es wie poliertes Mahagoni leuchten. Seine Augen, von dichten Wimpern umrahmt, wirkten bezwingend.

Jenny zögerte. Der Karton Lebensmittel auf ihren Armen wurde immer schwerer.

„Wann hast du zum letzten Mal etwas Spontanes getan?", fragte er herausfordernd.

Als ich Hal verführt habe, schoss es ihr durch den Kopf. Doch sie wollte nicht an Hal denken. Er war nun seit zehn Wochen fort. Bruce kam häufig ins Pfarrhaus. Er tauchte stets unerwartet auf, so wie vorhin auf dem Parkplatz des Lebensmittelgeschäfts. Hätte sie es nicht besser gewusst, dann hätte sie geglaubt, dass er ihr folgte. „Ich kann wirklich nicht", sagte sie ausweichend.

„Natürlich kannst du. Beeil dich. Ich helfe dir auch, die Lebensmittel zu verstauen." Er nahm ihr den Karton ab und trug ihn rasch in die Küche, und als alles fortgeräumt war, drängte er mit einem unwiderstehlichen Lächeln: „Komm mit, Jenny, bitte!“

Bob und Sarah waren nicht zu Hause und konnten sie daher auch nicht zurückhalten. „Also gut“, gab sie mit einem tiefen Seufzer nach, und ihr Herz klopfte vor Vorfreude.

Er nahm ihre Hand und zog sie aus dem Haus, bevor sie es sich anders überlegen konnte. „Ich habe sogar einen Helm für dich.“ Er setzte ihn ihr auf und schloss die Schnalle unter ihrem Kinn. Einen Moment lang begegneten sich ihre Blicke. Doch bevor sie das Funkeln in seinen Augen deuten konnte, wandte er sich ab und bestieg das Motorrad. „Steig auf und leg die Arme um mich.“

Sie befolgte seine Anweisungen, doch als sie seine entblößte Haut unter dem offenen Hemd berührte, zog sie hastig die Hände zurück.

„Entschuldigung“, murmelte sie, als wäre sie mit einem Fremden in einem Fahrstuhl zusammengestoßen.

„Schon gut. Du musst dich gut festhalten.“ Bruce nahm ihre Hände, legte sie kurz oberhalb seiner Taille zusammen und drückte sie an sich. Dann startete er das Motorrad und fuhr an.

Jennys Kehle war wie ausgedörrt. Sie hielt ihre Hände völlig unbewegt, obgleich sie den Drang verspürte, über die harten Muskeln und feinen Härchen seiner Brust zu streicheln.

Der warme Wind zerrte an ihnen, als sie die Stadt verließen und mit voller Geschwindigkeit über die Schnellstraße brausten. Es war äußerst aufregend, nur die Räder zwischen sich und dem Asphalt zu wissen und die Vibrationen des Motors im ganzen Körper zu spüren.

„Wie gefällt's dir?", rief Bruce durch den Fahrtwind über die Schulter zurück.

„Es ist herrlich!", antwortete sie wahrheitsgemäß.

Er bog von der Schnellstraße in eine schmale Landstraße ein und fuhr schließlich durch ein Tor. Auf einem sanften Hügel in der ansonsten flachen Umgebung stand ein Haus im typisch viktorianischen Stil. In dem umzäunten Garten wuchsen Büsche und verschiedenartige Bäume, die Schatten spendeten. Die Veranda, die an drei Seiten um das Haus lief, wurde von den Balkons im zweiten Stock vor der Sonne abgeschirmt. Eine zwiebelförmige Kuppel überdachte eine vordere Ecke. Das Bilderbuchhaus war sandfarben gestrichen, mit Akzenten in Rost und Schiefergrau.

An einer Seite befand sich eine Garage. Dort stand die Corvette, zusammen mit einer Reihe anderer Fahrzeuge. Dahinter befand sich ein Stall. Mehrere Pferde grasten auf der angrenzenden Weide.

„Das ist mein Haus", sagte Bruce schlicht. Er

stellte das Motorrad ab und ließ Jenny absteigen.

Sie starrte das Haus an, während sie den Helm abnahm. „Hier lebst du also?“

„Ja. Seit zwei Jahren.“

„Ich wusste bis jetzt gar nicht, wo du wohnst. Du hast uns nie eingeladen.“ Sie drehte sich zu ihm um. „Warum nicht, Bruce?“

„Ich wollte eine Absage vermeiden. Meine Eltern halten es für eine Lasterhöhle und würden nie einen Fuß hineinsetzen. Hal wäre wahrscheinlich nicht gekommen, weil er weiß, dass sie dagegen sind. Es schien mir für alle einfacher, gar nicht erst zu fragen.“

„Und was ist mit mir?“

„Wärst du denn gekommen?“

„Ich glaube schon“, antwortete Jenny, doch beide wussten, dass sie es nicht getan hätte.

„Jetzt bist du ja hier. Möchtest du es dir ansehen?“ Seine Frage klang zögernd. Trotz all seiner Verwegenheit wirkte er nun sehr verletzlich.

Jenny zögerte nicht. „Ja, aber natürlich. Können wir gleich reingehen?“

Er lächelte und führte sie die Stufen zur Haustür hinauf. „Es wurde kurz nach der Jahrhundertwende erbaut und hatte eine ganze Reihe von Besitzern, die es alle ein bisschen mehr verfallen ließen. Es war geradezu baufällig, als ich es kaufte. Ich war eigentlich nur an dem Land interessiert. Ich wollte das Haus abreißen und ein neues, ganz modernes bauen. Aber dann fing es an, mir zu gefallen. Es scheint hierher zu gehören, und deshalb habe ich es restauriert."

„Es ist wundervoll", bemerkte Jenny, während sie durch die hohen, luftigen, sonnigen Räume wanderten.

Bruce hatte es schlicht dekoriert und alles in Altweiß gestrichen – die Wände, die Fenster, die Türen, die Portiere, die das Wohnzimmer und das runde Esszimmer von der Eingangshalle trennte. Die Fußböden aus Eichenholz waren seidenglänzend poliert. Die Möbel, eine geschmackvolle Mischung aus Alt und Neu, waren mit Betonung auf Bequemlichkeit ausgewählt und arrangiert.

Die Küche war ein Wunder des Weltraumzeitalters, doch all die modernen Geräte waren geschickt hinter einer Fassade mit antikem Charme verborgen. Die obere Etage enthielt drei Räume, von denen nur einer vollständig eingerichtet war.

Von der Tür aus musterte Jenny das Zimmer, in dem Bruce schlief. Es war in warmen Erdtönen gehalten. Auf dem massiven Bett lag eine unregelmäßig geformte Decke aus Wildleder, die weich wie Butter aussah. Durch eine Verbindungstür erhaschte sie einen Blick in ein luxuriös ausgestattetes Bad mit einem großen Fenster über der riesigen Wanne.

Bruce folgte ihrem Blick. „Es gefällt mir, im Wasser zu liegen und die Landschaft zu betrachten. Von dort sieht der Sonnenuntergang wirklich spektakulär aus. Oder nachts, wenn Vollmond ist und die Sterne blinken, ist es ein atemberaubender Anblick."

„Das Haus passt zu dir, Bruce. Zuerst dachte ich, es sei nicht der Fall, aber doch, seltsamerweise passt es sehr gut zu dir."

Ihre Bemerkung schien ihn zu freuen. „Komm, sieh dir den Swimmingpool an." Er führte sie die Treppe hinunter und hinaus auf einen gefliesten Patio.

Der Swimmingpool war tief und strahlend blau wie ein Saphir und von einem farbenprächtigen Blumenmeer umgeben. Rote Geranien wucherten in Tontöpfen. In einer Ecke war ein Kakteengarten mit leuchtend gelben und rosa Blüten angelegt. Silberne Salbeibüsche mit weißen und violetten Hochblättern säumten die Mauer.

„Es ist prachtvoll", flüsterte Jenny beeindruckt.

„Möchtest du schwimmen?"

„Ich habe keinen Badeanzug mitgebracht."

„Möchtest du schwimmen?" Seine Stimme klang rau und sanft, verführerisch und hintergründig.

Ihr Herz schien einen Schlag lang auszusetzen. Ihr stockte der Atem. Sie stand wie erstarrt da, gefesselt von seinem eindringlichen Blick und dem betörenden Klang seiner Einladung. Es war natürlich undenkbar.

Sie dachte dennoch daran. Und eine Woge der Wärme stieg in ihr auf. Im Geiste sah sie ihn und sich nackt im Sonnenschein. Sie malte sich aus, wie sie ihn berührte, sah ihre Hände über seine muskulösen Arme gleiten, sah ihre Finger über die weichen Härchen auf seiner Brust streicheln. Sie malte sich aus, wie seine kräftigen Hände sanft ihre Brüste liebkosten, über ihren Bauch zu ihren Schenkeln glitten …

„Ich muss zurück." Sie wirbelte herum und rannte förmlich über den Patio und durch das Haus, so als wäre ihr der Teufel auf den Fersen.

Auf der Veranda holte Bruce sie ein, und sie stand steif neben ihm, während er die Haustür verschloss. Als er ihren Arm nahm, um sie die Stufen hinabzuführen, zuckte sie zurück. „Was ist mit dir, Jenny?"

„Nichts. Gar nichts." Nervös befeuchtete sie sich die trockenen Lippen. „Mir gefällt dein Haus." Sie verstand selbst überhaupt nicht, warum sie sich so seltsam benahm. Sie wusste, dass sie keine Angst vor ihm zu haben brauchte. Schließlich kannte sie ihn bereits seit Jahren, und sie hatte unter einem Dach mit ihm gelebt, wenn er in den Semesterferien von der Universität nach Hause gekommen war. Sie waren immer wie Geschwister gewesen. Irgendwie.

Warum erschien er ihr dann plötzlich wie ein Fremder, und gleichzeitig wie jemand, den sie besser kannte als jeden anderen Menschen auf der Welt? Sie verspürte eine unerklärliche Verbindung zu ihm. Heftige Gefühle für ihn tobten in ihr. Fremdartige, sinnliche Gefühle, die sie beunruhigten und ihr dennoch so berechtigt erschienen.

„Du bist jederzeit willkommen", sagte er, während sie das Motorrad bestiegen. „Halt dich gut fest, Mädchen." Er fuhr los und brauste so schnell dahin, dass die Landschaft vor ihren Augen verschwamm.

Ihr blieb nichts anderes übrig, als sich an ihn zu klammern. Ohne Scheu legte sie die Hände auf seinen Bauch und presste sich an seinen Rücken. Ihre Schenkel umschmiegten seine Hüften, und sie stützte das Kinn auf seine Schulter.

Als sie in die Straße des Pfarrhauses einbogen, drosselte er beträchtlich die Geschwindigkeit. Doch er fuhr auf den Bürgersteig hinauf und schlängelte sich zwischen den Maulbeerbäumen hindurch, die ein großzügiger Bürger vor Jahrzehnten angepflanzt hatte. Es waren keine Fußgänger in Sicht, und daher bestand keine Gefahr, doch Jenny kreischte: „Du bist verrückt, Bruce Hendren!“

Sie waren beide atemlos vor Lachen, als er vor dem Pfarrhaus anhielt und den Motor abstellte. „Willst du morgen wieder mitfahren?“, fragte er über die Schulter hinweg.

Jenny stieg ab. Ihre Knie waren weich vor Aufregung, und sie musste sich an seiner Schulter festhalten, um nicht das Gleichgewicht zu verlieren. „Auf keinen Fall. Diese Rückfahrt war lebensgefährlich!“

Bruce hatte sie noch nie so übermütig erlebt. Ihre Wangen glühten, ihre Augen funkelten, und ihr Lächeln wirkte strahlend. Verschwunden war die zurückhaltende Maske, hinter der sie sich gewöhnlich verbarg. Zum ersten Mal kam ihre abenteuerlustige Ader zum Vorschein, die er in ihr vermutet hatte. Er stieg vom Motorrad und nahm seinen Helm ab. „Du wirst dich schon bald daran gewöhnen.“ Er half ihr mit ihrem Helm, und es schien ganz natürlich, dass er mit den Fingern ihr angedrücktes Haar auflockerte. „Beim nächsten Mal durchbrechen wir die Schallgrenze.“

Er legte einen Arm um ihre Schultern. Ihre Knie waren noch immer weich, und sie lehnte sich an ihn und schlang ihren Arm um seine Taille. Gemeinsam taumelten sie zur Hintertür.

Sie öffnete sich, Bob kam aus dem Haus. Anklagend blickte er erst Bruce, dann Jenny an.

Seine steinerne Miene ließ sie abrupt stehen bleiben. „Was ist?“, fragten sie wie aus einem Munde. Doch sie ahnten es bereits.

„Mein Sohn ist tot.“

4. KAPITEL

Jenny?", flüsterte Bruce eindringlich, doch er erhielt keine Antwort. „Jenny, bitte weine nicht. Soll ich dir von der Stewardess etwas bringen lassen?"
Sie schüttelte den Kopf und nahm das feuchte Papiertuch von den Augen. „Nein, danke, Bruce. Es ist alles in Ordnung." Doch es war nichts mehr in Ordnung, seit Bob Hendren ihnen am vergangenen Nachmittag mitgeteilt hatte, dass Hal von einem Exekutionskommando in Monterico erschossen worden war.

„Ich werde nie begreifen, warum zum Teufel ich dich mitgenommen habe", sagte Bruce voll bitterer Selbstvorwürfe.

„Ich musste mitkommen."

„Ich fürchte, dadurch wird alles nur noch schlimmer für dich."

„Nein, das stimmt nicht", widersprach Jenny und betupfte sich die geröteten, geschwollenen Augen. „Ich konnte einfach nicht zu Hause sitzen und warten. Ich wäre verrückt geworden, wenn ich nicht mitgekommen wäre."

Dafür hatte er Verständnis. Die Reise nach Monterico, um die Leiche zu identifizieren und in die Vereinigten Staaten zu überführen, bedeutete ein grausiges Unternehmen. Ihnen stand eine

Menge Papierkram mit dem Außenministerium bevor, ganz zu schweigen von den Verhandlungen mit der Militärjunta in Monterico. Doch alles schien besser, als zu Hause zu sitzen und den erbärmlichen Kummer der Hendrens zu ertragen.

„Jenny, wo hast du nur gesteckt?“, hatte Sarah geschluchzt, als Jenny und Bruce ins Wohnzimmer gestürmt waren, nachdem Bob ihnen die Todesnachricht überbracht hatte. „Dein Wagen steht vor der Tür … Wir haben überall gesucht … Ach, Jenny!“ Sarah war in Jennys Arme gesunken und hatte herzzerreißend geweint.

Bruce hatte sich auf das Sofa gesetzt, mit gespreizten Beinen und gesenktem Kopf, und auf den Fußboden zwischen seinen Stiefeln gestarrt. Niemand hatte ihn über den Verlust seines Bruders hinweggetröstet. Niemand hatte ihn beachtet. Sein Vater hatte nur vorwurfsvolle Blicke auf die beiden Sturzhelme im Flur geworfen.

Jenny hatte Sarahs hellbraunes Haar zurückgestrichen. „Es tut mir leid, dass ich nicht hier war. Ich … ich bin mit Bruce Motorrad gefahren.“

„Du warst mit Bruce zusammen?“ Sarah hatte den Kopf gehoben und ihn angeblickt, so als wäre seine Anwesenheit eine riesige Überraschung für sie, so als hätte sie ihn nie zuvor gesehen.

„Woher weißt du denn von Hal, Mom?“, hatte er leise gefragt.

Sarah hatte völlig apathisch gewirkt, mit ausdrucksloser Miene und bleicher Haut.

„Ein Vertreter des Außenministeriums hat vor einer halben Stunde angerufen“, hatte Bob daher erklärt. Er war plötzlich um Jahre gealtert. Seine Schultern hingen kraftlos herab und ließen ihn wie einen alten Mann aussehen. Sein Kinn sah plötzlich wabbelig und schlaff aus. Seine Augen waren nicht mehr so klar und lebhaft wie früher. Seine Stimme, die eindrucksvoll und überzeugend von der Kanzel predigte, zitterte nun. „Die faschistische Regierung hat Hal und einige Mitglieder seiner Gruppe festgenommen, zusammen mit einigen der Rebellen, die sie befreien wollten. Sie wurden alle erschossen. Unsere Regierung legt offiziell Protest ein.“

„Unser Sohn ist tot!“, hatte Sarah geschrien. „Was nützen da Proteste? Nichts wird uns Hal zurückbringen. Er ist tot!“

Jenny hatte ihr insgeheim zugestimmt. Die beiden Frauen hatten sich den ganzen Abend lang Halt suchend aneinander geklammert und geweint.

Die Nachricht hatte sich schnell in der Gemeinde verbreitet. Unzählige Mitglieder waren gekommen, um ihr Beileid auszusprechen. Das Telefon hatte unablässig geklingelt. Einmal hatte Jenny aufgeblickt und Bruce den Hörer abnehmen sehen. Er war irgendwann zwischendurch nach Hause gefahren und hatte sich eine dunkle Hose, ein Hemd und ein Jackett angezogen. Er hatte an der Wand gelehnt und sich während des Telefonats über die Augen gestrichen. Er hatte müde ausgesehen. Müde und sehr traurig.

Jenny hatte sich nach der verrückten Motorradfahrt nicht einmal gekämmt. Doch niemandem war ihr aufgelöster Zustand aufgefallen. Alle waren desinteressiert, wie Roboter durch das Haus geschlichen. Niemand hatte fassen können, dass Hal ihnen auf so grausame, brutale und unwiderrufliche Weise genommen worden war.

„Du siehst erschöpft aus." Bruce war hinter Jenny getreten, als sie sich in der Küche eine Tasse Kaffee eingeschenkt hatte. „Hast du überhaupt etwas gegessen?"

Unzählige gefüllte Schüsseln, gebracht von den Mitgliedern der Kirchengemeinde, hatten auf dem Tisch gestanden. Doch allein die Vorstellung, etwas zu essen, hatte Jenny mit Abscheu erfüllt. „Nein. Ich möchte nichts. Und du?"

„Ich bin wohl auch nicht hungrig."

„Wir sollten aber etwas essen", hatte Bob bemerkt, der mit Sarah am Arm zu ihnen getreten war.

„Ein Mann namens Withers vom Außenministerium hat angerufen, Dad", hatte Bruce ihm mitgeteilt. „Ich fliege morgen hin und überführe

Hals Leiche." Sarah war wimmernd auf einen Stuhl gesunken, und Bruce hatte sie traurig angesehen. „Dieser Withers trifft sich mit mir in Mexico City. Er wird mich begleiten und mir helfen. Ich rufe an, sobald ich Näheres weiß, damit ihr die Beerdigung vorbereiten könnt."

Sarah hatte die Arme auf den Tisch gefaltet, den Kopf darauf gebettet und erneut geweint.

„Ich komme mit dir, Bruce", hatte Jenny ruhig verkündet.

Die Reaktion der Hendrens auf diese Mitteilung war nicht so ruhig ausgefallen. Doch Jenny hatte sich nicht von ihrem Entschluss abbringen lassen.

Und nun befand sie sich auf dem Flug nach Mexico City, demselben Flug, den Hal vor knapp drei Monaten genommen hatte. Bruce saß dicht neben ihr, auf dem mittleren Sitz, obwohl der Platz am Gang frei war, so als wolle er sie vor dem Rest der Welt abschirmen. Als ihr Papiertuch zerriss, gab er ihr ein Taschentuch aus der Brusttasche seines Jacketts.

„Danke."

„Danke mir nicht, Jenny. Ich kann es nicht ertragen, dich weinen zu sehen."

„Ich fühle mich so schuldig."

„Schuldig? Um Himmels willen, warum?"

Sie starrte aus dem Fenster des Flugzeugs. „Ich

weiß nicht. Aus tausend Gründen. Weil ich böse auf ihn war, als er abgereist ist. Weil ich verletzt war, dass er mir keine persönliche Karte geschickt hat …“

„Jeder fühlt sich wegen solcher Dinge schuldig, wenn jemand stirbt. Das ist ganz natürlich.“

„Ja, aber … ich fühle mich schuldig, weil … weil ich noch lebe.“ Mit tränenverschleierten Augen blickte sie ihn an. „Weil ich gestern so viel Spaß mit dir hatte, während Hal schon tot war.“

Dieses Schuldgefühl quälte auch ihn, doch das wollte er ihr nicht gestehen. Er legte einen Arm um sie und zog sie an seine Brust. Tröstend streichelte er über ihr Haar, als sie den Kopf an seine Schulter bettete. „Du darfst dich nicht schuldig fühlen, weil du lebst. Hal hätte das nicht gewollt. Er ist freiwillig zu dieser Mission aufgebrochen. Er kannte das Risiko und ist es bewusst eingegangen.“

Aber warum musste er sterben? fragte er sich insgeheim. Warum, verdammt? Er hatte Jenny in einem fairen Kampf für sich gewinnen wollen. Dass sie plötzlich durch Hals Tod zu haben war, bedeutete keinen Triumph für ihn. „Warum warst du so böse auf Hal, als er abgereist ist? Weil er sich nicht von dir verabschiedet hat.“, fragte er, obgleich er die Antwort fürchtete. Bereute sie womöglich, was passiert war?

Lange Zeit schwieg sie. Dann erklärte sie stockend: „In der letzten Nacht vor seiner Abreise ist etwas geschehen, das uns einander sehr nahe gebracht hat. Aber am nächsten Morgen ist er gegangen, ohne sich zu verabschieden, so als wäre es nie geschehen. Ich hatte gehofft, dass er die Reise absagen würde." Sie atmete tief durch. „Ich habe mich zurückgesetzt gefühlt, weil er es nicht getan hat. Eigentlich habe ich nicht geglaubt, dass ihm meine Gefühle wichtiger waren als seine Mission, aber …"

Sollte er es ihr gestehen? Sollte er ihr erklären, dass sie sich zu Unrecht verletzt fühlte, weil Hal gar nichts von jener Liebesnacht wusste? Dass Hal ihren Zorn gar nicht verdiente? Dass sie sich auch nun nicht schuldig zu fühlen brauchte, weil er selbst der einzig Schuldige war … wie immer?

Bruce war sehr versucht, es ihr zu sagen. Aber nein, es war unmöglich. Sie musste erst einmal Hals Tod überwinden. Wie hätte sie die Erkenntnis verkraften können, dass sie mit einem falschen Mann geschlafen hatte? Wie konnte eine Frau sich das verzeihen? Wie konnte sie je dem Mann verzeihen, der sie getäuscht hatte?

Jenny musste die Anspannung seines Körpers wohl gespürt haben, denn plötzlich richtete sie sich auf und wich ein wenig zurück. „Ich sollte dich nicht damit belästigen. Was mich im Innersten angeht, interessiert dich wohl herzlich wenig."

Er hätte ihr gern gestanden, wie sehr es ihn interessierte. Dass er sie so intim kannte, wie es nur möglich war. Dass er sich jede Linie ihres Körpers eingeprägt hatte. Dass er ihre leidenschaftlichen Laute so gut kannte wie seine eigene Stimme, weil er sie im Geiste immer wieder hörte, wenn er nachts allein im Bett lag und an sie dachte.

Was bin ich bloß für ein Schuft! schoss es ihm plötzlich durch den Kopf. Sein Bruder war tot, doch er dachte daran, wie es war, mit Jenny zu schlafen. „Wir werden bald landen", sagte er brüsk, um sein schlechtes Gewissen zu überspielen.

„Dann sollte ich mein Gesicht herrichten."

„Dein Gesicht ist wundervoll."

Erstaunt wandte sie sich ihm zu. Sie blickte ihn an, und dabei wurde ihr bewusst, dass niemand ihm für all die Dinge gedankt hatte, um die er sich gekümmert hatte. Er hatte die unangenehmen Aufgaben übernommen, ohne dass er überhaupt darum gebeten worden war. „Du warst uns allen eine große Hilfe, Bruce. Deinen Eltern. Mir." Sie legte eine Hand auf seinen Arm. „Ich bin froh, dass wir dich haben."

„Ich bin auch froh, dass ihr mich habt", sagte er mit einem sanften Lächeln.

Es war richtig, ihr nicht zu sagen, dass er in jener Nacht ihr Liebhaber gewesen war. Früher hätte er nicht seinem Bruder das Verdienst für die Sinnesfreuden überlassen, die er Jenny bereitet hatte. Doch er hatte sich verändert. Und daher ließ er sie in dem Glauben, dass sie mit Hal geschlafen hatte. Um ihr zu ersparen, dass zu ihrer Trauer auch noch Beschämung hinzukam.

Die Hauptstadt von Monterico war hässlich, lärmend und heiß. Stählerne Skelette erinnerten an Häuser, die einmal gestanden hatten und nun nur noch Ruinen waren. Schutthaufen machten einige Straßen unpassierbar. Politische Parolen, in Blutrot gemalt, schrien die grausige Geschichte des Bürgerkrieges von sämtlichen Reklametafeln.

Soldaten in Arbeitshosen, Kampf stiefeln und Panzerhemden patrouillierten durch die Straßen. Ihre Gesichter wirkten mürrisch, ihr Verhalten war arrogant und grob. Die Zivilbevölkerung kuschte. Mit angstvollem Blick und verstohlenen Bewegungen ging sie ihrem Tagwerk nach.

Jenny hatte noch nie einen so deprimierenden Ort gesehen. Sie begann Hals Beweggründe und seine Entschlossenheit zu verstehen, dieses Elend zu beseitigen und der Unterdrückung des menschlichen Geistes ein Ende zu bereiten.

Withers, der Vertreter des Außenministeriums, der sie in Mexico City empfing, erwies sich als Enttäuschung. Sie hatte einen Mann erwartet, der allein durch sein Auftreten Autorität ausstrahlte und Respekt hervorrief. Doch Mr. Withers sah aus, als könnte er nicht einmal einem starken Windstoß standhalten, geschweige denn einer feindlichen Regierung trotzen. Sie konnte ihn sich eher als Zielscheibe grausamer Witze vorstellen denn als Widersacher einer Militärjunta. Doch er hatte sie freundlich und voller Mitgefühl empfangen und brachte ihr Respekt entgegen.

Jenny überließ Bruce die meisten Verhandlungen. Doch während er sich um die behördlichen Dinge kümmerte, ließ er sie nie aus den Augen. Er war ständig an ihrer Seite, meistens mit einem beschützenden Arm um ihre Schultern oder einer zärtlichen Hand an ihrem Ellbogen. Sie verließ sich auf seine Stärke, und sie fragte sich, warum ihm niemand Einfühlungsvermögen zutraute. Die Leute glaubten, dass ihm alles gleichgültig wäre. Doch sie irrten sich. Er trauerte um seinen Bruder. Und er behandelte Jenny mit äußerster Rücksicht.

Bei der Ankunft auf dem Flughafen von Monterico wurden Jenny, Bruce und Mr. Withers auf den Rücksitz eines alten Ford verfrachtet. Vorn saßen der Fahrer und ein Soldat mit einem Maschinengewehr unter dem Arm. Die beiden waren Vertreter der derzeitigen Regierung, und sie machten sich nicht die Mühe, ihre Verachtung gegenüber den Passagieren zu verbergen.

Nach einer weitschweifigen Fahrt durch die Stadt wurden sie vor einem Gebäude abgesetzt, das ursprünglich eine Bank beherbergt hatte und nun als Regierungssitz diente. Drinnen kreisten Ventilatoren an der Decke, doch sie bemühten sich vergeblich, die stickige Luft erträglich zu machen. Doch zumindest bildete die ehemalige Schalterhalle einen Schutz vor der sengenden Sonne. Jennys Bluse klebte ihr am Leib. Bruce hatte längst das Jackett ausgezogen, die Krawatte abgenommen und die Hemdsärmel hochgerollt.

Ein Soldat deutete mit seinem Gewehr auf eine schäbige Couch und murrte dabei etwas vor sich hin, das sie als Befehl auffassten, sich zu setzen. Mr. Withers wurde zu Verhandlungen mit dem militärischen Befehlshaber in einen Nachbarraum geführt.

Als er zehn Minuten später aus dem Büro trat, wischte er sich aufgeregt mit einem Taschentuch über die Stirn. „Davon wird Washington erfahren“, verkündete er empört.

„Wovon?“, hakte Bruce nach. Er stand mit gespreizten Beinen da, sein Jackett über die Schulter geschlungen, das Hemd geöffnet und die eindrucksvolle breite Brust enthüllt, mit einem finsteren Ausdruck auf dem Gesicht, und er sah Furcht erregender aus als jeder der Soldaten.

Mr. Withers erklärte, dass Hals Leiche die Stadt noch nicht erreicht hatte. „Das Dorf, in dem die … ehm …"

„Exekution", warf Bruce offen ein.

„Nun, ja, das Dorf, in dem sie stattgefunden hat, ist durch Guerilla-Kämpfe abgeschnitten. Aber man erwartet, dass die Leiche bei Einbruch der Dunkelheit eintrifft."

„Bei Einbruch der Dunkelheit!", rief Jenny entsetzt. Den ganzen Nachmittag in dieser kriegserschütterten Stadt verbringen zu müssen, war eine erschreckende Vorstellung.

„Ich fürchte ja, Miss Fletcher." Mr. Withers warf Bruce einen nervösen Blick zu. „Vielleicht auch früher. Niemand scheint es genau zu wissen."

„Und was sollen wir in der Zwischenzeit anfangen?", fragte sie.

Er räusperte sich und schluckte. „Warten."

Und das taten sie. Endlose Stunden lang, die sich zäh und eintönig dahinzogen. Sie durften das Gebäude nicht verlassen. Als Mr. Withers seine diplomatische Macht einsetzte, um ihnen Essen und Trinken zu besorgen, wurden ihnen altbackene Schinkenbrote und rostiges Wasser gebracht.

„Das sind bestimmt die Überreste aus den Gefangenenlagern", sagte Bruce angewidert und warf sein Brot in den nächsten übervollen Papierkorb.

Auch Jenny konnte ihr Brot nicht essen. Der Schinken hatte eine leicht grünliche Farbe. Doch sie tranken das Wasser, aus Angst vor zu großem Flüssigkeitsentzug. Sie schmachteten in der Nachmittagshitze, während die Soldaten sich und ihre Gewehre an die Wände lehnten und Siesta hielten.

Bruce schritt unruhig umher und schimpfte unablässig auf Monterico im Allgemeinen und ihre Bewacher im Besonderen. Jenny mit dem rötlich schimmernden Haar und den grünen Augen stellte eine reizvolle Neuheit in diesem Land dar, dessen Bevölkerung überwiegend dunkel war – braune Haut, schwarzes Haar, tiefbraune Augen. Jedesmal, wenn einer der großspurigen Soldaten einen lüsternen Blick in ihre Richtung warf, trat ein drohendes Funkeln in Bruce' Augen.

Die Wachen wussten nicht, dass er fließend Spanisch sprach. Als einer der Soldaten eine zotige Bemerkung über Jenny zu seinem Kumpel machte, stürmte Bruce mit geballten Fäusten auf ihn zu.

Mr. Withers hielt ihn am Ärmel zurück. „Um Himmels willen, Mann, machen Sie keine Dummheiten! Sonst müssen wir drei Leichen zu Ihren Eltern zurückschicken."

Er hatte natürlich recht, und Bruce kehrte widerstrebend zu seinem Platz auf der Couch zurück. Fest umfasste er Jennys Hand. „Bleib immer in meiner Sichtweite, was auch geschieht."

Gerade als die Sonne über dem dichten Dschungel in der Ferne versank, ratterte ein großer Militärlaster die Straße hinauf und hielt vor dem Regierungsgebäude. Der Fahrer und seine Kumpane stiegen lässig aus, zündeten sich Zigaretten an, scherzten miteinander, streckten sich nach einer offensichtlich langen, staubigen Fahrt. Der Mann mit dem dicksten Bauch und höchsten Rangabzeichen watschelte ins Büro des Befehlshabers.

„Es ist wohl soweit, denke ich", sagte Mr. Withers hoffnungsvoll.

Er hatte recht. Der Befehlshaber kam aus seinem Büro, wedelte mit einem Stapel Papiere, bedeutete ihnen, ihm hinauszufolgen. Die Plane des Lasters wurde zurückgeschlagen, und der Befehlshaber kletterte auf die Ladefläche. Withers folgte ihm. Dann Bruce.

„Du nicht", sagte er, als Jenny einen Fuß auf die Ladeklappe setzte.

„Aber, Bruce …"

„Nein", beharrte er entschieden.

Vier Särge befanden sich im Laster. Hal lag im dritten, der geöffnet wurde. Jenny erkannte es an dem Ausdruck, der auf Bruce' Gesicht trat, als der Deckel hochgehoben wurde. Er presste die Augen fest zu, biss die Zähne zusammen, und sein Gesicht verzerrte sich. Withers stellte ihm eine kurze Frage, und er nickte.

Als Bruce die Augen wieder öffnete, ließ er den Blick durch den Lastwagen gleiten, so als könne er es nicht ertragen, seinen Bruder noch einmal anzusehen. Aber dann tat er es doch. Und seine Miene wurde weich, Tränen traten ihm in die Augen. Er streckte eine Hand aus und berührte liebevoll das Gesicht seines Bruders.

Dann gab der Befehlshaber einen schroffen Befehl auf Spanisch, und der Sarg wurde versiegelt. Bruce und Withers wurden von der Ladefläche geführt, und vier Soldaten stiegen hinauf, um den Sarg herauszuholen.

Nachdem Bruce aus dem Laster gesprungen war, legte er sofort die Arme um Jenny. Nun erst wurde ihr bewusst, dass sie weinte. „Bringen Sie uns hier raus“, sagte er zu Withers, der in der Nähe wartete. „Lassen Sie den Sarg zum Flughafen bringen und uns sofort aufbrechen.“

Withers eilte davon, um den Auftrag auszuführen.

Bruce legte einen Finger unter Jennys Kinn und hob ihren Kopf. „Ist alles in Ordnung?“

„War er …? Ist sein Gesicht …?“

„Nein.“ Er lächelte sanft und strich ihr das Haar zurück. „Er sieht unberührt aus, als ob er schläft.

Unglaublich jung. Sehr friedvoll, fast glücklich."

Sie schluchzte auf und barg das Gesicht am Kragen seines Hemdes. Er senkte den Kopf auf ihren und hielt sie fest. Seine Hände streichelten tröstend über ihren Rücken. Er wusste, wie sie litt. Er fühlte sich, als läge ein Teil von ihm in dem Sarg.

Withers räusperte sich laut und verlegen. „Mr. Hendren?" Er wartete, bis Bruce den Kopf hob, und sagte dann hastig: „Sie bringen den Sarg jetzt zum Flughafen." Er deutete auf einen klapprigen Lieferwagen, der sich einen Hügel hinaufquälte.

„Gut. Ich will Jenny schleunigst von hier fortbringen. Wir können Mexico City in etwa ..."

„Ehm, es gibt da ein Problem."

Bruce hatte sich bereits in Bewegung gesetzt. Er blieb abrupt stehen und wirbelte herum, mit Jenny im Arm. „Was für ein Problem?", fragte er düster.

Withers trat unruhig von einem Fuß auf den anderen. „Sie lassen nach Einbruch der Dunkelheit kein Flugzeug starten."

„Was?", explodierte Bruce. Die Sonne war inzwischen untergegangen. Die Finsternis war undurchdringbar.

„Sicherheitsmaßnahmen", erklärte Withers. „Sie wollen die Startbahnbeleuchtung nicht einschalten. Vielleicht erinnern Sie sich, dass die Landebahn getarnt war, als wir ankamen."

„Ja, ja, ich erinnere mich", entgegnete Bruce gereizt. „Wann können wir aufbrechen?"

„Morgen früh, sobald es hell ist."

„Wenn nicht, dann werde ich Himmel und Hölle in Bewegung setzen. Ich kann auch gemein werden. Die haben noch keinen hinterhältigeren Guerilla-Kämpfer als mich kennengelernt. Und wenn die glauben, dass ich Jenny zumute, die Nacht in dem Bankgebäude zu verbringen, dann irren sie sich gewaltig."

„Nein, nein, das ist nicht nötig. Sie haben uns Zimmer in einem Hotel besorgt."

„Das kann ich mir denken", fauchte Bruce. „Wir suchen uns selbst ein Hotel."

Doch das Angebot war sehr begrenzt, und schließlich stiegen sie doch in dem Hotel ab, das die Regierungsvertreter für sie vorgesehen hatten.

Wenn die Zimmer so schäbig wie die Eingangshalle ausgestattet waren, dann stand ihnen eine unbequeme Nacht bevor. Der Ventilator an der Decke drehte sich mit protestierendem Quietschen. Die Gardinen waren zerschlissen, und die Säume hingen auf den schmutzigen Fußboden. Ein Stapel Zeitschriften lag schon so lange ungelesen auf einem Tisch, dass die Titelseiten verblasst und von Staub bedeckt waren. Nicht gepflegte Pagen, sondern mürrische Soldaten mit Maschinengewehren stolzierten in der Halle umher. Die Atmosphäre war bedrohlich und deprimierend zugleich.

Nach einer Besprechung mit der ungekämmten Concierge kehrte Withers mit drei Zimmerschlüsseln zurück. „Wir sind alle auf demselben Flur untergebracht“, verkündete er glücklich.

„Na, ausgezeichnet! Ich lasse uns Champagner und Kaviar aufs Zimmer bringen, und dann feiern wir eine Party.“

Withers wirkte geradezu gekränkt über Bruce' Stichelei. „Miss Fletcher, Sie haben das Zimmer Nummer neunzehn.“

Bruce fing den Schlüssel ab, bevor Jenny ihn übernehmen konnte, und blickte auf das Schild an seinem eigenen Schlüssel. „Miss Fletcher kommt mit mir in Nummer fünfundzwanzig. Komm, Jenny.“ Er nahm ihren Arm und führte sie zur Treppe.

„Aber sie haben doch genaue Anweisungen wegen der Zimmer gegeben“, protestierte Withers und trottete ihnen wie ein lästiger Hund hinterher. „Die Zimmer sind uns zugeteilt worden.“

„Zur Hölle mit denen! Glauben Sie etwa, dass ich Jenny allein lasse und denen ausliefere? Denken Sie doch einmal nach, Mann!“

„Aber das bedeutet einen Verstoß gegen unsere Vereinbarungen.“

„Es ist mir völlig egal, wenn dieser Verstoß gegen Ihre Vereinbarungen den Dritten Weltkrieg auslöst!“

„Ich bezweifle ernsthaft, dass sie Miss Fletcher etwas antun würden. Schließlich sind es keine Wilden.“

Bruce wirbelte herum und starrte Withers hart an. „Sie bleibt bei mir.“ Und dagegen gab es keine Widerrede.

In Zimmer fünfundzwanzig war es heiß, stickig und staubig, wie offensichtlich in ganz Monterico. Bruce trat ans Fenster und spähte hinaus. Wie er vermutet hatte, wurden sie bewacht. Zwei Soldaten standen unten auf der Straße. Ihre Zigaretten glühten in der Dunkelheit.

Er ließ das Fenster offen und schloss nur die Läden. Zumindest ein wenig kühle Nachtluft drang in den Raum. „Withers hat gesagt, dass man uns das Abendessen aufs Zimmer bringt.“

„Wenn es so wie das Mittagessen ist, dann kann ich es kaum erwarten.“ Jenny warf ihre Handtasche lustlos auf das Bett und sank auf die Kante. Sie ließ die Schultern hängen, aber zumindest hatte sie ihren Sinn für Humor nicht ganz verloren.

„Zieh doch die Schuhe aus und leg dich hin.“

„Einen Augenblick ausruhen wäre nicht schlecht“, gab sie zu und legte sich auf die geblümte Bettdecke.

Eine halbe Stunde später klopfte ein Soldat an die Tür, stieß sie auf und brachte ein Tablett herein. Jenny, die eingenickt war, fuhr erschrocken auf. Ihr Rock rutschte hoch. Er starrte sie gierig an.

Bruce ignorierte Withers' Warnung. Er nahm dem Soldaten das Tablett ab und schob ihn aus dem Zimmer. Er verschloss die Tür und stellte einen Stuhl unter die Klinke. Solche Maßnahmen konnten zwar keine Maschinengewehrkugeln aufhalten, aber er fühlte sich dennoch wohler.

Das ‚Dinner' war ein Eintopf aus Reis, Hähnchenfleisch, Bohnen und genügend Pfefferschoten, um Jenny die Tränen in die Augen zu treiben. Ihr war ohnehin nicht nach Essen zumute. Nach zwei Bissen legte sie die Gabel nieder.

„Iss", befahl Bruce.

„Ich habe keinen Hunger."

„Iss trotzdem, Jenny. Zumindest das, was sich nicht bewegt."

Sie gab nach und pickte sich die Streifen Hähnchenfleisch heraus.

Trüber Rotwein begleitete das Mahl. Bruce nippte daran und verzog das Gesicht. „Ich glaube, der ist eigentlich als Reinigungsmittel gedacht."

„Spricht da der Säufer von La Bota?"

„Nennt man mich so?"

„Manchmal."

Er reichte ihr ein gefülltes Glas. „Trink. Ich traue dem Wasser hier nicht, und in dieser Brühe können bestimmt keine Bakterien überleben."

Sie nippte daran, zog eine Grimasse, über die er lachte, und nippte erneut. Sie schaffte nur fünf Schlucke. „Mehr geht wirklich nicht", sagte sie und schüttelte sich vor dem sauren Nachgeschmack.

Bruce stellte das Tablett neben die Tür. Er lauschte einen Augenblick. Es war alles still auf dem Flur. Doch es waren gewiss Wachposten aufgestellt worden, wenn nicht direkt vor der Tür, dann an der Treppe.

Jenny spähte ins Badezimmer. „Meinst du, dass die Dusche funktioniert?"

„Das kommt auf einen Versuch an."

„Glaubst du, dass ich mir von dem Wasser eine Infektion holen könnte?"

Er lachte. „Wir müssen es wohl riskieren." Er zupfte an seinem verschwitzten Hemd. „Mir bleibt jedenfalls keine andere Wahl."

„Mir wohl auch nicht." Sie trat ins Bad, schloss die Tür, zog sich aus und stellte sich widerstrebend in das gelblich verfärbte Duschbecken. Zu ihrer Überraschung war das Wasser heiß und die Seife amerikanische Exportware. Sie wusch sich sogar die Haare damit, aus Mangel an Shampoo.

Nachdem sie sich abgetrocknet hatte, wusch

sie ihre Unterwäsche im Waschbecken aus, da sie sich sonst nicht hätte überwinden können, sie am folgenden Morgen wieder anzuziehen. Sie hängte BH, Slip und Bluse über die einzige Handtuchstange. Dann schlüpfte sie in ihren Unterrock, um darin zu schlafen, und zog sich die Kostümjacke an. Es war ein lächerlicher Aufzug, doch ihr blieb keine andere Wahl.

Verlegen betrat sie das Zimmer und fingerte nervös an den Knöpfen der Kostümjacke, als Bruce sie anblickte. Hatte er sie jemals mit nassen Haaren gesehen? „Ich ... da ist nur ein Handtuch. Es tut mir leid."

„Gar kein Problem. Ich trockne an der Luft." Er sprach in gelassenem Ton, doch sein Blick ruhte auf dem breiten Spitzenbesatz ihres Unterrocks, kurz oberhalb ihrer Knie.

Sie ging zum Bett und er ins Badezimmer. Sie erinnerte sich an ihre Unterwäsche, die zum Trocknen auf der Stange hing, und ihre Wangen glühten. Es war albern. Sie hatten im selben Haus gelebt. Ihre Wäsche war zusammen gewaschen und aufgehängt worden, wenn er von der Universität heimgekommen war. Er hatte sie im Nachthemd und Morgenrock und verschiedenen Stadien der Entkleidung gesehen.

Doch diesmal war es anders. Und die Vorstellung, dass er ihre Unterwäsche sah, ließ eine Woge der Wärme durch ihren Körper rieseln.

Als er aus dem Badezimmer kam, hatte sie sich die Kostümjacke ausgezogen und lag unter der Bettdecke. Er trug nur seine Hose. Sein Brusthaar glitzerte feucht. Das Haar tropfte nicht mehr, war aber feucht und zerzaust. Er löschte das Licht und setzte sich auf die Bettkante. „Bequem?"

„In Anbetracht der Umstände, ja."

Er nahm ihre Hand und verschränkte seine Finger mit ihren. „Du bist wirklich beachtlich, Jenny Fletcher", sagte er sanft.

„Wie meinst du das?"

„Du hast heute die Hölle durchgemacht, aber du hast dich mit keinem Wort beklagt." Mit der anderen Hand wickelte er sich eine Locke ihres Haares um einen Finger. „Ich finde dich sagenhaft."

„Ich dich auch." Ihre Stimme zitterte. „Du hast um Hal geweint."

„Er war mein Bruder. Trotz unserer Differenzen hatte ich ihn gern."

„Ich muss immer daran denken, wie …" Sie verstummte und presste die Lippen zusammen, als eine Träne über ihre Wange kullerte.

„Denk nicht daran, Jenny!" Er strich ihr über die Wange.

„Ich muss aber!"

„Nein, du musst nicht. Du wirst nur verrückt, wenn du es tust."

„Du hast auch daran gedacht, Bruce. Sicher. Das weiß ich. Wie war es kurz vor seinem Tod? Hatte er Angst? War er …?"

Er legte einen Finger auf ihre Lippen. „Natürlich habe ich daran gedacht. Und ich glaube, dass er es tapfer ertragen hat. Ich bin sogar sicher. Er hatte einen unerschütterlichen Glauben. Er hat getan, wozu er sich berufen fühlte. Ich glaube nicht, dass dieser Glaube ihn verlassen hat."

„Du hast ihn bewundert", flüsterte Jenny in plötzlicher Einsicht.

„Ja, das habe ich. Unsere Reaktionen waren immer unterschiedlich. Ich war heftig, Hal war friedlich. Vielleicht braucht es mehr Mut, sanft und duldsam zu sein, als draufgängerisch."

Jenny schmiegte eine Hand an seine Wange. „Er hat dich auch bewundert."

„Mich?" Es klang ungläubig.

„Ja. Deinen Kampfgeist, deinen Trotz, wie immer du es nennen willst."

„Vielleicht", sagte er ein wenig nachdenklich. „Ich möchte es gern glauben." Er zog die Decke über ihre Schultern. „Du musst jetzt schlafen." Er löschte das Licht und gab ihr nach kurzem Zögern einen Kuss auf die Stirn. Dann zog er den einzigen einigermaßen bequemen Sessel ans Fenster und sank hinein. Kurz darauf waren beide eingeschlafen.

„Was war das?“ Jenny setzte sich mit einem Ruck im Bett auf. Das Zimmer lag im Dunkeln, doch immer wieder zuckte grelles Licht zum Fenster herein.

Hastig trat Bruce ans Bett. „Es ist alles in Ordnung, Jenny.“ Er setzte sich und versuchte sie in die Kissen hinabzudrücken, doch sie war wie erstarrt. „Es ist mehrere Meilen entfernt. Es geht schon seit einer halben Stunde so. Tut mir leid, dass es dich geweckt hat.“

„Das ist kein Donner“, sagte sie rau.

„Nein.“

„Das sind Kämpfe.“

„Ja.“

„Oh, Himmel!“ Sie bedeckte das Gesicht mit den Händen und sank in die Kissen. „Ich hasse diesen Ort. Es ist heiß und schmutzig, und sie töten anständige, wundervolle Leute wie Hal. Ich will nach Hause!“, rief sie. „Ich habe Angst, und ich hasse mich dafür. Aber ich kann es nicht ändern.“

Bruce legte sich neben sie und zog sie an sich. „Die Kämpfe sind weit weg. Morgen früh fliegen wir ab, und du brauchst nie wieder an Monterico zu denken. Und ich bin bei dir.“ Er streichelte beruhigend über ihr Haar. „Ich lasse nicht zu, dass dir etwas geschieht. Solange ich lebe, werde ich dich beschützen.“

Seine Worte und der raue, sanfte Klang seiner

Stimme trösteten sie. Seine Kraft war wie ein Rettungsring, an den sie sich klammerte. Als er sich auf den Rücken drehte und sie an seine Brust zog, kuschelte sie sich an ihn. Instinktiv suchte sie Anlehnung an einen Menschen, der größer und stärker war als sie. Sie lehnte die Wange an seine muskulöse Brust und vergrub die Finger in seinem Haar, während sie den anderen Arm fest um seine Taille schlang.

Er hielt sie fest umschlungen und flüsterte ihr die zuversichtlichen Wort zu, die sie hören wollte. Ihr weißer Unterrock, der sich um die aufreizende Rundung ihrer Hüften schmiegte, hob sich schwach vom dunklen Raum ab. Ihre Brüste fühlten sich weich an seiner Brust an.

Immer wieder rann ein Schauer durch ihren Körper, und dann küsste er ihr Haar, während er ihre bloßen Schultern streichelte. Er genoss ihre glatte Haut unter seinen Fingern und bemühte sich, die Berührung unpersönlich zu halten.

Dann schlief sie ein. Er merkte es an ihrem regelmäßigen, warmen Atem, der seine Brust streifte. Und dann legte sie im Schlaf ein Bein über ihn. Ihr Schenkel ruhte auf seinem, und ihr Knie berührte beinahe seinen Hosenschlitz. Er biss die Zähne zusammen und unterdrückte sein heftiges Verlangen. Er starrte auf ihre Hand, die entspannt in seinem Schoß lag, und er sehnte sich verzweifelt danach, dass sie ihn berührte.

Er lauschte dem Grollen der fernen Kämpfe, bis es verstummte. Er beobachtete die Morgendämmerung, die am Horizont hereinbrach. Und noch immer hielt er Jenny umschlungen. Die Verlobte seines Bruders. Aber seine große Liebe.

5. KAPITEL

Hals Beerdigung erweckte großes Aufsehen in der Öffentlichkeit. Alle, die daran teilnahmen, hielten ihn für einen Märtyrer. Diejenigen, die zuvor seinen Fanatismus kritisiert hatten, hielten nun ehrfürchtig die Köpfe gesenkt. Fernsehteams aus allen größeren Städten von Texas liefen wie Ameisen auf dem Friedhof umher und bauten ihre Kameras auf.

Jenny konnte immer noch nicht fassen, dass seine Mission mit seinem Tod geendet hatte. Sie erwartete, jeden Augenblick aus einem Albtraum zu erwachen.

Seit sie und Bruce aus Monterico zurückgekehrt waren, herrschte ein wahres Chaos im Pfarrhaus. Das Telefon stand nicht still. Ständig trafen Besucher ein. Regierungsvertreter kamen, um sie und Bruce nach den Zuständen in Mittelamerika zu befragen.

Jenny hatte sehr wenig geschlafen, seit sie in jenem Hotelzimmer in Monterico erwacht war. Als sie erkannt hatte, dass sie nur in ihrem Unterrock in Bruce' Armen gelegen hatte, war sie hastig und verlegen ins Badezimmer geflüchtet. Eine knisternde Spannung war zwischen ihnen erwacht. Seitdem mied sie seinen forschenden Blick, und das schien ihn zu irritieren.

Sie waren in einem klapprigen Wagen zum Flughafen gefahren und dann in das Flugzeug mit Hals Sarg gesetzt worden. In Mexico City hatte Mr. Withers sich eifrig um ihren Anschlussflug nach El Paso gekümmert.

Bruce hatte am Fenster des Flughafengebäudes gestanden, mit hängenden Schultern und angespannter Miene, ins Leere gestarrt und Kette geraucht. Als er einen erstaunten Blick von Jenny aufgefangen hatte – seit jenem Abend vor Hals Abreise hatte sie ihn nicht mehr rauchen gesehen –, hatte er einen Fluch ausgestoßen und die Zigarette im nächsten Aschenbecher ausgedrückt.

Sie hatten kaum miteinander gesprochen während des Fluges nach El Paso. Die anschließende Fahrt nach La Bota, während der sie dem Leichenwagen mit Hals Sarg gefolgt waren, hatten sie in düsterem Schweigen zurückgelegt.

Seitdem hatten sie sehr wenig miteinander gesprochen. Die Kameradschaft, die einmal zwischen ihnen bestanden hatte, existierte nicht länger. Aus unerklärlichen Gründen fühlte Jenny sich in seiner Nähe unbehaglicher denn je zuvor. Er betrat einen Raum, sie verließ ihn. Er blickte sie an, sie wandte das Gesicht ab. Sie wusste nicht, warum sie ihn so sorgfältig mied, aber sie wusste, dass es mit jener Nacht im Hotelzimmer in Monterico zusammenhing.

Nun starrte sie auf den blumenbedeckten Sarg und verscheuchte die Erinnerungen an jene Nacht. Sie wollte nicht an jenen Augenblick denken, als sie in seinen Armen erwacht war und sich geborgen und heiter gefühlt hatte … bis sie erkannt hatte, wie unrecht dieses Gefühl der Heiterkeit war.

Sie wollte nicht riskieren, Bruce wieder nahe zu kommen. Seine Kraft zog sie an wie ein Magnet, und selbst in diesem Augenblick hätte sie sich auf ihn gestützt, wenn nicht seine Eltern zwischen ihnen gestanden hätten.

Der Bischof beendete die Beerdigung mit einem langen Gebet. Während der Heimfahrt weinte Sarah leise an Bobs Schulter. Bruce starrte brütend aus dem Fenster. Jenny knetete stumm ihr Taschentuch.

Mehrere Frauen von der Kirche waren bereits im Pfarrhaus eingetroffen, um die Trauergemeinde mit Kaffee, Kuchen, Punsch und Pasteten zu bedienen. Der Besucherstrom schien gar nicht enden zu wollen. Jenny war es schließlich leid, Beileidsbekundungen zu hören. Sie verließ das Wohnzimmer und ging in die Küche, um sich dort zu beschäftigen.

Nachdem die meisten Besucher das Haus verlassen hatten, kehrte Jenny ins Wohnzimmer zurück. Zu ihrer Erleichterung waren nur noch die Hendrens anwesend. Sie sank in einen Sessel, lehnte den Kopf zurück und schloss die Augen, bis das Klicken von Bruce' Feuerzeug sie aufblicken ließ.

„Ich habe dich gebeten, in diesem Haus nicht zu rauchen", fauchte Sarah vom Sofa her. Ihre Augen waren trocken, aber von dunklen Ringen umrahmt. Sie sah runzelig und verfallen aus, wie ein Schatten ihrer selbst. Ihre Miene wirkte so bitter, dass es an Gehässigkeit grenzte.

„Entschuldige bitte", sagte Bruce zerknirscht. Er ging zur Haustür und schnippte die Zigarette in die Nacht hinaus, die unbemerkt hereingebrochen war. „Alte Gewohnheit."

„Musst du deine hässlichen Gewohnheiten in dieses Haus bringen? Hast du keine Achtung vor deiner Mutter?", fragte Bob.

Bruce hielt auf dem Weg zu seinem Sessel inne, verblüfft über Bobs harten, verdammenden Ton. Sein Körper spannte sich, doch er entgegnete sanft: „Ich achte euch beide."

„Du hast vor gar nichts Achtung", widersprach Sarah brüsk. „Du hast mir nicht ein einziges Mal gesagt, dass der Tod deines Bruders dir leidtut. Ich habe kein Mitgefühl von dir bekommen."

„Mom, ich ..."

Sie ignorierte seinen Einwand und fuhr unbeirrt fort: „Allerdings weiß ich auch nicht, warum ich es von dir erwartet habe. Seit dem Tag deiner Geburt hast du mir nichts als Sorgen bereitet. Du hast nie Rücksicht auf mich genommen, wie Hal es getan hat."

Jenny setzte sich abrupt auf. Sie wollte Sarah ins Gedächtnis rufen, dass Bruce sich um sämtliche Formalitäten gekümmert hatte, die nach Hals Tod erledigt werden mussten. Doch sie kam nicht zu Wort.

„Hal wäre in einer Krise wie dieser ständig an meiner Seite geblieben."

„Ich bin nicht Hal, Mom."

„Glaubst du, dass du mir das erst sagen musst? Du könntest deinem Bruder nicht das Wasser reichen."

„Sarah, bitte nicht", warnte Jenny.

„Hal war so gut, so gut und so lieb." Sarahs Schultern begannen zu zittern, und sie brach in Tränen aus. „Wenn mir einer meiner Söhne genommen werden musste, warum dann ausgerechnet Hal?"

Jenny schlug bestürzt eine Hand vor den Mund. „Oh, mein Gott!"

Bob sank vor der Couch auf die Knie und tröstete seine Frau.

Lange Zeit starrte Bruce mit ungläubiger Miene auf seine Eltern hinab. Dann verhärtete sich sein

Gesicht. Er wirbelte auf dem Absatz herum und stürmte aus dem Haus.

Ohne nachzudenken, rannte Jenny ihm nach. An seiner Corvette, die am Straßenrand stand, holte sie ihn schließlich ein.

Er zerrte sich die dunkle Anzugjacke vom Leib und riss sich die Weste auf. „Geh zurück, wo du hingehörst!“, schrie er Jenny an. Er zwängte sich auf den niedrigen Sitz des Sportwagens und drehte den Zündschlüssel herum. Heftig trat er auf die Kupplung und legte den ersten Gang ein.

Sie riss die Beifahrertür auf und sprang hinein, als er gerade das Gaspedal durchtrat. Der Wagen schoss davon wie eine Rakete und schleuderte um die nächste Kurve.

Bruce schaltete in den vierten Gang hinauf, sobald sie die Stadtgrenze erreichten. Jenny wagte nicht, auf den Tachometer zu blicken. Er griff zum Radio, lenkte den Wagen mit einer Hand, bis er einen Sender gefunden hatte, der harte Rockmusik ausstrahlte. Er drehte die Lautstärke voll auf.

„Du hast einen großen Fehler begangen“, schrie er über den ohrenbetäubenden Lärm hinweg. „Du hättest zu Hause bleiben sollen.“ Er griff zum Handschuhfach vor ihren Knien und holte einen silbernen Flachmann hervor. Er klemmte sich die Flasche zwischen die Beine, schraubte sie auf und hob sie an die Lippen. Er nahm einen langen Schluck. Sein Gesicht verriet, dass es sich um sehr starken Alkohol handelte. Er trank wiederholt, während er mit nur einer Hand am Steuer über die Schnellstraße raste.

Die Wagenfenster waren geöffnet, und der Wind raubte Jenny den Atem und zerrte ihr Haar aus dem sittsamen Knoten, zu dem sie es für die Beerdigung hochgesteckt hatte. Es war ihr unerklärlich, wie es Bruce gelungen war, eine Zigarette anzuzünden, doch die Spitze glühte vor seinem finsteren Gesicht, das nur von der Armaturenbeleuchtung erhellt wurde.

„Na, hast du Spaß?“, fragte er in sarkastischem Ton.

Scheinbar unberührt wandte sie den Kopf ab und starrte aus dem Fenster. Die hohe Geschwindigkeit jagte ihr Angst ein, doch sie schwieg beharrlich.

Plötzlich bog Bruce von der Schnellstraße in eine unbefestigte, holprige Seitenstraße ein. Ohne Rücksicht auf die Corvette raste er durch die unzähligen Schlaglöcher. Jenny hielt sich am Sitz fest, um nicht mit dem Kopf gegen das Dach zu stoßen.

Sie fuhren bergauf. Sie spürte den Höhenunterschied, obgleich ringsumher nichts zu sehen war.

Völlige Dunkelheit umgab sie, und die Scheinwerfer beleuchteten lediglich den holprigen Weg. Sogar der Mond hatte sich hinter einer Wolke verkrochen, so als ob er verhindern wollte, dass irgendjemand Zeuge dieser wilden Szene wurde, die Bruce Hendren veranstaltete.

Bruce trat so heftig auf die Bremse, dass Jenny beinahe durch die Windschutzscheibe geschleudert wurde und der Wagen mehrere Meter mit blockierten Reifen rutschte, bevor er zum Stillstand kam.

Er drehte den Zündschlüssel herum. Abrupt trat völlige Stille ein, denn das lärmende Radio verstummte zusammen mit dem Motor. Er lehnte einen Ellbogen auf den Fenstersims, nahm die Zigarette aus dem Mund und setzte den Flachmann an die Lippen. Er trank ausgiebig und schmatzte dann zufrieden mit den Lippen.

Er wandte sich an Jenny, die ihn mit stummem Vorwurf musterte. „Entschuldige. Wo sind nur meine Manieren geblieben? Whisky?" Er hielt ihr die Flasche hin. Sie reagierte nicht. „Nein?" Er zuckte die Schultern. „Schade." Er trank erneut. „Zigarette?" Er hielt ihr die Packung hin. „Nein, natürlich nicht. Du bist ja die Lady ohne Laster. Die makellose Miss Jenny Fletcher. Unbefleckt. Unberührbar. Geschaffen nur für Heilige wie den lieben Verstorbenen, Hal Hendren."

Er zog tief an seiner Zigarette und blies ihr den Rauch mitten ins Gesicht.

Jenny zeigte noch immer keinerlei Reaktion.

Verärgert warf er die Zigarette aus dem Fenster. „Mal sehen, was dich aus der Fassung bringt. Was dich vor Schreck schreien lässt. Was könnte dich dazu bringen, aus meinem Wagen zu verschwinden, aus meiner Sicht und aus meinem verdammten Leben?", schrie er aufgebracht.

Er atmete ein paar Mal tief durch und beherrschte sich mühsam. Als er weitersprach, zitterte seine Stimme noch immer vor Wut und Schmerz, doch er wirkte ruhiger. „Was kann dich so sehr anekeln, dass du aus Angst um deine Tugend vor mir flüchtest? Ein Schwall schmutziger Ausdrücke vielleicht? Soll ich sie in alphabetischer Reihenfolge aufsagen oder so, wie sie mir gerade in den Sinn kommen?"

„Du kannst mich nicht anekeln, Bruce!"

„Wollen wir wetten?"

„Und ich lasse dich jetzt nicht im Stich, was du auch sagst oder tust."

„Ach nein? Du bist entschlossen, mich zu retten, wie?" Er lachte höhnisch. „Verschwende nicht deine Zeit."

„Ich lasse dich nicht allein", sagte sie sanft.

„Wir werden ja sehen." Er stürzte sich zu ihr hinüber, umfasste ihren Nacken mit einer Hand und riss sie an sich. Seine Lippen pressten sich hart und unerbittlich auf ihre.

Jenny wehrte sich nicht. Selbst als seine Zunge auf erniedrigende Weise in ihren Mund eindrang, leistete sie keinen Widerstand.

Bruce hob das Oberteil ihres zweiteiligen, schwarzen Strickkleides und schob eine Hand darunter. „Du kennst bestimmt meinen Ruf im Umgang mit Frauen“, stieß er wild an ihrem Hals hervor. „Ich bin rücksichtslos, skrupellos. Ein Jungfrauenschänder, ein Ehebrecher, eine wild gewordene Sexmaschine. Ich bin angeblich so scharf, dass es mir schwer fällt, meine Hose geschlossen zu halten.“ Er drängte ein Knie zwischen ihre Schenkel. „Weißt du, was das für dich bedeutet, Jenny? Nichts Gutes. Du steckst in argen Schwierigkeiten, Mädchen.“

Erneut küsste er wild ihren Mund, während er seine Hand unter dem Oberteil auf ihre Brust presste. Dann zerrte er den BH hinunter, massierte grob ihre entblößte Brust und rieb mit dem Daumen über die zarten Knospen.

Trotz ihrer Entschlossenheit, nicht zu reagieren, versteifte sich ihr Körper unwillkürlich. Doch sie wehrte sich nicht. Sie leistete Widerstand durch Passivität.

Das brachte Bruce abrupt zur Vernunft. Er sank in sich zusammen wie ein aufblasbares Spielzeug, das jemand mit einer Hutnadel angestochen hatte. Er atmete ein paar Mal tief durch. Der Sauerstoff klärte seinen Kopf vom Alkohol und vom Zorn.

Zerknirscht schob er den BH zurück über ihre Brust und zog die Hand unter ihrem Oberteil hervor. Er rutschte auf den Fahrersitz hinüber und stieg aus.

Nach einer Weile, als sie sich wieder gefasst hatte, stieg auch Jenny aus dem Wagen. Nun erkannte sie die Umgebung. Sie befanden sich auf der Mesa, einer meilenweiten Hochebene. Unterhalb lag still und dunkel die Prärie. Der warme, trockene Wind zerrte an ihrem Kleid und ihren Haaren.

Bruce saß auf der Motorhaube und starrte ins Leere. Sie trat zu ihm, stellte sich dicht vor ihn, versperrte ihm den Blick. Ihre Knie berührten sich beinahe.

Er hob den Kopf, blickte sie kurz an, ließ das Kinn dann auf die Brust sinken. „Es tut mir leid."

„Ich weiß." Sie strich ihm das Haar aus der Stirn.

„Wie konnte ich …?"

„Es macht nichts, Bruce."

„Doch." Er legte sanft eine Hand auf ihre Brust. Seine Berührung hatte nichts Sinnliches an sich. Es war, als würde er die Schulter eines verletzten Kindes berühren. „Habe ich dir wehgetan?“

Seine Hand wirkte warm und wohltuend, und sie legte ihre Hand auf seine. „Nein.“

„Doch.“

„Nicht so sehr, wie sie dir wehgetan hat.“

Sie blickten sich tief in die Augen. Ein namenloses Gefühl sprang wie ein Funke zwischen ihnen über. Sie ließ die Hand sinken. Er senkte seine ebenso schnell.

Jenny setzte sich neben ihn auf die Motorhaube. „Sarah hat es nicht so gemeint, Bruce.“

Er lachte hart auf. „Oh doch.“

„Sie ist vollkommen außer sich. Ihr Kummer hat gesprochen, nicht sie.“

„Nein, Jenny.“ Er schüttelte traurig den Kopf. „Ich weiß, wie sie zu mir stehen. Sie wünschten, ich wäre nie geboren. Ich bin der lebende Beweis, dass sie irgendwie versagt haben. Eine ständige Beleidigung für ihre Prinzipien. Auch wenn es nicht ausgesprochen wird, weiß ich, was sie denken. Wahrscheinlich denken es alle. Bruce Hendren hat den Tod verdient. Sein Bruder nicht.“

„Das ist nicht wahr!“

Er stand auf, trat an den Rand der Mesa, steckte die Hände tief in die Hosentaschen. Sein weißes Hemd leuchtete in der Dunkelheit.

Jenny folgte ihm. „Wann hat es angefangen?“

„Als Hal geboren wurde. Vielleicht auch früher. Ich kann mich nicht genau erinnern. Ich weiß nur, dass es immer so war. Hal war immer das Lieblingskind. Ich war das schwarze Schaf.“

„Sag so etwas nicht.“

„Es ist doch wahr, oder?“, entgegnete er schroff. „Denk doch nur, was ich mit dir getan habe. Ich hätte fast die Frau vergewaltigt, die ich …“ Er brach abrupt ab und presste die Lippen fest zusammen, und sie fragte sich, was er wohl hatte sagen wollen.

„Ich weiß, warum du das getan hast, und warum du getrunken hast und so schnell gefahren bist: Du wolltest beweisen, dass sie recht haben. Aber das haben sie nicht.“ Sie trat näher zu ihm. „Du bist nicht ein genetischer Unfall in einer makellosen Familie. Ich weiß nicht, was zuerst kam – deine Unartigkeit, mit der sie nicht umzugehen verstanden, oder ihre Verachtung, die dich unartig gemacht hat.“

Sie zog ihn am Ärmel und zwang ihn, sie anzusehen. „Ist es nicht ganz offensichtlich? Du hast dein Leben lang auf sie reagiert. Du legst es darauf an, schlecht zu sein, weil du weißt, dass die Leute es von dir erwarten. Du legst es darauf an, das schwarze Schaf zu sein. Deine Eltern haben Hal bevorzugt, weil seine Persönlichkeit ihnen besser gefiel. Du hast versucht, ihre Anerkennung zu gewinnen, und als es nicht klappte, hast du genau das Gegenteil getan. Es ist ihr Versagen, nicht deins."

„Du hast alles ganz genau durchschaut, wie?"

„Ja. Sonst hätte ich heute Abend Angst vor dir gehabt. Aber ich wusste, dass du mir nichts antun würdest. Ich habe dich in letzter Zeit beobachtet. Ich habe dich in Monterico erlebt. Ich kenne dich inzwischen besser. Du bist längst nicht so schlecht, wie du die Leute glauben machen willst. Du konntest nur nicht mit Hals Artigkeit konkurrieren, und deshalb hast du dir das Ziel gesetzt, dich auf andere Weise hervorzutun. Ich frage mich nur, wie weit du es noch treiben wirst."

„Wie meinst du das?"

„Wie weit wirst du noch gehen, um ihnen zu beweisen, dass du nichts wert bist? Menschen ohne Selbstachtung begehen oft Dummheiten."

„Wie schnell fahren, zu viel trinken und gefährlich leben?"

„Genau."

„Ach, Unsinn. Du kannst jeden fragen, wie viel Selbstachtung ich habe. Sie werden dir alle sagen, wie arrogant ich bin."

„Ich rede nicht davon, wie du dich gibst, sondern wie du im Innern fühlst. Ich habe deine andere Seite kennengelernt, Bruce, deine empfindsame Seite, die du sonst niemandem zeigst."

„Und du glaubst, ich begehe eine langsame Art von Selbstmord?"

„Das habe ich nicht behauptet."

„Aber das hast du gemeint. Und damit hast du deine psychologische Analyse einen Schritt zu weit getrieben."

„Das mag sein. Es tut mir leid. Ich bin nur besorgt um dich, weil ich dich mag."

Er entspannte sich sichtbar und blickte sie sanft an. „Ich weiß deine Besorgnis zu schätzen, aber du brauchst nicht zu befürchten, dass ich mich umbringe. Es gefällt mir nun einmal, schnell zu fahren und viel zu trinken und ... Was war doch gleich das Dritte?", fragte er neckend.

Doch Jenny blieb ernst. „Ich glaube, deine Eltern mögen dich auch."

Sein Humor verflog. Mit ausdrucksloser Miene blickte er hinaus auf die öde Landschaft. „Merkt Mom denn nicht, dass ich mich um sie kümmern wollte, um alle beide? Ich wollte zu ihnen gehen und sie trösten. Ich wollte, dass sie mich trösten."

Jenny legte eine Hand auf seinen Arm, doch er entzog ihn abrupt.

„Ich bin ihnen nicht nahe gekommen, weil ich wusste, dass sie mich nicht in ihrer Nähe haben wollten. Deshalb habe ich versucht, ihnen meine Liebe und mein Mitgefühl auf andere Weise zu beweisen. Sie bemerkten es nicht."

„Ich habe es bemerkt. Und ich bin dir dankbar."

„Aber du hast mich auch nicht nahe kommen lassen, Jenny", sagte er brüsk und schaute sie eindringlich an.

Hastig wandte sie den Blick ab. „Ich weiß gar nicht, was du meinst."

„Natürlich weißt du das. In Monterico hast du dich auf mich verlassen. Du hast dich gefühlsmäßig und körperlich auf mich gestützt. Aber seit wir zurück sind, bin ich wieder der Aussätzige. Hände weg, heißt es jetzt wieder. Keine Berührung. Kein Gespräch. Himmel, du hast mich nicht einmal angesehen."

Er hatte recht, doch sie wollte es nicht eingestehen.

„Hat dein abweisendes Verhalten irgendetwas mit der letzten Nacht in Monterico zu tun?"

„Natürlich nicht. Wie kommst du denn darauf?"

„Wir haben immerhin zusammen geschlafen."

„Aber nicht so!", rief sie nachdrücklich.

„Eben. Aber du verhältst dich, als wäre es so gewesen." Er trat einen Schritt auf sie zu. „Weshalb fühlst du dich so schuldig?"

„Ich fühle mich nicht schuldig.“

„Denkst du etwa nicht, dass es unrecht war, in meinen Armen zu schlafen, nur mit einem Unterrock bekleidet? Hast du etwa nicht das Gefühl, dass wir dadurch Hal gegenüber untreu waren?“

Sie wandte ihm den Rücken zu. „Ich hätte nicht so mit dir zusammen sein dürfen.“

„Warum nicht?“

„Das weißt du selbst.“

„Weil du weißt, was jeder von einer Frau hält, die eine Nacht mit mir verbracht hat.“

Sie schwieg.

„Wovor hast du Angst, Jenny? Dass jemand von jener Nacht erfährt?“

„Nein.“

„Dass dein Name auf die Liste von Bruce Hendrens Geliebten gesetzt wird?“

„Nein.“

„Hast du Angst vor mir?“, fragte er bekümmert.

Jenny drehte sich zu Bruce um und bemerkte den gequälten Ausdruck auf seinem Gesicht. „Nein, Bruce.“ Um es zu beweisen, trat sie zu ihm, legte die Arme um seine Taille und lehnte die Wange an seine Brust.

Augenblicklich schloss er die Arme um sie und zog sie an sich. „Ich könnte es dir nicht verdenken, vor allem nach heute Abend. Aber es wäre schlimmer für mich als alles andere.“

Sie hätte ihm sagen können, dass sie weniger Angst vor ihm als vor ihrer Reaktion auf ihn hatte. Wenn sie bei ihm war, verließ sie den goldenen Käfig, in dem sie im Pfarrhaus lebte, und wurde zu einem anderen Menschen. Er ließ ihr Herz höher schlagen, ihren Atem schneller und ihre Handflächen feucht werden. Sie war nicht sie selbst, wenn sie mit ihm zusammen war. Bei ihm vergaß sie, wer sie war und woher sie kam, und sie lebte nur für den Augenblick.

Es schien beinahe, als hätte sie all die Jahre Bruce geliebt anstatt Hal. Und die Nacht in Bruce’ Armen war ihr beinahe so wundervoll erschienen wie die Vereinigung mit Hal. Doch damit konnte sie sich nicht abfinden. Wie war es denn nur möglich, dass sie nur eine Woche nach Hals Tod daran dachte, wie es sein mochte, mit Bruce zu schlafen? Erschrocken über diese Vorstellung, löste sie sich von ihm. „Wir sollten nach Hause fahren. Sie werden sich schon Sorgen machen.“

Bruce wirkte enttäuscht, doch er begleitete sie ohne Widerrede zum Wagen.

Er schraubte den Flachmann zu und legte ihn zurück ins Handschuhfach. Dann warf er die Zigaretten aus dem Fenster.

„Umweltverschmutzer!“, schalt Jenny.

„Frauen“, seufzte er, während er den ersten Gang einlegte. „Euch kann man’s auch nie recht machen.“

Sie lächelten einander zu. Es war alles in Ordnung zwischen ihnen.

Als sie nach einer gemächlichen Rückfahrt das Pfarrhaus erreichten, ging er um den Wagen herum und öffnete ihr die Beifahrertür. Er legte einen Arm um ihre Taille, während er sie zur Haustür brachte, und sie tat es ihm gleich.

„Danke, Jenny.“

„Wofür?“

„Dass du mir ein guter Freund bist.“

„In letzter Zeit warst du es für mich oft genug.“

„Trotzdem danke.“ Sie standen sich einen kurzen Augenblick gegenüber. Es widerstrebte ihm zu gehen. „Also dann, gute Nacht.“

„Gute Nacht.“

„Es könnte eine Weile dauern, bis ich vorbeikomme.“

„Das verstehe ich.“

„Ich werde dich anrufen.“

„Es ist sehr traurig, dass gerade jetzt diese Kluft zwischen dir und deinen Eltern besteht, wo ihr euch am meisten braucht.“

Bruce seufzte bekümmert. „Tja, so ist das Leben nun einmal. Wenn du irgendetwas brauchst, dann ruf mich.“

„Ja."
„Versprochen?"
„Versprochen."

Er drückte ihre Hand, beugte sich hinab und gab ihr einen zarten Kuss auf die Wange. Seine Lippen verweilten einen Augenblick, bevor er sich abwandte. Oder vielleicht bildete sie es sich auch nur ein.

Das Haus lag im Dunkeln. Die Hendrens schliefen bereits. Leise stieg Jenny die Treppe hinauf und betrat ihr Zimmer. Sie musterte die kindliche Dekoration und fragte sich: Was nun? Was soll ich mit dem Rest meines Lebens anfangen?

Sie dachte über die Frage nach, während sie sich auszog, und das Problem hielt sie stundenlang wach.

Im Morgengrauen wusste sie die Antwort. Doch wie sollte sie es den Hendrens beibringen?

Bob toastete gerade Brot, als Jenny die Küche betrat. Sie lächelte über seine Schürze, als sie ihn auf die Wange küsste. Nachdem sie sich eine Tasse Kaffee eingeschenkt hatte, setzte sie sich zu Sarah, die eine Portion Rührei auf ihrem Teller hin und her schob.

„Wo warst du gestern Abend?"

Kein „Guten Morgen". Kein „Hast du gut geschlafen?“ Nur diese schroffe Frage.

„Wir“, entgegnete Jenny mit Nachdruck, „sind spazieren gefahren.“

„Du bist spät zurückgekommen“, bemerkte Bob wie nebenhin.

Doch Jenny wusste, dass dieses Gespräch keineswegs belanglos war. Eine feindselige Atmosphäre lag in der Luft. „Woher wisst ihr, wann ich gekommen bin? Ihr habt doch schon geschlafen.“

„Mrs. Hicks ist heute Morgen vorbeigekommen. Sie hat gesehen … sie hat dich und Bruce gestern Abend gesehen.“

Jenny blickte von einem zum anderen, verblüfft und verärgert zugleich. Mrs. Hicks war die neugierigste Nachbarin in der Straße. Sie liebte es, Gerüchte zu verbreiten. „Was hat sie gesagt?“

„Nichts“, antwortete Bob voller Unbehagen.

„Ich will es wissen. Was hat sie gesagt? Was immer es war, es hat euch offensichtlich aufgeregt.“

„Wir sind nicht aufgeregt, Jenny“, widersprach Bob. „Wir möchten nur nicht, dass die Leute anfangen, deinen Namen mit Bruce in Verbindung zu bringen.“

„Mein Name steht bereits mit Bruce in Verbindung. Er ist ein Hendren. Euer Sohn“, erinnerte Jenny ärgerlich. „Ich habe zwölf Jahre meines Lebens im Haus der Hendrens verbracht. Wie könnte mein Name nicht mit seinem in Verbindung stehen?“

„Du weißt, was wir meinen, Liebes.“ Sarahs Augen schimmerten feucht. „Du bist alles, was uns geblieben ist. Wir …“

„Das ist nicht wahr!“, rief Jenny zornig. „Ihr habt Bruce. Ich muss sagen, dass ich mich für euch beide schäme. Ist dir gar nicht klar, Sarah, wie weh du ihm gestern Abend getan hast? Dir gefällt vielleicht nicht alles, was er tut, aber er ist trotzdem dein Sohn. Du hast ihm den Tod gewünscht!“

Sarah senkte den Kopf und brach in Tränen aus. Bob streichelte ihre Schulter, um sie zu trösten. „Sie hat inzwischen erkannt, was sie da gesagt hat. Es tut ihr leid“, erklärte er.

Jenny nippte an ihrem Kaffee, bis Sarahs Tränen versiegten. Dann stellte sie die Tasse ab. „Ich habe beschlossen, fortzugehen.“

Einige Sekunden lang rührten beide sich nicht, starrten sie nur ungläubig an. „Fortgehen?“, flüsterte Sarah schließlich.

„Ich werde ausziehen und mir ein eigenes Leben aufbauen. Jahrelang habe ich darauf gewartet, dass Hal und ich heiraten. Wenn es dazu gekommen wäre und wir Kinder …“ Sie ließ den Satz unvollendet. „Aber da wir es nicht getan haben, habe ich keinen Grund mehr zu bleiben. Ich muss mir eine Zukunft aufbauen."

„Aber deine Zukunft liegt bei uns", widersprach Bob.

„Wir brauchen dich, Jenny!", rief Sarah und umklammerte mit kalter Hand Jennys Arm. „Du erinnerst uns an Hal. Du bist wie unsere eigene Tochter. Du kannst es uns nicht antun. Bitte, nicht jetzt. Gib uns erst Zeit, uns mit Hals Tod abzufinden. Du kannst nicht gehen!"

Schuldgefühle stiegen in Jenny auf. Die Hendrens hatten sie aufgenommen und ihr ein Heim gegeben. Schuldete sie ihnen nicht etwas? Zeit? Ein paar Wochen? Ein paar Monate? „Also gut", sagte sie entmutigt. „Aber ich werde nicht unter der Zensur von Mrs. Hicks oder sonst jemandem leben. Ich war mit Hal verlobt und habe ihn geliebt, aber er ist tot. Ich muss mein eigenes Leben führen."

„Du kannst immer kommen und gehen, wie es dir beliebt", versicherte Bob. „Deswegen haben wir dir den Wagen gekauft."

Jenny meinte eine andere Art von Freiheit, doch es hatte wohl keinen Sinn, ihnen das zu erklären. „Meine zweite Bedingung ist, dass ihr euch beide bei Bruce wegen gestern Abend entschuldigt."

Sie wollten protestieren, doch Jenny starrte sie

so hart und unerbittlich an, dass sie den Blick abwandten. „Also gut, Jenny“, gab Bob schließlich nach. „Wir tun es für dich.“

„Nein, nicht für mich. Für ihn und für euch.“ Sie stand auf und ging zur Tür. „Ich glaube, Bruce wird euch verzeihen, weil er euch lieb hat.“

6. KAPITEL

Jenny Einkaufswagen stieß ratternd mit einem anderen zusammen. Das Paket Waschpulver kippte um. Konservendosen rollten klappernd umher. Die Rolle Haushaltspapier fiel auf den Eierkarton.

„Hallo."

„Das hast du mit Absicht getan", schalt sie.

Bruce grinste spitzbübisch. „Es ist ein wahrer Glücksfall, einer hübschen Frau im Supermarkt zu begegnen. Man fährt in ihren Einkaufswagen, sie ist vielleicht verärgert, aber auf jeden Fall verwirrt. Gewöhnlich versuche ich, die Räder miteinander zu verhaken." Er blickte hinab und runzelte die Stirn. „Du warst zu schnell für mich."

„Du hast kein Gewissen, Bruce Hendren."

„Gar keins."

„Ich bin fasziniert. Was passiert dann?"

„Du meinst, nachdem …?"

„Nachdem du in ihren Einkaufswagen gefahren bist und die Räder verhakt hast und sie verwirrt ist. Was tust du dann?"

„Ich nutze ihre Verwirrung und frage sie, ob sie mit mir ins Bett will."

„Aha." Jenny schob ihren Wagen an seinem vorbei in den Gang mit der Tiernahrung. Da die Hendrens kein Haustier hatten, wirkte die Beachtung, die sie den Regalen schenkte, recht ungebührlich.

Bruce schob seinen Wagen neben ihren. „He, du hast gesagt, dass du fasziniert bist."

„Das war ich auch. Aber ich hatte gedacht, du würdest die Verführung etwas subtiler einleiten."

„Warum?"

Sie drehte sich zu ihm um und blickte ihn verblüfft an. „Du meinst, es ist so einfach?" Sie schnippte mit den Fingern. „Einfach so?"

„Nicht immer. Manchmal erfordert es mehr Zeit und Mühe. Du zum Beispiel. Ich wette, du bist ein schwieriger Fall."

„Wieso meinst du das?"

„Willst du mit mir ins Bett gehen?"

„Nein."

„Siehst du, ich hatte recht. Mit der Zeit entwickelt man einen sechsten Sinn dafür. Ich wusste sofort, dass ich bei dir gemächlich und behutsam vorgehen muss. Ich habe es daran gesehen, wie du die Stirn gerunzelt hast, als das Waschpulver auf die Dose Champignons gekippt ist. Ein untrügliches Anzeichen dafür, dass du nicht so leicht zu haben bist."

„Bruce Hendren, du bist unmoralisch."

„Schamlos." Er zwinkerte ihr zu. „Aber ich bin ehrlich." Er musterte sie von Kopf bis Fuß. „Du siehst schrecklich aus."

„Ist das ein Beispiel für deine behutsame Vorgehensweise?“

„Du weißt, wie ich es meine. Du siehst müde aus. Viel zu dünn. Was tun sie dir an?“

„Nichts.“ Sie mied seinen Blick. Doch sie wusste, dass sie ihn nicht täuschen konnte. Die Hendrens hatten ihrer Unabhängigkeitserklärung nicht richtig zugehört. Jeden Morgen beim Frühstück hielten sie eine Liste mit den verschiedensten Aufgaben bereit.

Zunächst war ihr aufgetragen worden, all die Beileidsbekundungen zu beantworten. Diese Aufgabe hatte sie beinahe gern übernommen und als Vorwand benutzt, um Bruce anzurufen und zu bitten, die Briefe abzuholen und zur Post zu bringen. Somit hatte sie seinen Eltern Gelegenheit verschafft, sich bei ihm zu entschuldigen, und er hatte ihnen bereitwillig verziehen.

Jennys Pflichten im Pfarrhaus waren schier endlos. Die Hendrens hatten sogar vorgeschlagen, dass sie die Mission ihres geliebten Sohnes fortsetzen und den politischen Flüchtlingen in Mittelamerika helfen solle. Allein der Gedanke an eine solche Kampagne ermüdete sie, und sie weigerte sich strikt, bei öffentlichen Veranstaltungen Reden zu halten. Doch sie hatte ein Rundschreiben aufgesetzt, in dem sie die Probleme in Monterico darstellte und um Spenden bat.

Sie wusste, dass vor Erschöpfung dunkle Ringe unter ihren Augen lagen, dass sie aus Appetitmangel zu dünn geworden war, dass sie blass aussah, weil sie sich zu wenig an der frischen Luft aufhielt.

„Ich mache mir Sorgen um dich", sagte Bruce sanft.

„Ich bin nur müde, genau wie alle anderen. Hals Tod, die Beerdigung – all das wirkt sich eben aus."

„Aber das ist zwei Wochen her. Du verbringst mehr Zeit im Pfarrhaus als je zuvor. Das ist ungesund."

„Aber nötig."

„Die Kirchenarbeit ist deren Berufung, nicht deine. Sie machen dich noch zu einer alten Frau, wenn du es zulässt."

„Ich weiß." Müde strich sie sich mit der Hand über die Stirn. „Ich habe ihnen gesagt, dass ich ausziehen will, aber …"

„Wann?"

„Am Tag nach der Beerdigung."

„Warum hast du es nicht getan?"

„Sie haben sich so aufgeregt, dass ich nicht konnte. Und es wäre herzlos gewesen, direkt nach Hals Tod auszuziehen."

„Und jetzt?"

Jenny lächelte und schüttelte den Kopf. „Ich

habe ja nicht einmal Arbeit – jedenfalls keine bezahlte. Ich habe sie so lange für mich entscheiden lassen, dass ich nicht weiß, wie ich allein zurechtkommen soll."

„Ich habe eine Idee." Bruce ergriff ihren Arm. „Komm mit."

„Ich kann die Einkäufe nicht hier lassen."

„Diesmal hast du keine Eiscreme als Entschuldigung. Ich habe dich vor der Tiefkühltruhe abgefangen."

„Aber ich kann nicht einen vollen Einkaufswagen einfach hier stehen lassen."

„Ach, herrje!" Gereizt drehte er den Wagen herum und schob ihn zum Eingang des Ladens. „He, Zack!"

Der Geschäftsführer blickte über die halbhohe Trennwand seines Büros. „Hallo, Bruce!"

„Miss Fletcher lässt ihre Einkäufe hier stehen. Wir holen sie später."

Bruce nahm sich einen Schokoladenriegel vom Regal und winkte damit dem Geschäftsführer zu. Dann legte er einen Arm um Jennys Schultern und schob sie auf die Straße hinaus.

„Hast du den gestohlen?"

„Na klar." Er entfernte das Papier und biss in den Riegel.

„Aber …"

Er brachte sie zum Schweigen, indem er ihr

das restliche Stück in den Mund steckte. „Hast du etwa noch nie einen Schokoladenriegel geklaut?“ Als sie den Kopf schüttelte, erklärte er: „Dann wurde es höchste Zeit. Jetzt bist du meine Komplizin bei einem Verbrechen.“ Er öffnete die Beifahrertür seiner Corvette und schob sie hinein.

Bruce stellte seinen Wagen auf den Parkplatz vor einem Bürogebäude. Er holte einen Leinensack hervor und stülpte ihn über die Parkuhr, wie es die Stadtverwaltung an Feiertagen tat.

„Kannst du das so einfach tun?“, fragte Jenny besorgt.

„Ich hab’s gerade getan.“ Er zwinkerte ihr zu, nahm sie beim Ellbogen, führte sie in das Gebäude und schloss eine Tür auf.

Sie trat vor ihm ein, doch an der Schwelle blieb sie stehen und blickte sich entsetzt um. Der Raum lag im Halbdunkel, doch als Bruce zum Fenster ging, das staubige Rollo öffnete und den Sonnenschein hereinließ, sah es nur noch schlimmer aus.

Noch nie hatte sie eine solche Unordnung gesehen. Ein altes Sofa stand an einer Wand. Die rosafarbene Polsterung war grau vor Staub und völlig durchgesessen. Hässliche Metallregale nahmen eine andere Wand ein. Sie waren voll gestopft mit vergilbten Papieren, die Eselsohren aufwiesen, und verstaubten Kladden. Der Schreibtisch an der gegenüberliegenden Wand hätte schon vor Jahren ausrangiert werden müssen. Ein Stapel Spielkarten hielt eine Ecke hoch, an der ein Stück vom Bein abgebrochen war. Die Tischplatte war mit unzähligen Kratzern, alten Zeitschriften und leeren Kaffeetassen übersät. Sämtliche Aschenbecher waren voll zum Überlaufen und stanken.

Langsam drehte Jenny sich zu Bruce um. „Was ist das denn?"

„Mein Büro", sagte er beschämt.

„Du führst ein Geschäft von dieser Müllhalde aus?"

„So würde ich es nicht gerade bezeichnen."

„So hätte Dante die Hölle beschrieben, wenn er noch lebte."

„So schlimm?"

„Allerdings." Jenny ging zum Schreibtisch und wischte mit einem Finger einen Zentimeter Staub von der zerkratzten Platte. „Hast du hier jemals reinigen lassen?"

„Ich glaube. Ach ja, einmal habe ich eine Firma engagiert. Der Bursche, den sie mir schickten, war echt in Ordnung. Wir haben angefangen zu trinken und …"

„Schon gut, ich verstehe." Sie ging um den übervollen Papierkorb herum zu einer Tür, die vermutlich zu einem Schrank führte.

„Ach, Jenny, lieber nicht." Er hob eine Hand,

um sie zurückzuhalten, doch es war bereits zu spät.

Ein riesiger Wandkalender schwang heraus, als sie die Tür öffnete, und tippte ihr an die Schulter. Erschrocken sprang sie zurück. Als der Kalender zum Stillstand kam, starrte sie entsetzt auf das Foto einer nackten Rothaarigen mit riesigen Brüsten.

Bruce räusperte sich verlegen. „Ein paar Kumpel haben ihn mir zu Weihnachten geschenkt."

Jenny schloss die Schranktür und drehte sich zu ihm um. „Warum hast du mich hergebracht?"

„Komm, setz dich", sagte er und eilte zum Sofa, um den Staub abzuklopfen.

„Ich will mich nicht setzen. Ich will hier raus, damit ich wieder frische Luft atmen kann. Warum hast du mich hergebracht?"

„Na ja, du hast gesagt, dass du Arbeit willst, und da habe ich mir gedacht ..."

„Das kann doch nicht dein Ernst sein!"

„Hör mir zu, Jenny. Ich brauche jemanden, der ..."

„Du brauchst eine Abbruchkolonne, und danach kannst du ganz von vorn anfangen." Sie eilte zur Tür.

Bruce stellte sich ihr in den Weg und ergriff ihre Schultern. „Ich meine doch nicht, dass du hier aufräumen sollst. Ich lasse alles in Ordnung bringen. Ich dachte, du könntest das Telefon beantworten und überhaupt Büroarbeit leisten."

„Du bist bisher auch ohne jemanden ausgekommen. Wer nimmt denn jetzt eigentlich deine Anrufe entgegen?"

„Ein Auftragsdienst."

„Warum willst du das ändern?"

„Es ist verdammt unbequem, sich jede Stunde melden zu müssen."

„Dann trag ein Funkgerät."

„Das habe ich versucht."

„Und?"

„Ich hatte es am Gürtel, aber ich habe es verloren."

„Hm. Ich kann mir denken, dass es unbequem war, es am Gürtel zu tragen." Sie versuchte, an ihm vorbeizukommen.

Er hielt sie eisern fest. „Jenny, bitte hör mir zu. Du brauchst einen Job. Ich biete dir einen an."

„Einem Schimpansen könnte man beibringen, hier zu sitzen und das Telefon zu beantworten. Außerdem hast du einen Auftragsdienst."

„Aber ich weiß nicht, ob er zuverlässig ist. Außerdem sind noch andere Dinge zu erledigen."

„Was zum Beispiel?"

„Korrespondenz. Sogar eine ganze Menge."

„Wer erledigt das jetzt? Du?"

„Nein. Eine Freundin."

Sie musterte ihn mit einem viel sagenden Blick.

Er seufzte. „Sie ist etwa achtundsiebzig und kurzsichtig, und sie benutzt eine uralte Schreibmaschine. Das große ‚T' steht immer eine halbe Zeile höher als die anderen Buchstaben."

Sie blickte sich um. „Du hast ja nicht einmal einen Computer."

„Ich kaufe einen, wenn du willst."

Sein Angebot war durchaus reizvoll, doch sie schüttelte den Kopf. „Ich kann nicht, Bruce."

„Warum nicht?"

„Deine Eltern brauchen mich zu sehr."

„Genau. Zu sehr. Glaubst du, du tust ihnen einen Gefallen, indem du sie von vorn bis hinten bedienst? Sie sind erst in den mittleren Jahren, aber wenn sie keine Aufgabe im Leben haben, werden sie sehr schnell altern. Ich weiß nicht, wie es ist, ein Kind zu verlieren, aber ich kann mir vorstellen, dass die Versuchung sehr groß ist, sich einfach seinem Kummer hinzugeben. Wenn du sie weiterhin so umsorgst, werden sie genau das tun und ihr Leben nie wieder in den Griff bekommen."

Er hatte recht. Mit jedem Tag schienen die Hendrens mehr zu verfallen und sich zunehmend auf Jenny zu verlassen. „Wie viel würdest du mir zahlen?"

Ein breites Grinsen trat auf sein Gesicht. „Geldgierige kleine Hexe, wie?"

„Wie viel?“, beharrte sie ungerührt.

„Mal sehen.“ Er rieb sich das Kinn. „Dreihundertfünfzig die Woche?“

„Also gut. Arbeitszeit von neun bis fünf, mit anderthalb Stunden Mittag. Zwei Wochen bezahlter Urlaub. Und freitags arbeite ich nur bis Mittag.“

„Du stellst ja harte Forderungen“, meinte Bruce stirnrunzelnd, doch im Innern war er erfreut. Er hätte das Gehalt verdoppelt und sämtliche Bedingungen erfüllt, nur um sie von der Herrschaft seiner Eltern zu befreien.

„Ich werde keinen Fuß in dieses Büro setzen, bevor es nicht gereinigt wird, und zwar äußerst gründlich.“

„Jawohl, Madam.“

„Und der Kalender muss entfernt werden.“

Er zog ein enttäuschtes Gesicht. „Hmm, Mist. Ich hatte sie richtig ins Herz geschlossen.“ Er zuckte die Schultern. „Also gut. Sonst noch was?“

„Ja. Wie soll ich es deinen Eltern beibringen?“

„Lass ihnen keine Wahl.“ Er streckte seine Hand aus. „Ist es also abgemacht?“

„Abgemacht.“ Sie reichte ihm die Hand.

„Ein Händedruck reicht nicht, um ein Abkommen mit einer tollen Frau zu besiegeln.“ Er senkte den Kopf und küsste sie auf den Mund, während er eine Hand auf ihre Taille legte und sie zart mit dem Daumen streichelte.

Der Kuss war lang. Bruce öffnete die Lippen, erweckte in ihr die aufregende Erwartung, dass seine Zunge jeden Augenblick in ihren Mund vordringen könnte. Doch es geschah nicht. Und als er den Kopf hob, lächelte er sie nur an.

Später, nachdem er sie vor dem Supermarkt abgesetzt hatte und sie ihre Einkäufe erledigte, fragte sie sich, warum sie sich nicht gegen den Kuss gewehrt hatte, warum sie Bruce anschließend nur mit verklärtem Blick, zitternden Lippen, weichen Knien und klopfendem Herzen angesehen hatte. Und sie musste sich eingestehen, dass ihr der Kuss gefallen hatte, dass sie sich nicht davor hatte schützen können, selbst wenn sie es gewollt hätte.

Die Hendrens reagierten natürlich entsetzt auf die Ankündigung von Jennys Anstellung. Klappernd ließ Sarah ihre Gabel auf den Abendbrotteller fallen. „Du willst arbeiten?“

„Und ausgerechnet für Bruce?“, fügte Bob hinzu.

„Ja. Ich fange am Montag an. Wenn ihr bis dahin noch etwas für mich zu tun habt, dann lasst es mich wissen.“ Jenny erhob sich vom Tisch und verließ die Küche, bevor die Hendrens ihre Verwirrung überwunden hatten.

Pünktlich um neun Uhr am Montagmorgen betrat Jenny das Büro. Die Tür war unverschlossen und sie trat ein, ohne zu wissen, was sie erwartete. Sie war auf alles gefasst. Einen Augenblick lang glaubte sie, sich im Zimmer geirrt zu haben. Der Raum war nicht nur gereinigt, sondern völlig verwandelt worden.

Die einst schmutzig-grauen Wände waren hellbeige gestrichen. Das scheußliche Sofa war durch zwei Ledersessel in warmem Schokoladenbraun ersetzt worden. Dazwischen stand ein Tisch aus Walnussholz. Der Fußboden, einst mit Linoleum ausgelegt, bestand nun aus glänzendem Parkett, und in der Mitte lag ein Orientteppich. Die hässlichen Metallregale waren verschwunden. Eine hölzerne Schrankwand mit offenen und geschlossenen Fächern nahm deren Platz ein. Die Oberfläche des Schreibtisches, der nun zusammen mit einem thronähnlichen Lederstuhl den Raum beherrschte, glänzte wie eine Kunsteisbahn. Ein Strauß taufrischer Blumen stand darauf.

„Die Blumen sind für dich."

Jenny wirbelte herum und sah Bruce in der geöffneten Schranktür stehen. „Wie hast du das geschafft?", fragte sie verblüfft.

„Mit meinem Scheckbuch. Das wirkt heutzutage besser als jeder Zauberstab. Gefällt es dir?"

„Ja, es sieht toll aus, aber … Ich hätte nicht so

viel kritisieren sollen. Du hast dich in schreckliche Unkosten gestürzt."

„Du hast mich nur angespornt, das zu tun, was schon seit Jahren fällig war. Ich musste meine Kunden in der Kneipe nebenan empfangen, weil ich mich wegen dieser Müllhalde geschämt habe, wie jemand es genannt hat, den wir alle kennen und lieben." Er grinste, als sie verlegen den Blick senkte. „Ich habe übrigens eine Auswahl Kalender für dich."

Ihr stockte der Atem, als er den ersten hochhielt.

„Das ist Mr. Oktober", verkündete er und unterdrückte ein Lachen. Das muskulöse Modell trug nur ein Suspensorium, einen Football-Helm und ein schelmisches Grinsen. „Football-Saison, verstehst du. Möchtest du die anderen Monate sehen?"

„Nein, danke, das reicht. Was hast du sonst noch?"

Bruce legte den Kalender beiseite und griff zum nächsten. „Keine Köpfe, nur Körper." Ein schwellender Bizeps und eine muskulöse, eingeölte Brust füllten das Bild aus, das er hochhielt. Jenny zog eine Grimasse und schüttelte den Kopf. „Oder Ansel Adams", sagte er und schlug den dritten Kalender auf.

„Häng den Adams auf. Aber lass die beiden

anderen im Schrank liegen", wies Jenny ihn mit spitzbübischer Miene an.

Bruce starrte sie entgeistert an, und dann brachen beide in Lachen aus.

„Bruce, das Büro ist wundervoll. Es gefällt mir."

„Gut. Ich möchte, dass du dich hier wohl fühlst."

„Danke für die Blumen." Sie trat hinter den Schreibtisch und setzte sich auf den Lederstuhl.

Er zeigte ihr, wo er das Briefpapier aufbewahrte und fuhr den neuen Computer hoch. „Du kannst mit diesen Briefen hier anfangen." Er öffnete einen Aktendeckel. „Ich hoffe, du kannst meine Handschrift entziffern. Gertie hat's geschafft."

„Die Freundin mit dem hohen T?"

„Genau. Ich fahre jetzt hinüber zur Parson-Ranch."

„Wie sieht's dort aus?"

„Die Proben sind viel versprechend. Wenn wir nicht auf Öl stoßen, dann bin ich ein Erzengel." Er setzte sich die Sonnenbrille auf und ging zur Tür. Die Klinke in der Hand, drehte er sich noch einmal um. „Mächtiger, du siehst gut aus, wie du da sitzt." Und dann war er verschwunden.

Ein paar Minuten vor zwölf Uhr kehrte Bruce mit einer großen Papiertüte ins Büro zurück.

„Mittagspause!“, rief er, während er zur Tür hineinstürmte.

Jenny bedeutete ihm mit einer schnellen Handbewegung, ruhig zu sein. Sie telefonierte gerade und machte sich eifrig Notizen. „Ja, in Ordnung, ich habe alles notiert und werde es Mr. Hendren ausrichten, sobald er kommt. Danke.“ Sie legte den Hörer auf und reichte Bruce die Nachricht.

Er überflog sie und verkündete erfreut: „Ausgezeichnet! Ich warte schon lange auf die Erlaubnis, dieses Grundstück zu prüfen. Du hast mir Glück gebracht.“ Er grinste und stellte die Tüte auf den Tisch. „Und ich habe dir den Lunch gebracht.“

„Kann ich diese bevorzugte Behandlung jeden Tag erwarten?“

„Auf keinen Fall. Aber heute ist ein besonderer Anlass. Wir müssen deinen ersten Arbeitstag feiern.“

„Ich sollte eigentlich nach Hause gehen und nach Sarah und Bob sehen.“

„Die kommen schon zurecht. Du kannst sie später anrufen, wenn es sein muss.“

Seine übermütige Stimmung wirkte ansteckend. Sie packte das Essen aus, das aus dem einzigen Delikatessengeschäft der Stadt stammte.

„Und zur Krönung …“ Er verschwand im

Wandschrank und kehrte mit einer eiskalten kleinen Flasche Sekt zurück.

„Wo hast du die denn her?“

„Aus dem Kühlschrank.“

„Da drinnen ist ein Kühlschrank?“

„Ein winziger. Hast du nicht nachgesehen?“

„Nein. Ich war beschäftigt.“ Jenny deutete auf den Stapel Briefe, der auf seine Unterschrift wartete.

„Dann hast du ein Glas Sekt verdient.“ Er öffnete die Flasche. Der Korken knallte, doch es schäumte kein Tropfen über. Bruce füllte zwei Pappbecher.

„Ich sollte eigentlich nicht, Bruce“, wandte sie ein, nahm aber einen Becher entgegen.

„Wieso nicht?“

„Du wirst es vielleicht nicht glauben, aber im Pfarrhaus wird gewöhnlich kein Sekt zum Mittagessen serviert“, entgegnete sie. „Ich bin nicht daran gewöhnt.“

„Gut. Vielleicht wirst du ja betrunken, ziehst dich nackt aus und tanzt auf dem Schreibtisch.“ Er musterte ihren Körper, und sein Blick ließ erkennen, dass ihm diese Vorstellung gefiel.

„Tust du so etwas oft?“, fragte sie verlegen.

„Was? Mitten am Tag Sekt trinken? Nein.“

„Woher weißt du dann, dass du nicht auch betrunken wirst, dich ausziehst und nackt auf dem Schreibtisch tanzt?"

„Weil wir nicht tanzen würden, wenn wir beide nackt auf dem Schreibtisch wären."

Ihr Herz schien einen Schlag lang auszusetzen. Nur mit Mühe gelang es ihr, den Blick von seinen faszinierenden, viel sagenden Augen zu lösen. Sie stellte fest, dass ihre Hand zitterte.

Bruce stieß mit seinem Becher an ihren. „Nimm einen Schluck", drängte er mit rauer Stimme. Sie tat es. Der Sekt prickelte kühl auf ihrer Zunge. „Schmeckt es dir?"

„Ja." Sie nahm noch einen Schluck.

Er neigte sich näher zu ihr, bis ihre Nasen sich beinahe berührten. Seine Augen glühten. „Wie wär's jetzt mit ..."

„Womit?", hakte sie atemlos nach, als er verstummte.

„Heißer Pastrami?"

Das Sandwich hatte ihr nie besser gemundet. Es war sogar der köstlichste Lunch, den sie je zu sich genommen hatte. Während des Essens berichtete er ihr einiges über sein Geschäft und freute sich über ihre intelligenten Fragen.

Er konnte sie nicht dazu bringen, mehr als einen halben Becher Sekt zu trinken. Als sie den Lunch beendeten, sammelte er die leeren Kartons ein und verstaute sie sorgfältig in der Papiertüte. „Ich würde es nie wagen, dein Büro zu verunreinigen", erklärte er mit einem schiefen Grinsen, bevor er ging.

Im Laufe der Tage entwickelte sich eine gewisse Routine, obgleich das Leben mit Bruce stets spontan und unberechenbar und voller Überraschungen war.

Er hinterließ Jenny kleine Geschenke, die eigentlich unbedeutend waren, aber für sie großes Gewicht erhielten, da sie nie umworben worden war. Als sie genau eine Woche bei ihm beschäftigt war, fand sie am Morgen einen kleinen Kuchen mit einer einzigen Kerze auf ihrem Schreibtisch. Ein anderes Mal stand eine rote Rose neben der Kaffeemaschine. Und eines Morgens hätte sie beinahe vor Schreck laut aufgeschrien, als sie die Bürotür öffnete. Auf dem Schreibtischstuhl hockte ein riesiger Teddybär.

Sie wusste, dass die ganze Stadt über sie tuschelte. Die Bankangestellten reagierten schockiert, als sie begann, Bruce' Geschäftskonten zu führen. Der Postmeister, den sie seit Jahren kannte, verhielt sich noch immer freundlich, doch er warf ihr seltsame Blicke zu, seit sie die Post für Bruce anstatt für die Kirche erledigte.

Und Bruce ging inzwischen regelmäßig zur Kirche, was die Stadt erst recht in Aufruhr versetzte.

Jenny gefiel die Herausforderung, die ihre Arbeit bedeutete, und nach zwei Wochen meisterte sie jede Situation wie ein Profi.

„Hendrens Enterprises“, meldete sie sich in geschäftsmäßigem Ton, als das Telefon klingelte.

„Jenny, Darling, wir haben Grund zu feiern!“, rief Bruce lachend.

Sie hörte das Stampfen der Bohrtürme im Hintergrund. „Seid ihr auf Öl gestoßen?“

„Ja, wir sind auf Öl gestoßen!“, bestätigte Bruce, und die Arbeiter um ihn herum brachen in laute Jubelrufe aus. „Sweetheart, ich bringe dir das größte und zarteste Steak mit, das ich auftreiben kann. Ich bin in einer Stunde im Büro.“

„Ich habe etwas in der Stadt zu erledigen. Warum treffen wir uns nicht lieber irgendwo?“

„Also gut. Im ‚Waggon Wheel‘, um halb eins?“

„Ja, in Ordnung. Ich werde da sein.“

7. KAPITEL

Ziellos wanderte Jenny durch die Hauptstraße, ohne ihre Umgebung wahrzunehmen. Bruce fuhr an ihr vorüber, erblickte sie, rief ihren Namen und hupte. Sie drehte sich nicht um. Sie reagierte überhaupt nicht.

Er stellte seinen Lieferwagen, mit dem er zur Bohrstelle gefahren war, am Straßenrand ab und lief zu ihr zurück. Seine Stiefel und Hosenbeine waren mit Schlamm bedeckt. „Hej, Jenny, du gehst in die falsche Richtung. Wollten wir uns nicht im ‚Waggon Wheel' treffen? Es ist schon halb eins durch." Sein Lächeln schwand, als sie ihn mit leerem Blick ansah. „Jenny, was ist denn los? Was hast du?"

„Bruce?", flüsterte sie leise, verwirrt. Sie blinzelte, blickte um sich, schien nun erst zu merken, wo sie überhaupt war.

„Was ist passiert?", fragte er besorgt. „Bist du krank?"

Sie schüttelte den Kopf und senkte den Blick. „Nein, aber mir ist nicht nach Essen zumute. Es tut mir leid. Ich freue mich sehr wegen der Ölquelle, aber mir ist wirklich nicht ..."

„Hör schon auf, dich zu entschuldigen. Zum Teufel mit dem Essen. Sag mir, was mit dir los ist.“ Sie schwankte plötzlich, und er zog sie an sich. „Komm, wir gehen in den Drugstore. Ich bestelle dir eine Cola.“

Sie taumelte neben ihm her, auf ihn gestützt, und in dem kleinen Lokal sank sie sogleich auf die grüne Sitzbank.

„Zwei Cola, bitte, Hazel!“, rief er der Kellnerin zu und sah sofort wieder in Jennys Gesicht.

Hazel stellte die eisgekühlten Getränke auf den Tisch. „Wie geht's denn so, Bruce?“

„Fein“, antwortete er knapp, ohne den Blick von Jenny zu lösen, die auf ihre Hände hinabstarrte.

Hazel zuckte die Schultern und kehrte zurück hinter den Tresen. Sie hatte gehört, dass Bruce sich angeblich seit dem Tod seines Bruders verändert habe. Nun sah sie es mit eigenen Augen. Sonst war er immer zu Scherzen und einem kleinen Plausch aufgelegt. Doch nun hatte er nur Augen für Jenny Fletcher, und seine Miene wirkte ernst.

„Jenny, trink deine Cola. Du bist blass wie ein Geist.“ Er schob ihr das Glas hin, und sie sog gehorsam am Strohhalm. „Und jetzt erzähl mir, was los ist.“

Lange Zeit hielt sie schweigend den Kopf gesenkt. Als sie schließlich aufblickte, schimmerten Tränen in ihren Augen, liefen dann über ihre

Wangen. „Ach, Bruce“, flüsterte sie rau, „ich bin schwanger.“

Bruce schluckte schwer, doch ansonsten zeigte er keinerlei Reaktion. „Schwanger?“

Sie nickte. „Ich war gerade beim Arzt. Er hat mir das Ergebnis mitgeteilt.“

Er wischte sich die feuchten Handflächen an den Hosenbeinen ab. „Du hast es nicht gemerkt? Ist deine Periode nicht ausgeblieben?“

Ihre Wangen erglühten. Sie senkte den Kopf. „Doch, aber ich dachte, es wäre wegen Hals Tod und all der Aufregungen danach. Ich habe einfach nicht gedacht …“ Niedergeschlagen murmelte sie: „Bruce, was soll ich bloß tun?“

Was für eine Frage! Ihn auf der Stelle heiraten, das sollte sie tun. Ein Baby! Freude durchströmte ihn. Er wollte aufspringen und auf die Straße rennen und in die Welt hinausschreien, dass er Vater wurde.

Doch er sah Jennys verzweifelte Haltung, hörte ihr leises Weinen, und er wusste, dass er seine wahren Gefühle nicht zeigen durfte. Er durfte sich nicht zu dem Kind bekennen, das er mit der Frau gezeugt hatte, die er liebte, die er immer geliebt hatte. War das die Strafe für all die Sünden, die er auf sich geladen hatte?

Sag es ihr, drängte eine innere Stimme. Sag’s ihr jetzt. Er sehnte sich danach, sie in die Arme zu schließen, ihr zu gestehen, dass er sie und sein Kind liebte, ihr zu versichern, dass er sich um sie beide kümmern wollte, so lange er lebte.

Doch er durfte es nicht tun. Die Tatsache, dass sie schwanger war, hatte schon genügend Verzweiflung in ihr ausgelöst. Er durfte ihr nicht noch mehr Kummer bereiten, indem er ihr sagte, dass der Vater ein anderer war, als sie glaubte. Vorläufig musste er sich damit zufrieden geben, ihr Freund zu sein.

„Weinen hilft nichts, Jenny." Er reichte ihr ein Taschentuch.

Sie betupfte sich die Augen und blickte sich verlegen um. Sie hatten das kleine Cafe für sich allein. Hazel war in eine Zeitschrift vertieft. „Alle werden mich für ein Flittchen halten. Und was werden die Leute von Hal denken?" Erneut senkte sie den Kopf.

„Niemand wird dich für ein Flittchen halten." Bruce rührte eine Weile stumm den Strohhalm in seinem Glas. Dann räusperte er sich. „Ich wusste gar nicht, dass ihr so eine Beziehung hattet."

„Hatten wir auch nicht", sagte sie sehr leise. „Bis zu dem Abend, bevor er abfuhr. Weißt du noch, dass du mir gesagt hast, ich solle ihn überreden, nicht fortzugehen? Nun ja, ich hab's versucht, aber es hat nicht geklappt."

„Was ist passiert?", hakte er nach. Er wusste,

dass es nicht fair war, sie darüber auszufragen, doch er musste einfach wissen, wie sie zu jener Nacht stand.

„Er ist mit mir hinaufgegangen. Ich habe ihn angefleht, nicht fortzugehen. Aber er wollte sich nicht erweichen lassen." Sie senkte den Blick und holte tief Luft. „Dann habe ich versucht, ihn zu verführen. Aber er ist gegangen."

„Dann verstehe ich nicht …"

„Eine Weile später ist er zurückgekommen, und wir … wir haben uns geliebt."

Einen Augenblick lang schwiegen sie, beide in Gedanken versunken. Jenny erinnerte sich an ihre grenzenlose Freude, als sich die Tür geöffnet und sie seine Silhouette im Lichtschein erkannt hatte. Bruce erinnerte sich an dasselbe, jedoch aus seiner Perspektive.

„Und das war das erste Mal, dass du …?"

„Das erste und das einzige Mal."

„War es schön für dich, Jenny?" Sie blickte ihn an, und er erklärte hastig: „Ich meine, wenn du noch unberührt warst … Hat es dann nicht wehgetan?"

„Ein bisschen, zuerst." Sie lächelte, verklärt und geheimnisvoll wie Mona Lisa. „Es war wundervoll, Bruce. Das Schönste, was ich je erlebt habe. Ich habe mich nie einem anderen Menschen so nahe gefühlt. Und was auch geschieht, ich werde es nie bereuen.“

Nun war er es, der den Kopf senkte. Ein dicker Kloß saß ihm in der Kehle. Er war den Tränen nahe. Er sehnte sich danach, sie in die Arme zu schließen, ihr zu gestehen, dass er genau wusste, wie sie empfand. Weil es ihm genauso ergangen war. „Du musst ja schon ziemlich weit sein.“

„Im vierten Monat.“

„Und du hast keine unangenehmen Symptome bemerkt?“

„Jetzt, wo ich es weiß, erkenne ich sie. Vorher habe ich einfach nicht darauf geachtet. Ich war müde und lustlos. Nach der Rückkehr aus Monterico habe ich Gewicht verloren, aber inzwischen habe ich wieder zugenommen. Manchmal war mir ein bisschen schlecht. Und meine Brüste …“ Sie hielt verlegen inne.

„Sprich weiter“, drängte er sanft. „Was ist mit deinen Brüsten?“

„Nun, sie sind empfindlich und irgendwie gespannt, weißt du?“

Er grinste. „Nein, das weiß ich nicht.“

Jenny lachte. „Wie könntest du auch?“ Erschrocken schlug sie eine Hand vor den Mund. „Wie kann ich nur über etwas so Ernstes lachen!“

„Was solltest du sonst tun? Außerdem finde ich, dass es ein Grund zum Feiern ist. Es geschieht nicht jeden Tag, dass ein Mann auf Öl stößt und erfährt, dass er ... Onkel wird."

Jenny ergriff seine Hand und drückte sie fest. „Danke, dass du so denkst, Bruce. Als ich vom Arzt kam, war ich entsetzt. Ich wusste nicht, wohin ich gehen oder an wen ich mich wenden sollte. Ich habe mich so einsam und verlassen gefühlt."

„Du brauchst nicht so zu fühlen, Jenny. Du kannst dich jederzeit an mich wenden."

„Ich weiß deine Einstellung wirklich sehr zu schätzen. Vielen Dank Bruce."

Wenn sie nur von seiner wahren Einstellung wüsste! Er war unglaublich glücklich und unsagbar traurig. Er wurde Vater, aber niemand durfte es erfahren. Nicht einmal die Mutter des Kindes. „Was hast du vor?"

„Das weiß ich nicht."

„Heirate mich, Jenny."

Sprachlos starrte Jenny ihn an. Ihr Herz klopfte wild. Sie wusste, dass Bruce aus Mitleid, vielleicht auch aus Familiensinn handelte, doch aus lauter Verzweiflung war sie versucht, sein Angebot anzunehmen. Aber natürlich war es unmöglich. „Ich kann nicht."

„Warum nicht?"

„Tausend Gründe sprechen dagegen."

„Und ein sehr guter spricht dafür."

„Bruce, ich kann nicht zulassen, dass du dein Leben für mich und das Kind ruinierst. Niemals. Nein, danke.“

„Lass mich bitte selbst entscheiden, was mein Leben ruiniert.“ Er drückte ihre Hand. „Sollen wir heute Nacht durchbrennen oder bis morgen warten? Wir verbringen die Flitterwochen, wo immer du willst. Außer in Monterico“, fügte er grinsend hinzu.

Tränen schimmerten in ihren Augen. „Du bist wirklich wundervoll, weißt du das? Aber ich kann dich nicht heiraten.“

Sein Gesichtsausdruck wurde sehr ernst. „Wegen Hal?“

„Nein. Nicht nur. Wegen dir und mir. Wir würden aus völlig falschen Gründen heiraten, das weißt du selbst. Bruce Hendren und Jenny Fletcher. Welch ein Witz!“

„Magst du mich nicht mehr?“, fragte er mit seinem charmantesten Lächeln.

Sie lächelte ebenfalls. „Du weißt, dass es nicht darum geht. Ich mag dich sehr.“

„Du wärst erstaunt, wie viele Ehepaare ich kenne, die sich nicht ausstehen können. Wir hätten eine bessere Basis als die meisten.“

„Aber Frau und Kind passen wohl kaum zu deinem Lebensstil.“

„Ich werde meinen Lebensstil ändern.“

„So ein Opfer kann ich dich nicht bringen lassen."

Bruce seufzte. Er sah ein, dass er ihr Zeit lassen musste, sich an die Schwangerschaft zu gewöhnen, bevor sie in Erwägung ziehen konnte, einen Mann zu heiraten, der als Schürzenjäger berüchtigt war. Doch für ihn war es nur ein vorübergehender Aufschub. Nichts konnte ihn davon abhalten, sie zu heiraten und dem Kind ein liebevolles Heim zu bieten. „Wenn du mir also das Herz brechen und mich abweisen willst, was wirst du dann anfangen?"

„Kann ich weiterhin für dich arbeiten?"

„Wie kannst du das überhaupt fragen?"

„Danke, Bruce." Jenny lehnte sich zurück an die Bank und strich unbewusst mit den Händen über ihren Bauch, der noch völlig flach war.

Sie ist so verdammt zart, dachte er. Sie war so eng gebaut. Womöglich ergaben sich dadurch Probleme bei der Geburt. Sein Blick wanderte hinauf zu ihren Brüsten. Sie waren nicht auffällig größer geworden, aber sie wirkten prall und reif.

„Deine Eltern müssen es erfahren."

Widerstrebend löste er den Blick von ihren Brüsten. „Möchtest du, dass ich es ihnen sage?"

„Nein. Das muss ich tun. Wenn ich nur wüsste, wie sie es aufnehmen werden."

„Sie werden entzückt sein. Wie sollten sie es sonst aufnehmen?“ Es fiel ihm sehr schwer, doch er fügte hinzu: „Sie werden ein lebendes Vermächtnis von Hal bekommen.“

„Irgendwie glaube ich nicht, dass es so einfach ist. Sie sind sehr moralisch gesinnt. Das brauche ich dir nicht erst zu sagen.“

„Aber mein Vater predigt sein ganzes Leben lang von Barmherzigkeit. Von Gnade und liebevoller Vergebung.“ Er legte seine Hand auf ihre. „Sie werden dich nicht verdammen, Jenny. Da bin ich ganz sicher.“

Sie lächelte ihn an, doch sie war längst nicht so zuversichtlich wie er.

Bevor sie das Cafe verließen, bestand Bruce darauf, dass sie ein Glas Malzmilch trank, damit sie bei Kräften blieb. Sie stießen auf die Ölquelle und das Baby an.

Er begleitete sie zu ihrem Wagen und schloss ihr die Tür auf. „Fahr nach Hause und mach ein Nickerchen.“

„Aber ...“

„Keine Widerrede. Ich gebe dir heute Nachmittag frei. Ruh dich aus. Heute Abend sehe ich nach dir.“

„In der Zwischenzeit werde ich Sarah und Bob die Neuigkeit mitteilen müssen.“

„Sie werden sich genauso über das Baby freuen

wie ich“, sagte er. Doch er wusste, das war unmöglich. Niemand konnte sich so freuen wie er. Er durfte nicht aussprechen, wie glücklich er war, wie sehr er Jenny und das Kind liebte.

Doch er gab der Versuchung nach, sie in die Arme zu schließen. Sie lehnte sich willig an ihn, und sie hielten sich umschlungen, im hellen Tageslicht, ungeachtet der neugierigen Blicke.

Bruce war sehr wichtig für Jenny geworden, in geradezu beunruhigendem Ausmaß. Doch sie brauchte einen Freund, und er hatte sie nicht im Stich gelassen. Daher stützte sie sich auf seine Stärke, klammerte sich Trost suchend an ihn. Und sie lauschte dem steten, kraftvollen Pochen seines Herzen und genoss seinen einzigartigen Geruch.

Bruce schmiegte sie an sich, genoss das Gefühl ihrer vollen Brüste an seiner Brust. Es tat ihm weh, dass er nicht die Hände auf ihren Bauch legen und törichte Dinge zu dem Baby sagen konnte. Es tat ihm weh, dass er nicht ihre Brüste streicheln und ihr sagen konnte, wie er sich danach sehnte, das Baby daran saugen zu sehen. Vor allem aber tat es ihm weh, sie gehen zu lassen. Doch schließlich gab er sie frei. „Versprich mir, dass du dich hinlegst, sobald du nach Hause kommst.“

„Ich verspreche es.“

Er half ihr in den Wagen und legte ihr den Sicherheitsgurt an. „Um dich und das Baby vor Fahrern wie mir zu schützen“, sagte er selbstspöttisch.

Er blickte ihr nach, als sie davonfuhr, und fragte sich, ob sie ihm noch immer danken würde, wenn sie wüsste, dass er für ihre heikle Lage verantwortlich war.

Um kurz nach sieben fuhr Bruce vor dem Pfarrhaus vor. Von außen sah alles wie gewöhnlich aus. Jennys Wagen stand neben dem seiner Eltern. In der Küche und im Wohnzimmer brannte Licht. Dennoch spürte er, dass irgendetwas nicht stimmte.

Er klopfte an die Haustür und öffnete sie. „Hallo!“, rief er und trat ein. Er fand seine Eltern im Wohnzimmer.

„Hallo, Bruce“, sagte Bob tonlos. Sarah sagte gar nichts. Sie wickelte sich immer wieder ein Taschentuch um den Zeigefinger.

„Wo ist Jenny?“

Bob schluckte einige Male. „Fort.“

„Fort? Was soll das denn heißen? Ihr Wagen ist doch noch hier.“

Bob strich sich mit der Hand über das Gesicht. „Sie hat es vorgezogen, alles hier zu lassen, abgesehen von ihren Kleidern.“

Bruce wirbelte auf dem Absatz herum und stürmte die Treppe hinauf. Er nahm zwei Stufen auf einmal, wie früher als Kind. Es war ein Verstoß gegen die Hausordnung, doch es kümmerte ihn nun genauso wenig wie früher.

„Jenny?" Sie war nicht in ihrem Zimmer. Er riss den Kleiderschrank auf und fand sämtliche Bügel leer. „Verdammt!", brüllte er wie ein verwundeter Stier und stürmte die Treppe hinunter ins Wohnzimmer. „Was ist passiert? Was habt ihr getan? Was habt ihr zu ihr gesagt? Hat sie euch von dem Baby erzählt?"

„Ja", sagte Bob. „Wir sind entsetzt."

„Entsetzt? Ihr erfahrt, dass Jenny euer erstes Enkelkind in sich trägt, und ihr reagiert entsetzt?"

„Sie behauptet, dass es von Hal ist."

Wäre es nicht sein Vater, der Jennys Aufrichtigkeit und Tugend derart anzweifelte, hätte Bruce ihn aus dem Sessel gezerrt und zusammengeschlagen. Doch unter den gegebenen Umständen stieß er nur ein Knurren aus und trat drohend einen Schritt vor. Dass es wirklich nicht Hals Kind war, zählte in diesem Augenblick nicht. Jenny glaubte es. Sie glaubte, dass sie die volle Wahrheit gesagt hatte. „Ihr zweifelt daran?"

„Natürlich", sagte Sarah. „Er hätte nie etwas so … so … so etwas getan. Schon gar nicht in der

Nacht vor seiner Abreise nach Monterico, wie sie behauptet."

„Es mag dich vielleicht überraschen, Mom, aber Hal war in erster Linie ein Mann und erst in zweiter ein Missionar."

„Soll das heißen …?"

„Es heißt, dass er den gleichen Apparat hatte wie jeder andere Mann seit Adam. Die gleichen Triebe. Die gleichen Bedürfnisse. Es wundert mich nur, dass er so lange gewartet hat, bevor er mit Jenny ins Bett gegangen ist." Hal war zwar nie mit ihr ins Bett gegangen, doch Bruce dachte in diesem Augenblick nicht gerade logisch.

„Bruce, um Himmels willen, halt den Mund", mahnte Bob. „Wie kannst du es wagen, so grob mit deiner Mutter zu reden? Du weißt, dass sie das krank macht."

„Also gut. Mir ist es egal, was ihr über mich denkt, aber wie konntet ihr Jenny aus dem Haus treiben?"

„Wir haben sie nicht vertrieben. Sie hat beschlossen zu gehen."

„Ihr müsst etwas getan haben, das sie zu diesem drastischen Schritt getrieben hat. Was war es?"

„Sie hat erwartet, dass wir ihr glauben, Hal hätte … hätte so etwas getan", antwortete Bob. „Deine Mutter und ich haben eingeräumt, dass es möglich sein könnte. Wie du betont hast, war er ein Mann. Aber wenn er es getan hat, dann muss sie ihn derart in Versuchung geführt haben, dass er nicht widerstehen konnte.“

Bruce konnte nicht begreifen, wie Hal ihr hatte widerstehen können. Ihm selbst wäre es niemals gelungen. „Was auch geschehen ist, es wurde aus Liebe getan.“ Das entsprach der Wahrheit.

„Das glaube ich wohl. Trotzdem hätte Hal sich nicht von seiner Mission ablenken lassen, wenn er nicht versucht worden wäre. Und möglicherweise war er immer noch abgelenkt, oder er fühlte sich schuldig oder war irgendwie im Konflikt mit sich selbst, als er nach Monterico kam. Vielleicht war er deswegen so unvorsichtig, dass er sich festnehmen und töten ließ.“

„Allmächtiger“, stöhnte Bruce. Er sank gegen die Wand, als hätte er einen Tiefschlag erhalten. Er starrte sie an und fragte sich, wie diese selbstgerechten, engstirnigen und unnachsichtigen Menschen seine Eltern sein konnten. „Das habt ihr Jenny gesagt? Ihr habt sie für Hals Tod verantwortlich gemacht?“

„Sie ist verantwortlich“, sagte Sarah. „Hals Überzeugungen waren so standhaft, dass sie ihn verführt haben muss. Kannst du dir vorstellen, wie sehr wir uns betrogen fühlen? Wir haben sie wie unsere eigene Tochter aufgezogen. Dass sie uns so etwas antun konnte … Ein uneheliches Kind … Es wird Hals würdiges Andenken für immer zerstören." Sie presste die Lippen zu einer schmalen Linie zusammen und wandte den Kopf ab.

Die Einstellung seiner Eltern machte Bruce krank. Er hätte ihnen am liebsten ins Gesicht gesagt, wie unchristlich und scheinheilig sie waren. Doch wozu seine Energie verschwenden? In seinen Augen waren sie hoffnungslose Fälle. Und ihm blieb keine Zeit. Er musste Jenny finden. „Wo ist sie hin?"

„Das wissen wir nicht." Bobs Ton verriet, dass es ihn auch nicht interessierte. „Sie hat ein Taxi gerufen."

„Ihr beide könnt mir nur leid tun", sagte Bruce, bevor er aus dem Haus stürmte.

Jenny hatte gelernt, sich dem Schaukeln des Busses anzupassen, statt sich dagegen zu wehren, sodass ihr nicht länger schlecht war. Die monotone Bewegung wirkte beinahe einschläfernd und lenkte ihre Gedanken von der Zukunft ab.

Welche Zukunft? Sie hatte keine. Die Hendrens hatten ihre Einstellung deutlich zum Ausdruck gebracht. Für sie war Jenny eine gefallene Frau, die ihren geliebten Sohn verführt und von seiner Berufung abgelenkt hatte.

Brennende Tränen stiegen in ihr auf. Sie schloss die Augen und lehnte den Kopf zurück. Sie hätte gern geschlafen, doch das war unmöglich. Sie war zu aufgewühlt, und die anderen Passagiere um sie herum wurden zunehmend unruhig und gesprächig. Nur allmählich achtete sie darauf, was gesprochen wurde.

„Sieh dir das bloß mal an!“

„Ein Verrückter.“

„Hat unser Fahrer ihn gesehen?“

„Für wen hält der sich eigentlich?“

Neugierig geworden, schlug Jenny die Augen auf und spähte aus dem Fenster. Sie sah nichts außer ihrem eigenen Spiegelbild in der Glasscheibe und undurchdringliche Finsternis dahinter. Doch dann entdeckte sie einen Sportwagen, der gefährlich nahe neben dem Bus fuhr. Sie erblasste.

„Das muss ein absolut Verrückter sein, mein Gott“, murmelte jemand.

Plötzlich bremste der Busfahrer und fuhr an den Straßenrand. „Meine Damen und Herren“, sagte er ins Mikrofon neben dem Lenkrad, „es tut mir leid, aber ich muss einen ungeplanten Halt einlegen. Offensichtlich will ein betrunkener Autofahrer uns von der Straße abdrängen. Ich werde versuchen, ihn zur Vernunft zu bringen. Bleiben Sie ruhig. Wir fahren gleich weiter.“

Die Passagiere beugten sich auf ihren Sitzen

vor, um besser sehen zu können. Jenny hingegen kauerte sich zusammen, mit klopfendem Herzen. Der Busfahrer öffnete die automatische Tür und wollte aussteigen. Doch schon stürmte der ‚Verrückte' herein.

„Bitte, Mister", flehte der Busfahrer, offensichtlich besorgt um die Sicherheit seiner Passagiere, „wir sind nur harmlose Leute und …"

„Keine Sorge. Ich bin kein Räuber. Ich werde niemandem etwas tun. Ich werde Sie nur von einem Ihrer Fahrgäste befreien." Aufmerksam musterte Bruce die Passagiere, die ihn ängstlich anstarrten. „Es tut mir leid wegen der Unannehmlichkeiten", sagte er freundlich, während er den Gang entlangschritt. „Es wird nur eine Minute dauern." Als er Jenny erblickte, atmete er erleichtert auf. „Nimm deine Sachen. Du kommst mit mir zurück."

„Nein, Bruce. Ich habe dir alles in einem Brief erklärt. Ich habe ihn abgeschickt, bevor ich abgefahren bin. Du hättest mir nicht folgen sollen."

„Nun, ich habe es aber getan, und zwar nicht umsonst. Jetzt komm bitte mit mir."

„Nein."

Alle Augen waren auf sie gerichtet.

Ungehalten wie ein Vater, der ein weggelaufenes Kind wiedergefunden hat, stützte er die Hände in die Hüften. „Wenn du die schmutzige Wäsche vor all diesen netten Leuten waschen willst, dann ist es mir recht. Aber überleg es dir lieber noch einmal, bevor wir zu den pikanten Einzelheiten kommen."

Jennys Blick wanderte über die anderen Passagiere, die sie mit unverhohlener Neugier anstarrten.

„Was hat sie gemacht?", piepste ein kleines Mädchen. „Ist es was Schlimmes?"

„Sie brauchen nicht mit ihm zu gehen, Miss", sagte der Fahrer besorgt. Er wollte sich nicht nachsagen lassen, dass er ein hilfloses Opfer aus seinem Bus entführen ließ.

Jenny blickte Bruce an. Seine Augen funkelten, und er wirkte so standhaft wie der Fels von Gibraltar. Er würde es auf eine Szene ankommen lassen. Sie wusste, dass er nicht nachgeben würde, und sie wollte nicht Ursache für eine Schlägerei in einem Bus werden. „Also gut. Ich komme." Sie trat in den Gang und nahm ihren kleinen Koffer. „Ich habe noch einen Koffer im Gepäckfach", teilte sie dem Fahrer mit.

Alle Blicke folgten ihnen, als die drei den Bus verließen. Der Fahrer öffnete das Gepäckfach und reichte ihr den Koffer. „Sind Sie sicher, dass Sie mit ihm gehen wollen? Er wird Ihnen doch nichts antun, oder?"

Sie lächelte ihn beruhigend an. „Nein, nein,

keine Sorge. Er wird mir nichts tun."

Nach einem finsteren Blick zu Bruce stieg der Fahrer wieder ein. Einen Augenblick später schwenkte der Bus wieder auf die Fahrbahn.

Steif wandte Jenny sich an Bruce. „Das war ja eine tolle Nummer. Was hast du dir eigentlich davon erhofft?"

„Genau das, was ich erreicht habe. Dich aus dem Bus zu holen und zu verhindern, dass du wie ein verängstigtes Kaninchen davonläufst."

„Vielleicht bin ich das ja", rief sie und ließ den Tränen freien Lauf, die seit der Szene im Pfarrhaus in ihren Augen brannten.

„Was wolltest du überhaupt in Dallas? Etwa abtreiben lassen?"

„Wie kannst du so etwas Scheußliches nur denken?"

„Was wolltest du denn dann? Das Baby kriegen und dann weggeben?"

„Nein."

„Es verstecken?" Er trat näher. „Willst du das Baby nicht, Jenny? Schämst du dich dafür?"

„Nein." Sie legte beide Hände auf ihren Bauch. „Natürlich will ich es. Ich habe es jetzt schon lieb. Es ist mein Kind, Bruce."

Bruce atmete erleichtert auf, doch seine Stimme hatte noch immer einen zornigen Unterton. „Warum bist du dann weggelaufen?"

„Ich wusste nicht, was ich sonst tun sollte. Deine Eltern haben ausdrücklich betont, dass sie mich nicht mehr in ihrer Nähe haben wollen.“

„Ja und?“

„Ja und? Nicht jeder ist mutig oder verrückt genug, um einem Bus nachzujagen oder mit neunzig Meilen pro Stunde auf einem Motorrad über die Schnellstraße zu jagen. Dir ist es egal, was die Leute von dir denken. Aber ich bin nicht wie du. Mir ist es nicht egal. Und ich habe Angst.“

„Wovor? Vor einer Stadt voller kleinlicher Menschen? Was können sie dir schon antun? Über dich klatschen? Dich verachten? Und wenn schon! Oder hast du Angst, den Namen meines Bruders zu beschmutzen? Es gefällt mir auch nicht, dass ein paar Heuchler schlecht von ihm denken werden. Aber er ist tot. Er wird es nie erfahren. Und sein Werk wird weitergeführt. Du selbst hast mit deinem Rundschreiben und dem Spendenaufruf dafür gesorgt. Bitte komm zu dir, Jenny. Sei nicht so hart zu dir selbst. Du selbst bist dein schlimmster Feind.“

„Was schlägst du also vor? Dass ich zurückkomme und in deinem Büro arbeite?“

„Ja.“

„Und soll ich mit meinem Zustand protzen?“

„Sei stolz darauf.“

„Und soll mein Kind sein ganzes Leben lang

mit Schimpfwörtern bezeichnet werden?"

„Jeder, der dieses Kind anders als wundervoll bezeichnet, riskiert sein Leben", stieß Bruce heftig hervor.

„Aber du wirst nicht immer da sein, um es zu schützen. Es wird schwer für dieses Kind, in einer Kleinstadt aufzuwachsen, in der jeder seine Herkunft kennt."

„Es wäre noch schwerer in einer Großstadt, in der seine Mutter niemanden kennt. An wen würdest du dich um Hilfe wenden, Jenny? In La Bota sind dir die Gesichter vertraut, auch wenn einige von ihnen vielleicht feindselig dreinblicken."

Sie mochte nicht eingestehen, wie sehr ihr davor gegraut hatte, in eine fremde Stadt zu ziehen, ohne viel Geld, ohne Arbeitsplatz, ohne Unterkunft, ohne Freunde oder Verwandte.

„Wird es nicht langsam Zeit, dass du ein bisschen Rückgrat beweist, Jenny? Seit du vierzehn warst, lässt du andere Leute deine Entscheidungen treffen."

„Diese Diskussion hatten wir vor ein paar Monaten schon einmal. Ich habe versucht, mein Leben selbst in die Hand zu nehmen. Jetzt siehst du, was für ein Chaos ich daraus gemacht habe."

Bruce wirkte gekränkt. „Ich dachte, die Liebesnacht sei wundervoll für dich gewesen. Als

Resultat bekommst du ein Baby. Ist das für dich wirklich ein Chaos?“

Sie senkte den Kopf. „Nein. Es ist wundervoll. Der Gedanke an das Kind erweckt Ehrfurcht in mir.“

„Dann halte an dem Gedanken fest. Komm mit mir nach La Bota. Bring das wundervolle Baby zur Welt und pfeif auf die Leute, denen es nicht gefällt.“

„Auch auf deine Eltern?“

„Ihre Reaktion heute Abend war überstürzt. Wenn sie darüber nachdenken, werden sie schon zur Vernunft kommen.“

Nachdenklich starrte Jenny ins Leere. „Wahrscheinlich hast du recht. Ich kann keine Zukunft für mich und das Baby finden. Ich muss mir eine aufbauen, stimmt's?“

Er grinste. „Besser hätte sogar ich es nicht ausdrücken können.“

„Ach, Bruce“, seufzte sie, und plötzlich fühlte sie sich sehr erschöpft. „Noch einmal, danke.“

Er schmiegte die Hände um ihr Gesicht und wischte mit den Daumen über ihre Wangen. „Du könntest alles sehr viel leichter für dich machen, wenn du mich einfach heiraten würdest. Das Baby hätte einen Daddy, und alles wäre geordnet und gesetzlich.“

„Ich kann nicht, Bruce.“

„Sicher nicht?“

„Ganz sicher.“

„Es ist nicht das letzte Mal, dass ich dich frage.“ Er hob ihr Gesicht und küsste sie zart. Seine Lippen waren feucht und geöffnet, und diesmal drang auch seine Zunge in ihren Mund vor. Nur die Spitze. Gerade genug, um ihr den Atem zu rauben und ihren Herzschlag zu beschleunigen. Gerade genug, um ihre Brüste spontan anschwellen zu lassen.

Langsam streichelte er mit der Zunge über ihre Lippen. Dann wich er zurück, nahm ihren Arm und führte sie zu seinem Wagen.

„Wie hast du mich überhaupt gefunden?“, fragte Jenny, während er ihr Gepäck hinter den Sitzen verstaute.

„Ganz einfach. Ich habe bei der Taxizentrale nach dem Fahrer gefragt, der dich abgeholt hat. Er hat mir gesagt, dass er dich zum Busbahnhof gebracht habe. Dort habe ich am Fahrkartenschalter erfahren, dass du eine Karte nach Dallas gelöst hast. Und da ich nicht bis nach Dallas hinterherfahren wollte, musste ich den Bus irgendwie zum Anhalten bringen.“ Sie waren eingestiegen, und er fuhr los. „Und jetzt müssen wir dir als Erstes eine Unterkunft besorgen.“

„Hast du irgendeine Idee?“

„Du könntest bei mir einziehen.“ Er warf ihr

einen spitzbübischen Blick zu.

„Nächster Vorschlag“, entgegnete sie schroff.

Er schmunzelte. „Ich glaube, ich kann dich bei Roxy unterbringen.“

„Roxy Clemmons?“, hakte Jenny entsetzt nach.

„Ja. Kennst du sie?“

„Nur vom Hörensagen.“ Als eine von seinen Geliebten. Sie wandte den Kopf ab und starrte aus dem Fenster. Enttäuschung und Verzweiflung stiegen in ihr auf.

Er hatte sie so zärtlich und innig geküsst. Seine Umarmung hatte herzlich und beschützend gewirkt. Ihr gefiel es allmählich, wenn er sie berührte, wenn er sie küsste. Seine Liebkosungen überwältigten sie. Doch für ihn war es nichts Besonderes. Er tat mit ihr nur, was er mit Hunderten von Frauen zuvor getan hatte. Wollte er sie nun unter einem Dach mit Roxy unterbringen, damit er sie alle beide ohne Umstände besuchen konnte?

„Du scheinst nicht gerade begeistert von dem Vorschlag zu sein“, bemerkte Bruce.

„Mir bleibt kaum eine andere Wahl, oder?“

„Ich habe dir eine Alternative vorgeschlagen. Du hast abgelehnt.“

Jenny schwieg eisern. Sie war verärgert und wusste selbst nicht recht, warum. Wieso fühlte sie sich beleidigt? Hatte sie unbewusst gehofft, dass sich eine feste Beziehung zwischen ihnen entwickeln würde? Weil er sie ein paar Mal geküsst hatte? Wegen der Nacht in Monterico? Oder weil sie sich schon immer zu ihm hingezogen gefühlt hatte?

Wenn er glaubte, dass sie sich in die lange Kette seiner sexuellen Abenteuer einreihen ließ, dann täuschte er sich. Mit Frauen wie Roxy Clemmons hatte sie nichts gemeinsam.

8. KAPITEL

Die Straßen lagen verlassen da, als sie La Bota erreichten. Bruce lenkte den Wagen auf den Parkplatz einer Apartment-Anlage.

„Was ist das hier?“, fragte Jenny.

„Deine neue Adresse, hoffe ich. Komm.“ Er führte sie zu einer Wohnung mit dem Schild ‚Büro‘ neben dem Eingang und klingelte.

Roxy Clemmons öffnete. Sie warf Jenny einen erstaunten Blick zu und lächelte dann Bruce an. „Hallo, Bruce. Was gibt’s?“

„Dürfen wir reinkommen?“

„Natürlich.“ Roxy ließ die beiden eintreten und schloss die Tür.

„Tut mir leid, dass wir dich so spät stören“, sagte Bruce.

„Himmel, du weißt doch, dass du jederzeit willkommen bist.“

„Roxy, das ist Jenny Fletcher.“

„Ja, ich weiß. Hallo, Jenny. Freut mich, Sie kennen zu lernen“, sagte Roxy in erstaunlich freundlichem Ton.

„Freut mich auch, Miss Clemmons.“

„Nennen Sie mich doch Roxy. Möchtet ihr etwas trinken? Ich habe kaltes Bier, Bruce.“

„Klingt gut.“

„Jenny?“

„Nein, danke.“

„Eine Cola?“

Jenny wollte nicht unhöflich wirken, und daher erwiderte sie mit einem kleinen Lächeln: „Ja, gern.“

„Setzt euch und macht es euch bequem.“

Roxy verschwand durch eine Pendeltür in der Küche. Ihre Hüften zeichneten sich wohl gerundet unter einer engen Jeans ab. Ihre vollen Brüste wippten unter dem T-Shirt. Sie war barfuß. Ihr kupferfarbenes Haar war auf reizvolle Art zerzaust. Sie sah aus, als käme sie gerade aus dem Bett oder wäre auf dem Weg dorthin. Sie war eine Frau, bei der ein Mann sich wohl fühlen und entspannen konnte. Freundlich, herzlich und willig. Der Gedanke löste ein Gefühl der Übelkeit in Jenny aus. Bruce hatte sich auf das Sofa gesetzt und blätterte in einer Zeitung.

„Setz dich doch, Jenny“, sagte er, als er merkte, dass sie verlegen mitten im Raum stand.

Widerstrebend sank sie auf die Kante eines Sessels.

Roxy kehrte mit den Getränken zurück, und nachdem Bruce einen langen Schluck Bier genommen hatte, verkündete er: „Wir suchen eine Wohnung. Hast du was frei?“

Verblüfft blickte Roxy von Jenny zu Bruce.

„He, das ist großartig. Meinen Glückwunsch. Aber was ist mit deinem Haus?“

Er lachte. „Mit meinem Haus ist alles in Ordnung. Du hast mich missverstanden. Jenny wird allein einziehen.“

„Ach so!“ Roxy lächelte Jenny an. „Sie haben Glück. Ich habe eine Zweizimmerwohnung frei.“

„Wie groß ist das Schlafzimmer?“, fragte Bruce. „Jenny bekommt ein Baby. Ist auch Platz genug für eine Wiege?“

Roxy reagierte schockiert. Mit offenem Mund starrte sie Bruce an. Dann glitt ihr Blick unwillkürlich zu Jennys Bauch.

„Sehen wir uns die Wohnung an“, schlug sie vor, sobald sie sich von der Überraschung erholt hatte. Sie schlüpfte in ein Paar Sandalen. „Dann könnt ihr entscheiden, ob es das Richtige ist.“ Sie holte den Wohnungsschlüssel aus dem Büro und ging voraus, den Fußweg zwischen den Gebäuden entlang. „Die Lage ist gut“, sagte sie über die Schulter. „Ruhig, aber nicht so einsam, dass Sie Angst haben müssten, Jenny.“

Jenny hörte gar nicht richtig zu. Sie warf Bruce mörderische Blicke zu, weil er dieser … dieser Frau ihren Zustand verraten hatte. Am folgenden Morgen wusste gewiss die ganze Stadt, dass sie schwanger war.

„Da sind wir." Roxy schloss die Wohnung auf und schaltete das Licht ein. „Puh, ist es stickig hier! Ich habe nicht mehr gelüftet, seit die Maler hier waren."

Es roch nach Farbe und Desinfektionsmittel, doch das störte Jenny nicht. Dafür war die Wohnung blitzsauber.

„Das ist natürlich das Wohnzimmer, und hier ist die Küche." Roxy führte sie durch eine halbhohe Pendeltür. Die Einbauschränke waren glänzend sauber.

Nachdem sie auch das Badezimmer und das Schlafzimmer besichtigt hatten, fragte Jenny: „Wie hoch ist die Miete?"

„Vierhundert im Monat, plus Wasser und Strom."

„Vierhundert!", rief Jenny erschrocken. „Ich fürchte …"

„Unmöbliert?", hakte Bruce nach.

„Du meine Güte!" Roxy schlug sich mit der Hand an die Stirn. „Ich habe mich vertan. Unmöbliert kostet sie zweihundertfünfzig."

„Das klingt schon besser", sagte Bruce.

Jenny überschlug ihr Einkommen und ihre Ausgaben. Wenn sie sparsam lebte, konnte sie sich die Wohnung leisten. Sie hatte Glück, dass sie überhaupt so schnell etwas gefunden hatte, noch dazu in einer der besseren Wohngegenden der Stadt. Sie versuchte zu vergessen, dass eine von Bruce' Geliebten nur wenige Türen entfernt wohnte. „Muss ich einen Vertrag unterschreiben?"

„Dann nehmen Sie sie also?", fragte Roxy.

„Ich glaube schon."

„Fantastisch!", rief Roxy erstaunlich erfreut. „Wie schön, dass wir Nachbarn werden. Kommen Sie, gehen wir zurück ins Büro."

Eine Viertelstunde später hielt Jenny einen Kopie des Mietvertrages und den Wohnungsschlüssel in der Hand.

„Sie können morgen schon einziehen", verkündete Roxy. „Ich werde gleich in morgen früh hinübergehen und lüften."

„Danke." Jenny schüttelte ihr herzlich die Hand, und dann brachte Bruce sie zu seinem Wagen und setzte sie hinein.

Er kehrte zu Roxy zurück, die an ihrer Wohnungstür wartete. „Danke, dass du wegen der Miete mitgespielt hast."

„Es war zwar ein schwacher Wink, aber ich habe ihn verstanden." Roxy lächelte ihn an. „Weihst du mich nun in die Einzelheiten eurer Beziehung ein, oder muss ich meine lebhafte Fantasie spielen lassen?"

„Neugierig?"

„Und wie!"

Bruce lachte. „Wir reden ein andermal darüber. Danke für alles, was du getan hast."

„Gar keine Ursache, Bruce. Wozu sind Freunde schließlich da?"

Er gab ihr einen flüchtigen Kuss auf den Mund und tätschelte ihren Po, bevor er sich abwandte und in seinen Wagen stieg.

Jenny saß steif wie eine Statue auf dem Beifahrersitz. Sie hatte das Gespräch nicht verfolgen können, aber sie hatte gesehen, wie die beiden sich angelächelt hatten, wie er Roxy geküsst und auf welch vertrauliche Art er sie angefasst hatte. Und obgleich sie sich einredete, dass es ihr gleichgültig war, verspürte sie Eifersucht.

„Morgen früh werden wir als Erstes die Möbelgeschäfte abgrasen", verkündete Bruce.

„Du hast schon genug für mich getan. Ich kann nicht verlangen, dass du …"

„Du hast es ja auch nicht verlangt. Ich biete es freiwillig an. Mach heute Abend eine Liste von allem, was du brauchst."

„Ich kann mir nicht viel leisten. Nur das Nötigste." Plötzlich fiel ihr siedend heiß ein, dass sie für diese Nacht keine Unterkunft hatte. „Wohin fahren wir jetzt eigentlich?"

„Ich nehme an, dass du nicht zurück ins Pfarrhaus willst."

„Nein."

„Du könntest mit zu mir kommen."

„Du hast keinen Platz.“

„In dem großen Haus?“

„Du hast nur ein Bett.“

„Ja und? Wir haben schon einmal in einem Bett geschlafen“, sagte er rau. Sie schwieg, und nach einigen Sekunden seufzte er. „Ich bringe dich in einem Motel unter.“ Kaum hatte er es ausgesprochen, als er auch schon vor einem Motel anhielt. „Warte hier.“

Jenny beobachtete, wie er die hell erleuchtete Rezeption betrat. Durch die breite Glastür sah sie, dass der Nachtportier ihn mit einem breiten Grinsen und einem herzlichen Händedruck begrüßte. Ohne Umschweife überreichte er ihm einen Schlüssel. Dabei beugte er sich vertraulich vor und sagte etwas.

Dann spähte der Nachtportier durch das Fenster zum Wagen. Jenny sah seine überraschte Miene, als er sie erkannte. Mit einem Grinsen machte er erneut eine Bemerkung. Bruce reagierte mit einem äußerst finsteren Gesichtsausdruck.

„Was hat er denn gesagt?“, wollte Jenny gleich darauf wissen.

„Nichts.“

„Er hat etwas gesagt. Ich habe es gesehen.“

Bruce antwortete nicht, sondern fuhr geradewegs zu dem Motelzimmer, ohne die Nummern über den Türen zu beachten.

„Du warst schon einmal hier“, vermutete sie.

„Jenny, bitte …“

„Stimmt’s?“

„Vielleicht.“

„Oft?“

„Ja.“

„Mit anderen Frauen?“

„Ja.“

Ihre Brust schien sich zusammenzuschnüren, sodass sie kaum sprechen konnte. „Du hast also deine Geliebten hergebracht, und jetzt hält der Portier mich für eine von ihnen. Was hat er über mich gesagt?“

„Es ist völlig egal, was er …“

„Mir ist es nicht egal!“, rief sie. „Sag’s mir.“

„Nein.“ Bruce stieg aus, zerrte ihr Gepäck hinter den Sitzen hervor und trug es zum Motelzimmer. Er schloss die Tür auf, knipste das Licht an und warf die Koffer auf das Bett.

„Was hat er gesagt?“, fragte Jenny von der Tür her.

Er wirbelte herum und sah ihre entschlossene Miene. Sie sah müde und verletzlich aus, aber gleichzeitig zornig. Ihre Wangen waren blass, und ihre Lippen zitterten. Er begehrte sie mehr denn je, doch er konnte sie nicht haben, und das ärgerte ihn maßlos. „Also gut, wenn du’s wissen willst. Er hat gesagt, dass es diesmal in der Familie bleibt.“

Empörung wallte in ihr auf. „Da siehst du, was du angestellt hast! Erst erzählst du Roxy, die überall als eine von deinen Flittchen bekannt ist, dass ich schwanger bin. Dann bringst du mich in ein Motel, wo du regelmäßig mit deinen Frauen absteigst. Morgen weiß es die ganze Stadt, dass ich mit dir hier war und sogar hier übernachtet habe. Ich will nicht für eine von deinen Geliebten gehalten werden."

„Warum nicht? Weil ich so verrucht bin? Weil ich so schlecht bin? Weil ich das schwarze Schaf in der Pfarrerfamilie bin, das immer in der Patsche sitzt und sich immer mit den falschen Frauen einlässt?"

Jenny wich zurück, als er auf sie zutrat, doch eine Kommode versperrte ihr den Weg. „So habe ich es nicht gemeint."

„Ach nein?", höhnte Bruce. „Nun, du hast allen Grund, vor mir auf der Hut zu sein. Ich bin wirklich schlecht. Verdammt schlecht." Er schmiegte eine Hand um ihren Nacken, vergrub die Finger in ihrem Haar und bog ihren Kopf zurück. „Weil ich viele Frauen hierher gebracht habe. Aber ich habe keine so begehrt wie dich."

Er umfasste ihr Handgelenk mit eisernem Griff, aus dem sie sich nicht befreien konnte, und presste ihre Hand auf seinen Hosenschlitz, damit sie das Ausmaß seines heftigen Verlangens fühlte.

„So sehr begehre ich dich. Ich will dich schon seit langem, und ich bin es leid, es zu verbergen. Macht es dir Angst? Ekelt es dich an? Möchtest du schreien? Möchtest du weglaufen und dich im Pfarrhaus verkriechen?“

Er küsste sie mit kaum beherrschter Wildheit. Seine Zunge drang tief in ihren Mund vor, wich dann zurück, drang erneut ein, in Nachahmung einer Vereinigung.

Und dann gab er sie abrupt frei. Er stürmte aus dem Raum und schlug mit einem heftigen Knall die Tür hinter sich zu.

Jenny taumelte zum Bett und sank darauf nieder. Sie konnte nicht leugnen, dass sie enttäuscht war, weil er das Begonnene nicht zu Ende geführt hatte. Sie fühlte sich schwach und aufgewühlt vor Verlangen.

Sie nahm all ihre Kraft zusammen und schleppte sich ins Badezimmer. Sie zog sich aus und trat unter die Dusche. Der Wasserstrahl war heiß und stechend. Ihre Haut prickelte immer noch heftig, als sie ein Nachthemd aus dem Koffer holte und anzog.

Sie legte sich ins Bett, schloss die Augen und versuchte sich zu beruhigen. Doch die Erinnerung war noch zu frisch. Sie glaubte, noch immer seine Lippen auf ihren zu spüren, den Beweis seines Verlangens in ihrer Hand zu fühlen, die Bewegungen seiner Zunge zu spüren.

Als das Telefon neben dem Bett klingelte, zuckte sie zusammen. „Hallo?“

„Es tut mir leid.“

Einen Augenblick herrschte Schweigen. Jennys Brüste prickelten unter ihrem Nachthemd. „Schon gut.“

„Ich habe die Beherrschung verloren.“

„Ich habe dich provoziert.“

„Habe ich dir wehgetan?“

„Nein.“

„Aber ich war grob. Und ordinär.“

„Ich hab’s überlebt.“

„Ich bereue nicht, dass ich dich geküsst habe. Es tut mir nur leid, wie ich es getan habe.“ Nach einer kurzen Pause fügte Bruce sehr sanft hinzu: „Jetzt weißt du wenigstens, was ich für dich empfinde.“

Seine Worte rührten sie beinahe zu Tränen. „Bruce, ich bin im Moment nicht bereit, mich damit auseinander zu setzen. Es ist so viel passiert.“

„Ich weiß. Schlaf dich erst einmal richtig aus. Das Büro bleibt morgen geschlossen. Ich hole dich ab, lade dich zum Frühstück ein, und dann gehen wir einkaufen. Halte dich um punkt zehn Uhr bereit.“

„In Ordnung.“

„Gute Nacht, Jenny."
„Gute Nacht, Bruce."

„Guten Morgen, Jenny."
„Hm?"
„Ich habe guten Morgen gesagt."
Jenny gähnte herzhaft, streckte sich unter der Bettdecke und schlug die Augen auf. Dann setzte sie sich abrupt auf.
Bruce saß auf der Bettkante und lächelte sie an. „Willkommen im Land der Lebenden."
„Wie spät ist es?"
„Zehn nach zehn. Ich habe um punkt zehn geklopft, aber du hast nicht geantwortet. Deshalb habe ich mir den Ersatzschlüssel aus der Rezeption geholt und bin hereingekommen."
„Es tut mir leid." Sie strich sich mit einer Hand über die Augen und zog die Decke höher über die Brüste. „Ich war erschöpft."
„Hungrig?"
„Und wie!"
„Ich bestelle schon einmal das Frühstück im Cafe, während du dich anziehst." Bruce gab ihr einen Kuss auf die Nasenspitze und stand auf.
„Ich komme sofort!", rief sie ihm nach, als sich die Tür hinter ihm schloss.
Jenny sah frisch und erholt aus, als sie ein paar Minuten später das Cafe betrat. Sie trug ei-

nen Faltenrock und eine legere Hemdbluse. Ihre zierlichen Ledersandalen mit hohen Absätzen erweckten Bruce' Aufmerksamkeit, als sie an seinen Tisch trat. Er wusste, dass sie ihren Gehaltsscheck für neue Garderobe ausgegeben hatte, und sie kleidete sich nun mit wesentlich mehr Pfiff als früher.

„Bin ich zu spät dran?"

„Dein Essen ist gerade erst gekommen. Deine Schuhe gefallen mir übrigens."

„Sie sind neu." Jenny betrachtete die gefüllten Teller auf ihrem Platz. „Soll das alles für mich sein?"

„Ja".

„Du erwartest doch wohl nicht, dass ich so viel esse, mein Lieber."

„Zumindest das Meiste. Fang an. Ich plane inzwischen unseren Einkaufsbummel."

„Willst du nichts essen?"

„Ich bin schon fertig." Bruce hielt den Kopf über einen Notizblock gebeugt, während er eine umfangreiche Liste der benötigten Haushaltsgegenstände anfertigte.

Jenny war fasziniert von dem gewinnenden Bild, das er abgab. Sein Haar war zerzaust und wies die verschiedensten Schattierungen von Braun auf. Sein Gesicht war glatt rasiert, und der Geruch seines Rasierwassers übertraf sogar das Aroma des frischen Kaffees, den die Kellnerin ihr einschenkte. Er trug eine Jeans und ein legeres Hemd, doch über der Stuhllehne hing ein Jackett aus Rohseide. Es war eine seltsame Kombination, doch sie passte hervorragend zu ihm. Er sah überwältigend gut und gefährlich sinnlich aus.

Nachdem sie das Frühstück beendet hatte, war auch seine Liste fertig, und er zählte die Geschäfte auf, in denen er einzukaufen vorhatte.

„Vergiss mein Budget nicht", ermahnte sie ihn.

„Vielleicht gibt dir dein Chef ja eine ordentliche Gehaltserhöhung."

Abrupt blieb sie auf dem Weg zu seinem Wagen stehen und drehte sich mit trotziger Miene zu ihm um. „Eines möchte ich gleich klarstellen, Bruce. Ich will keine Almosen von dir."

„Willst du mich heiraten?"

„Nein."

„Dann halt den Mund und steig ein."

Bruce hatte einen teuren Geschmack, und Jenny hätte genau das ausgewählt, was ihm gefiel – wenn Geld keine Rolle gespielt hätte.

„Dieses Sofa kann ich mir nicht leisten. Das andere kostet nur die Hälfte."

„Es ist auch potthässlich."

„Es ist funktionell."

„Es ist hart und ungemütlich. Das hier hat so schöne kuschelige Polster und ist so bequem."

„Deswegen ist es auch so teuer. Bequemlichkeit ist nicht so wichtig."

„Das hängt davon ab, was man auf dem Sofa tun will", wandte Bruce mit einem schelmischen Grinsen und viel sagendem Blick ein.

„Ich nehme das andere", erklärte sie entschieden.

Die gleiche Diskussion ergab sich wegen des Bettes, der Stühle, des Esstisches, der Bettwäsche, des Geschirrs, der Töpfe und Pfannen, ja sogar wegen des Büchsenöffners. Bruce achtete stets nur auf die Qualität, während Jenny sich vom Preis lenken ließ.

„Müde?", fragte er, als sie in seinen Wagen stiegen und sie den Kopf zurücklehnte.

„Ja." Sie seufzte. „Ich hätte nie gedacht, dass es so anstrengend ist, eine Wohnung einzurichten."

„Ich habe vereinbart, dass heute Nachmittag alles geliefert wird. Heute Abend hast du ein gemütliches Zuhause."

„Wie hast du das denn geschafft?"

„Durch Drohungen, Bestechung, Erpressung – alles, was mir nur einfiel." Er grinste, doch sie glaubte es ihm trotzdem.

Als er vor der neuen Wohnung anhielt, rief sie verblüfft: „Das sieht ja aus wie mein Wagen!"

„Das ist dein Wagen."

„Wie kommt der denn hierher?"

„Ich habe ihn herschleppen lassen." Bruce öffnete die Fahrertür ihres Wagens und holte den Schlüssel hervor, den der Abschleppdienst wie vereinbart unter die Fußmatte gelegt hatte. Er warf ihn ihr zu. „Offen gesagt, ist es für mich nur ein billiger Haufen Blech, aber ich weiß, dass du an ihm hängst."

„Bruce, ich will nichts von deinen Eltern haben."

„Herrje, sie haben dir diesen Wagen vor Jahren geschenkt. Was sollen sie mit drei Autos – wo meine Mutter kaum fährt?"

Entschieden schob sie ihn beiseite und stieg ein. „Ich bringe ihn zurück."

Er beugte sich zur Tür hinein und erklärte in fröhlichem Ton: „Denk daran: ich bin dein einziges Transportmittel."

Sie seufzte. „Das ist Erpressung."

„Ganz genau."

Sie musste unwillkürlich lachen und stieg wieder aus. Kaum hatten sie die Wohnung betreten, als auch schon die ersten Möbel eintrafen.

„Aber das muss ein Irrtum sein", erklärte Jenny, sobald sie die Tür öffnete und die Lieferung sah.

„Kein Irrtum, Miss", widersprach der Mann und trug einen Stuhl an ihr vorbei. „Bringt das Sofa rein!", rief er seinen Kollegen zu.

„Aber das ist nicht das richtige“, protestierte Jenny.

„Es steht auf dem Lieferschein.“ Er stellte den Stuhl ab und reichte ihr einen grünen Schein.

Sorgfältig betrachtete sie die Rechnung. „Oh nein! Bruce, da ist ein schrecklicher …“ Sie brach ab, als sie sein Lächeln sah. Er hatte es sich auf der kuscheligen Couch bequem gemacht, die er ausgewählt hatte. „Was hast du nur getan!“

„Ich würde es einfach Sabotage nennen“, entgegnete er ungerührt.

Es war genau das treffende Wort. Hinter ihrem Rücken hatte er sämtliche Sachen bestellt, die ihr gefielen, die sie sich aber nicht leisten konnte. „Wie soll ich das alles bezahlen?“

„Kredit. Was du heute bezahlt hast, ist die Anzahlung. Ich habe monatliche Raten für dich vereinbart, die du dir leisten kannst. Wo liegt also das Problem?“

„Ich kann es nicht zulassen, Bruce. Du drängst mich zu Entscheidungen, die meiner Vernunft widersprechen. Aber das lasse ich mir nicht länger gefallen. Ich bleibe nicht in dieser Wohnung, wenn ich all diese Möbel behalten muss.“

„Also gut“, sagte er ungerührt. Er ging zur Wohnungstür und stieß einen durchdringenden Pfiff aus. „He, Jungs, ladet alles wieder auf und bringt es in mein Haus. Sie hat beschlossen, mich zu heiraten, anstatt allein hier zu wohnen."

„Himmel!", stöhnte Jenny und barg das Gesicht in den Händen. „Ich gebe mich geschlagen!"

Lachend schloss er die Tür und trat auf sie zu.

„Hast du denn nichts Besseres zu tun, als mich zu bemuttern?"

„Mir fällt nichts ein."

„Seit Hal fort ist, bist du wundervoll zu mir. Warum tust du das alles für mich, Bruce?"

Sein Blick wanderte über ihr Gesicht. Mit einem Finger strich er ihr eine Locke aus der Stirn. „Weil mir deine Haarfarbe gefällt. Besonders, wenn die Nachmittagssonne darauf scheint, so wie jetzt." Er trat näher. Sie hob unwillkürlich den Kopf, um besser in sein Gesicht aufblicken zu können. „Und mir gefallen deine Augen. Und ich liebe dein Lachen."

Er öffnete ihren Gürtel und ließ ihn achtlos zu Boden fallen. Sie erschauerte unter seinem Blick. „Mir gefällt deine Figur." Er legte die Hände um ihre Taille. „Und mir gefällt dein Mund." Er senkte den Kopf und gab ihr unzählige zärtliche Küsse.

Ihre Lippen öffneten sich einladend, und seine Zunge drang in ihren Mund vor. Verschwunden war die Wildheit des vergangenen Abends, doch diese sanfte Liebkosung erregte sie ebenso. Unwillkürlich schmiegte sie sich an ihn.

Er stöhnte auf. Sein warmer Atem streifte ihre Wange, als er die Lippen zu ihrem Ohr wandern ließ und aufreizend daran knabberte.

Sie erkannte, dass sie im Begriff stand, sich völlig zu vergessen. „Bruce, wir sollten nicht …“

„Scht. Scht.“

Die besänftigenden Laute erinnerten Jenny an irgendetwas. Doch bevor sie ergründen konnte, was es war, küsste er erneut ihren Mund und verscheuchte all ihre Gedanken.

Bruce hob ihre Arme und legte sie sich auf die Schultern. Dann ließ er die Hände von ihren Ellbogen über ihre Achselhöhlen hinab zur Außenseite ihrer Brüste gleiten. Sanft massierte er sie mit den Handballen, und sie seufzte leise.

„Gefällt es dir?“

Sie nickte und neigte den Kopf, sodass ihre Wange auf seiner Brust ruhte. Der Kuss vertiefte sich. Er schlang die Arme um sie, zog sie näher an sich. Er legte die Hände auf ihre Hüften und presste sie an sich, sodass sie das volle Ausmaß seines Verlangens spürte.

Jenny stöhnte leise auf und rieb sich an ihm. Eine beinahe schmerzliche, aber wundervolle Erregung durchströmte sie.

„Jenny, ich will dich.“ Er schob eine Hand zwischen ihre Körper, umschmiegte ihre Brust, massierte sie liebevoll. Mit dem Daumen streichelte er die empfindsame Knospe, die sich hart aufrichtete. „Hm, das ist schön", murmelte er. „Ich will es sehen, will es schmecken." Er senkte den Kopf, küsste ihre Brust durch den dünnen Stoff der Bluse, streichelte die harte Knospe mit der Zunge. „Ich will dich lieben." Er ließ die Lippen zu ihrer Kehle hinaufgleiten. „Ich will lieben." Erneut küsste er ihre Lippen, fordernd und heftig.

Ein lautes Klopfen an der Tür ertönte. „He, ihr zwei, macht auf! Ich habe die Einweihungsparty vorbereitet! Überraschung!"

Bruce hob den Kopf und murmelte einen unterdrückten Fluch. Dann atmete er tief durch und lächelte bedauernd. „Wir dürfen ihre Gefühle nicht verletzen."

Jenny löste sich aus seinen Armen, und er ging zur Tür.

Roxy stürmte in die Wohnung, eine Flasche Wein in einer Hand und eine Tüte in der anderen.

„He, was ist das denn alles?", fragte Bruce und nahm ihr die Tüte ab. Er spähte hinein. „Chips, Popcorn und Käse."

„Wie gesagt – eine Party", verkündete Roxy fröhlich. „Hallo, Jenny. Ist die Wohnung in Ordnung?"

„Alles bestens, danke."

„He, das sieht ja toll aus." Roxy stieß einen anerkennenden Pfiff aus, während sie die neuen

Möbel betrachtete. „Habt ihr Gläser? Kommt, lass uns auf die neue Wohnung anstoßen.“ Ohne Umschweife marschierte sie in die Küche, mit Bruce auf den Fersen.

Jenny blieb nichts anderes übrig, als ihnen zu folgen, obgleich es eng in der kleinen Küche zu dritt war.

Bruce riss eine Tüte Chips auf, nahm einen heraus und hielt ihn Roxy hin. Lachend biss sie ab, während sie gleichzeitig versuchte, die Weinflasche zu öffnen. Die restlichen Stücke steckte er sich in den Mund.

Jenny hielt sich still im Hintergrund. Sie war nicht in Partystimmung.

„Diesen Service biete ich natürlich nicht allen Mietern“, erklärte Roxy, während sie die Preisschilder von den neuen Gläsern entfernte. „Aber da Sie eine Freundin von Bruce sind und er ein Freund von mir ist …“ Sie quiekte, als er von hinten die Arme um sie schlang und sie fest an sich drückte.

„Darauf kannst du wetten“, bestätigte er. „Freunde bis zum Ende.“

„Lass mich bloß los, du Dummkopf, und schneide den Käse!“

Jenny fühlte sich wie ein fünftes Rad am Wagen. Sie störte sich an dem neckischen Geplänkel und den vertraulichen Berührungen zwischen den beiden. Doch was hatte sie erwartet? Schließlich waren die beiden Geliebte. Sie wusste es. Und dennoch tat es ihr weh, es mit ansehen zu müssen. Hatte Bruce schon vergessen, dass er sie vor wenigen Augenblicken leidenschaftlich geküsst und ihr gesagt hatte, wie sehr er sie begehrte? Konnte er seine Zuneigung so rasch von einer Frau auf eine andere richten? Offensichtlich ja.

Als der Wein eingeschenkt war, stießen sie auf die neue Wohnung an. Jenny nahm nur einen Schluck des billigen Getränks, stellte ihr Glas hastig wieder ab und eilte ins Badezimmer. Sie schaffte es gerade noch bis zur Toilette, als sie sich auch schon übergeben musste.

Wenige Augenblicke später klopfte Bruce an die Badezimmertür.

„Ich komme gleich!" Sie spülte sich den Mund aus, wusch sich das Gesicht und kämmte sich.

„Bist du böse auf uns?", fragte er, sobald sie die Tür öffnete. „Ich weiß, was du vom Trinken hältst, und es ist deine Wohnung. Wir wollten dich nicht beleidigen."

In diesem Augenblick, als er sie so zerknirscht anblickte, erkannte sie, dass sie ihn liebte. All die Jahre lang hatte sie sich selbst getäuscht. Sie hatte sich eingeredet, dass ihre Zuneigung zu ihm verschwinden würde, wenn sie sich nur von ihm fern hielt. Doch die ganze Zeit über hatten die Gefühle für ihn in ihr geschlummert wie eine Auster in ihrer Schale, waren gewachsen mit jedem Blick, jedem Wort, jeder Berührung, bis ihre Liebe zu ihm wie eine seltene, kostbare Perle herangereift war.

Sie sehnte sich danach, sich an ihn zu schmiegen, seine Arme um sich zu spüren, sich an ihn zu klammern. Doch es durfte nicht sein. Jenny Fletcher und Bruce Hendren? Unmöglich! Sie war schwanger von einem anderen Mann, von seinem Bruder. Und ganz davon abgesehen, passten sie überhaupt nicht zueinander. Jegliche romantische Beziehung zwischen ihnen war völlig hoffnungslos.

„Nein, Bruce, darum geht's nicht", sagte sie mit einem schwachen Lächeln. „Ich fühle mich nur nicht besonders gut."

Er erstarrte. „Ist es das Baby? Ist es schlimm? Hast du Krämpfe? Oder etwa Blutungen? Soll ich einen Arzt rufen?"

„Nein. Ich bin nur müde. Ich war den ganzen Tag auf den Beinen, und es war einfach zu viel für mich."

„Ich sollte im Morgengrauen erschossen werden. Ich hätte dich ins Bett stecken müssen, sobald wir nach Hause gekommen sind."

„Da hatte ich noch kein Bett."

Er ging nicht auf ihren Scherz ein. „Ich hätte

dich hineinstecken sollen, sobald es geliefert wurde.“ Er nahm ihre Hand und zog sie ins Wohnzimmer. „Sag gute Nacht, Roxy. Jenny muss sich jetzt ausruhen.“

Roxy sprang vom Sofa auf und musterte Jenny. „Sie sind blass wie ein Geist“, sagte sie und legte eine Hand auf Jennys Wange. „Kann ich irgendetwas für Sie tun?“

Ja, gehen Sie, hätte Jenny am liebsten gerufen, und lassen Sie die Finger von Bruce! Sie wusste, dass ihr Unwohlsein nur auf Eifersucht beruhte, doch sie konnte sich nicht dagegen wehren. „Nein, danke. Mir wird’s wieder besser gehen, sobald ich im Bett bin.“

Trotz Jennys Proteste bezogen Roxy und Bruce das Bett mit der neuen, gestärkten Bettwäsche. „Morgen sollten Sie die Laken vielleicht waschen, damit sie weicher werden“, schlug Roxy vor. „Wenn Sie Hilfe brauchen, dann rufen Sie mich. Ich bin tagsüber meistens Zuhause. Ok?“

„Danke“, murmelte Jenny, obwohl sie wusste, dass sie niemals einen Gefallen von Roxy Clemmons annehmen würde.

„Schließ hinter uns ab“, sagte Bruce an der Wohnungstür. „Und wenn du mich brauchst, auch wenn’s mitten in der Nacht ist, dann geh zu Roxy und ruf mich an.

„Mach dir keine Sorgen um mich.“

„Das tue ich aber“, beharrte er. „Morgen bekommst du ein Telefon.“

„Ich habe aber keins beantragt.“

„Ich hab’s heute Morgen getan. Und jetzt geh schlafen. Gute Nacht.“ Sanft küsste er sie auf den Mund. Seine Zunge glitt so zart und flüchtig über ihre Lippen, dass sie nicht sicher war, ob sie es sich nur eingebildet hatte. Er trat hinaus in die Nacht und nahm Roxys Arm. „Komm, ich bringe dich nach Hause.“

Jenny verschloss die Tür hinter ihnen. Er ging also mit Roxy nach Hause. Zweifellos hatten sie vor, die Party dort fortzusetzen. Im Geiste sah sie die beiden vor sich, wie sie sich eng umschlungen hielten und leidenschaftlich küssten.

Lange Zeit lag Jenny in ihrem neuen Bett und fand keinen Schlaf. Die Vorstellung von Bruce und Roxy zusammen quälte sie. Es war sehr spät, als sie hörte, wie die Corvette vor ihrer Wohnungstür angelassen wurde und davonfuhr.

9. KAPITEL

Der nächste Tag war ein Sonnabend, sodass Jenny in aller Ruhe aufstehen und frühstücken konnte. Noch im Morgenmantel kochte sie eine Kanne Kaffee mit der neuen Kaffee maschine, die sie am Vortag zusammen mit Bruce ausgesucht hatte.

Sie hob gerade die erste Tasse an die Lippen, als es an der Tür klopfte. Widerstrebend öffnete sie einen Spalt breit.

„Hallo“, sagte Roxy fröhlich. „Ich habe Sie doch nicht geweckt, oder?“

„Nein.“

„Ein Glück. Sonst hätte Bruce mich umgebracht. Ich habe gerade diesen leckeren Kuchen gebacken. Für mich allein ist es zu viel, aber wenn ich ihn nicht mit jemandem teile, esse ich doch alles auf.“ Sie klopfte sich auf die üppigen Hüften. „Und später bereue ich es dann.“

Um nicht unhöflich zu sein, trat Jenny beiseite und brachte ein Lächeln zu Stande. „Kommen Sie rein. Ich habe gerade Kaffee gekocht.“

„Großartig.“ Roxy legte den eingewickelten Kuchen auf den neuen Esstisch und setzte sich auf einen Wiener Stuhl. „Sie haben einen tollen Geschmack“, bemerkte sie, während sie sich in der Wohnung umblickte. „Ihre Einrichtung gefällt mir. Eine wunderbare Mischung aus Gemütlichkeit und Eleganz."

„Vielen Dank, Roxanne, aber Bruce hat mir bei der Auswahl geholfen."

„Er hat auch einen tollen Geschmack", meinte Roxy mit einem Augenzwinkern.

Jenny wusste nicht recht, was das bedeuten sollte. Sie schenkte Roxy eine Tasse Kaffee ein. „Möchten Sie Sahne und Zucker?"

„Schwarz mit Süßstoff, sagte die Dicke und biss herzhaft in die Sahnetorte", antwortete Roxy selbstspöttisch, während sie den Kuchen auswickelte. „Haben Sie ein Messer und zwei Teller?"

„Der sieht gut aus", sagte Jenny höflich.

„Ja, nicht wahr? Ich habe das Rezept aus einer Zeitschrift." Roxy biss herzhaft in ihr Stück. Jenny aß etwas zurückhaltender, doch es schmeckte ihr ausgezeichnet. „Soll ich Ihnen heute bei irgendetwas helfen? Zum Beispiel die Bettwäsche in die Waschküche tragen?"

„Nein, danke."

„Wirklich nicht? Ich habe Zeit."

„Ich komme schon allein zurecht."

„Möchten Sie noch ein Stück?" Roxy hielt das Messer über den Kuchen.

„Nein, danke. Aber es ist nett von Ihnen, dass Sie ihn mitgebracht haben."

Roxy legte das Messer ab und stützte die Ellbogen auf den Tisch. Forschend blickte sie Jenny an. „Sie mögen mich nicht, stimmt's?"

Entgeistert starrte Jenny sie an. Ihr ganzes Leben lang hatte sie Konfrontationen vermieden, und nun suchte sie fieberhaft nach einer diplomatischen Antwort.

„Machen Sie sich nicht die Mühe, es zu leugnen. Ich weiß es, und ich weiß auch, warum. Weil ich mit Bruce geschlafen habe."

Jenny errötete und senkte verlegen den Blick.

„Nun, sparen Sie sich die Feindseligkeit und die kühle Höflichkeit. In Wahrheit war ich nie mit ihm im Bett. Überrascht Sie das?" Roxy lachte über Jennys verblüffte Miene. „Es würde die meisten Leute überraschen. Es liegt auch nicht daran, dass ich nicht wollte. Bruce ist ein sehr aufregender Mann. Jede normale Frau würde ihn gern einmal ausprobieren." Er hat einfach das gewisse Etwas.

Jenny schluckte schwer.

„Hat er Ihnen erzählt, wie wir uns kennengelernt haben?"

Jenny schüttelte den Kopf.

„Es war bei einer Tanzveranstaltung nach einem Rodeo. Todd, mein Ex-Mann … Wussten Sie, dass ich verheiratet war?"

Erneut schüttelte Jenny den Kopf.

„Tja, ich war's. An dem Abend war Todd wütend, weil er sich nicht auf einem von den verdammten Bullen halten konnte und das Preisgeld einem anderen Burschen überlassen musste. Er ließ es an mir aus, wie immer. Er schlug mich halb tot."

„Er hat Sie geschlagen?"

„Ja, sehr oft. Nur an dem Abend war er richtig betrunken und vergaß sich. Bruce hörte mich draußen auf dem Parkplatz schreien. Er schlug Todd zusammen und warnte ihn, es nie wieder zu tun." Gedankenverloren sammelte Roxy die Krümel auf ihrem Teller zusammen und steckte sie sich in den Mund. „Es ging schon seit Jahren so. Todd wurde wütend, betrank sich und schlug mich. Aber ich habe ihn wirklich geliebt. Außerdem hatte ich sonst niemanden. Ich hatte kein Geld und wusste nicht, wohin."

„Und Ihre Eltern?"

„Meine Mutter starb, als ich zehn war. Mein Vater war Ölspekulant. Er schleppte mich von einem Ölfeld zum anderen. Als ich dann mit sechzehn heiratete, hielt er seine väterliche Pflicht für erfüllt. Er verschwand nach Alaska. Seitdem habe ich nie wieder von ihm gehört. Also war ich von Todd abhängig. Eines Abends wurde er so wütend, dass ich fürchtete, er würde mich tatsächlich umbringen. Er hatte mir schon öfter damit gedroht, aber an dem Abend meinte er es wohl ernst. Bruce hatte mir seine Telefonnummer gegeben. Ich rief ihn an. Er holte mich, brachte mich ins Krankenhaus, ließ mich zusammenflicken und bezahlte die Rechnung."

„Und was geschah dann?", fragte Jenny gespannt.

„Danach blieb ich über einen Monat bei Bruce. Damals fingen die Leute an zu behaupten, dass wir was miteinander hätten. Todd wurde wütend. Er beschuldigte uns, schon seit Monaten hinter seinem Rücken eine Affäre zu haben. Er fuhr nach Mexiko und ließ sich scheiden. Das war mir ganz recht. Nur hatte ich wirklich nichts, und ich konnte nicht ewig bei Bruce bleiben. Er überredete ein paar seiner Freunde, diesen Apartment-Komplex mit ihm zusammen zu kaufen. Er setzte mich als Geschäftsleiterin ein. Ich bekomme ein Gehalt und wohne hier mietfrei."

Jenny starrte sie entsetzt an. Sie hatte zwar von solchen Geschichten gehört, aber nie jemanden kennengelernt, der so etwas Schreckliches tatsächlich erlebt hatte.

„Bruce ist der beste Freund, den ich je hatte", fuhr Roxy fort. „Er war der erste Mensch in meinem Leben, der sich um mich gekümmert hat. Ich verdanke ihm alles, sogar mein Leben. Wenn er mich gebeten hätte, es ihm im Bett zurückzuzahlen, hätte ich es getan. Und wahrscheinlich hätte ich es genossen. Aber er hat mich nie gebeten, Jenny. Er wusste wohl von Anfang an, was ich erst später erkannt habe: dass unsere Freundschaft darunter gelitten hätte. Und die ist uns beiden wichtiger als eine Affäre." Sie legte eine Hand auf Jennys. „Sie brauchen also nicht eifersüchtig auf mich zu sein."

Jenny senkte den Blick. „Sie haben die Situation missverstanden. Bruce und ich haben nicht … wir sind nicht …"

„Vielleicht noch nicht." Roxy hegte keinerlei Zweifel an der künftigen Beziehung zwischen Bruce und Jenny, seit sie ihn am vergangenen Abend in ihrer Wohnung erlebt hatte. Nie zuvor hatte sie einen derart liebeskranken Mann gesehen. Ununterbrochen hatte er von Jenny geredet, bis sie ihn schließlich kurzerhand hinausgeworfen hatte.

„Ich war so unhöflich zu Ihnen", murmelte Jenny zerknirscht.

„Ach was. Vergessen Sie's. Ich bin es gewöhnt, als gefallene Frau behandelt zu werden."

„Ich mag Sie", verkündete Jenny spontan, und es entsprach der Wahrheit.

„Gut. Und jetzt essen Sie diese kalorienreiche Versuchung auf, bevor ich es tue. Sie können es sich leisten, aber ich weiß der Himmel nicht."

Lachend nahm Jenny sich ein Stück. „Ich habe

Bruce versprochen, tüchtig zu essen, damit ich zunehme.“

„Er sorgt sich um das Baby.“

„Wirklich?“

Roxy grinste. „Er meint, Sie sind zu zart gebaut, um es auszutragen. Ich musste ihm mehrmals versichern, dass es keine Probleme geben wird.“

„Ich sorge mich nicht darum. Aber ich fürchte, dass die Leute das Kind bestrafen werden für das, was ich getan habe.“

„Vergessen Sie die Leute.“

„Das sagt Bruce auch immer.“

„Und er hat recht. Freuen Sie sich auf das Baby?“

„Ja, sehr“, antwortete Jenny mit leuchtenden Augen.

„Wenn seine Mama und sein Onkel es so lieben, wird das Kind keine Probleme haben.“

„Haben Sie keine Kinder?“

Roxys Miene wurde ernst. „Nein. Ich wollte immer, aber Todd hat … nun, er hat mich einmal so verletzt, dass ich eine Totaloperation haben musste.“

„Oh, Himmel! Das tut mir aber leid!“, rief Jenny mitfühlend.

Roxy zuckte die Schultern. „Ach, ich wäre sowieso zu alt, um Kinder zu bekommen. Und

Gary sagt, dass es ihm nichts ausmacht."

„Gary?"

„Mein Freund." Roxys Fröhlichkeit kehrte zurück. „Bruce hat ihn mir vorgestellt. Er arbeitet bei der Telefongesellschaft. Er müsste eigentlich bald kommen, um Ihr Telefon zu installieren."

Nach Roxys überschwänglicher Beschreibung von Gary hatte Jenny einen überwältigend gut aussehenden Traummann erwartet. In Wirklichkeit hatte er große Ohren, eine lange Nase und schief stehende Zähne. Doch er wirkte auf Anhieb sympathisch und sehr humorvoll. Sobald er eintraf, wurde ihr klar, dass er und Roxy wahnsinnig ineinander verliebt waren.

„Ich wollte eigentlich gestern Abend zur Einweihungsparty kommen", verkündete er, während er Jenny herzhaft die Hand schüttelte. „Aber ich musste Überstunden machen. Wo sollen die Telefone hin?"

„Die? Mehrere?"

„Drei."

„Drei?", rief Jenny entsetzt.

„So hat Bruce es bestellt. Ich schlage Wohnzimmer, Schlafzimmer und Küche vor."

„Aber …"

„Wenn Bruce es so will, sollten Sie sich fügen", meinte Roxy.

Jenny seufzte. „Na gut. Da wird mir wohl nichts anderes übrig bleiben.“

Während Gary sich an die Arbeit machte, brachten Roxy und Jenny all die neue Bettwäsche und die Handtücher in die Waschküche. Und während die Maschine lief, unterhielten sie sich ununterbrochen. Gegen Mittag hatten beide das Gefühl, sich schon seit Jahren zu kennen. Und trotz ihrer unterschiedlichen Herkunft verstanden sie sich prächtig.

„Hat jemand Hunger?“ Bruce steckte den Kopf zur Tür herein, die Gary auf dem Weg zu seinem Lieferwagen offen gelassen hatte.

Vor lauter Erleichterung über die Gewissheit, dass er kein Verhältnis mit Roxy hatte, drehte Jenny sich mit einem strahlenden Lächeln zu ihm um und lief ihm entgegen. Dicht vor ihm blieb sie stehen.

„Komm doch näher“, sagte er sanft.

Sie trat zu ihm und umarmte ihn. „Hallo“, murmelte sie verlegen, als sie zurückwich.

„Hallo.“ Bruce musterte forschend ihr Gesicht. „Sag mir, was ich getan habe, umso eine Begrüßung zu verdienen, damit ich's noch einmal tun kann.“

„Ich bin böse auf dich.“

„Dann bleib böse. Es gefällt mir. Umarme mich noch mal.“

„Einmal reicht.“

„Aber ich kann deine Umarmung nicht erwidern, weil ich die Hände voll habe. Also musst du mich zweimal umarmen.“

Das erschien ihr irgendwie einleuchtend. Erneut legte sie die Arme um ihn und verschränkte die Hände hinter seinem Rücken. Sie legte den Kopf in den Nacken und blickte zu ihm auf.

„Und jetzt sag mir, warum du böse bist.“

„Was soll ich mit drei Telefonapparaten anfangen?“

„Dir eine Menge Schritte ersparen.“ Bruce küsste sie schnell. „Aber du hast dich gefreut, mich zu sehen. Das habe ich gemerkt. Warum?“

„Weil du etwas zu essen mitgebracht hast“, witzelte sie und deutete auf die Tüten in seinen Händen.

„Magst du Cheeseburger?“

„Mit Zwiebeln?“

„Ja“, antwortete er zögernd.

„Wundervoll!“

Zu viert hatten sie einen äußerst ausgelassenen Lunch. „Ich glaube, ihr Männer habt das geplant“, meinte Roxy argwöhnisch und biss in ein dickes, frittiertes Kartoffelstäbchen.

„Ich habe nichts geplant“, beteuerte Bruce und legte die Hand aufs Herz. „Du etwa, Gary?“

„Ich doch nicht! Reich mir noch so ein

Dingsda mit Ketchup."

„Roxy und ich hätten ja auch schon etwas anderes vorhaben können", meinte Jenny in hochmütigem Ton.

Lächelnd gab Bruce ihr einen Kuss auf den Mund. „Wir sind einfach mal davon ausgegangen, dass ihr es nicht hattet."

„Ach ja? Ihr solltet euch lieber nicht so sicher sein, dass wir immer für euch da sind", warnte Roxy. „Stimmt's, Jenny?"

„Stimmt genau."

Nie zuvor hatte Jenny sich so glücklich und frei gefühlt. Trotz der Schwangerschaft war ihr zumute, als sei eine schwere Last von ihr abgefallen. Sie hatte das Pfarrhaus hinter sich gelassen wie eine Schlange ihre alte Haut.

Dennoch ging sie regelmäßig zur Kirche, begleitet von Bruce. Sie saßen stets in der hintersten Reihe. Wenn Bob sie von der Kanzel aus gesehen haben sollte, so ließ er sich nichts anmerken. Genauso wenig wie Sarah, die stets in der zweiten Reihe saß.

Jenny und Bruce spürten die neugierigen Blicke der Kirchgänger und hörten deren Getuschel, sie grüßten jeden mit höflicher Freundlichkeit. In Bruce' Begleitung fiel es ihr nicht schwer, sich selbstsicher zu geben.

Allmählich vertiefte sie sich immer mehr in die Büroarbeit. Außer dem Telefondienst und der Korrespondenz kümmerte sie sich inzwischen auch um die Ablage und stellte Nachforschungen an, um die Bruce sie nie gebeten hatte.

„Du arbeitest zu viel", sagte er eines Abends, als er ins Büro kam und sie unvermutet noch immer dort antraf.

„Wie spät ist es denn?"

„Längst fünf Uhr durch."

„Diese Unterlagen sind so interessant, dass ich die Zeit ganz vergessen habe."

„Erwarte bloß nicht, dass ich dir etwa Überstunden bezahle."

„Ich schulde dir die Zeit. Ich war heute in der Mittagspause beim Arzt und musste so lange warten, dass ich zu spät zurückgekommen bin. Also hör auf, mich zu nerven."

„Du bist in letzter Zeit ganz schön aufsässig. Sei lieber vorsichtig. Sonst verwerfe ich noch die Idee, dich zu heiraten, und suche mir lieber ein nettes, unterwürfiges Mädchen, das mich mit dem Respekt behandelt, den ich verdiene."

„Verdient hättest du eine Tracht Prügel."

„Hm, das klingt … interessant." Bruce trat hinter sie an den Aktenschrank und schlang die Arme um ihre Taille.

„Sag mir bloß nicht, dass du eine masochistische Ader hast."

Er lachte. „Was weißt du denn schon davon?"

„Eine Menge. Roxy hat ein Buch darüber, mit genauen Anweisungen."

„Roxy verdirbt dich. Ich hätte sie dir nicht vorstellen dürfen. Sieh dir ihre Bücher bloß nicht mehr an."

„Keine Sorge. Ich habe nicht die Absicht, mich mit Peitschen oder Ketten abzugeben. Außerdem fürchte ich, dass diese knappe schwarze Lederkleidung nicht besonders gut an meiner neuen Figur aussehen würde."

„Ich finde, deine neue Figur würde in allem gut aussehen. Sie ist wundervoll." Er legte die Hände auf ihren Bauch und massierte ihn sanft, bevor er sie zu ihren Oberschenkeln gleiten ließ.

Jenny drehte sich entschieden um, doch dadurch erhielt sie auch nicht mehr Bewegungsfreiheit. „Ich muss gehen, Bruce."

„Später." Er schob ihr Haar mit der Nase beiseite und erforschte genüsslich ihr Ohr.

„Es ist schon spät. Ich muss nach Hause!"

„Später." Er stützte die Hände auf den Aktenschrank und lehnte sich an Jenny, während er sie auf den Mund küsste. Ihr Widerstand schmolz dahin. Er schmiegte die Hände um ihren Hals und vertiefte den Kuss.

„Bruce, bitte nicht", protestierte Jenny schwach, als er schließlich ihren Mund freigab.

„Warum nicht?"

„Weil es ungesund ist."

Aufreizend rieb er sich an ihr. „Da bin ich aber ganz anderer Meinung." Der Beweis seines äußerst gesunden Zustandes presste sich auf das Dreieck zwischen ihren Schenkeln.

„Wir sollten nicht …" Sie stöhnte unwillkürlich auf, als er sich erneut bewegte. „Wir sollten nicht so etwas tun, hier in deinem Büro."

„Wo dann? In meinem Haus?"

„Nein."

„In deiner Wohnung?"

„Nein."

„Wo denn sonst?"

„Nirgendwo." In letzter Zeit riefen seine Küsse und Liebkosungen stets Erinnerungen an jene Liebesnacht in ihr hervor. Sie fühlte sich genauso erregt wie damals, doch irgendwie schien es ihr, als würde sie Hal betrügen.

„Bitte, Jenny."

„Nein."

„Ich brauche es. Ich war nicht mehr mit einer Frau zusammen, seit …" Er brach abrupt ab. Beinahe hätte er gesagt: Seit ich mit dir geschlafen habe. „Seit sehr langer Zeit."

„Und wessen Schuld ist das?"

„Deine. Ich will nur dich. Lade mich heute Abend zu dir ein."

„Nein."

„Du hast die Wohnung jetzt schon seit drei Wochen, und mich hast du erst zweimal eingeladen."

„Und das war zweimal zu viel. Du bleibst immer viel zu lange und kannst dich überhaupt nicht benehmen", entgegnete sie atemlos, denn er küsste aufreizend ihren Hals. „Die Leute sehen uns zusammen und werden anfangen zu reden."

„Sie haben sonst nichts, worüber sie reden könnten. Die Football-Saison ist vorbei."

„Verstehst du denn nicht? Wenn herauskommt, dass ich schwanger bin, werden alle annehmen …" Sie verstummte.

Er hob den Kopf. „Was werden sie annehmen?"

„Dass das Kind von dir ist."

„Und wäre das so schrecklich?"

„Ich will nicht, dass dir die Schuld für etwas zugeschoben wird, das du nicht begangen hast."

„Ich würde es nicht als Schuld ansehen. Ich würde mich geehrt fühlen, als Vater deines Kindes angesehen zu werden."

„Aber es wäre nicht recht, Bruce."

„Mir sind schon oft Dinge unterstellt worden, mit denen ich nichts zu tun hatte. Wenn die Leute die Tatsachen verdrehen wollen, dann kann man nicht viel dagegen unternehmen."

„Das glaube ich nicht."

„Hast du etwa nicht angenommen, Roxy sei meine Geliebte?"

„Nein."

„Du kannst nicht überzeugend lügen, Jenny. Du hast sie sogar als eine von meinen Flittchen bezeichnet. Und als ich dich aus dem Bus geholt habe, hast du die ganze Fahrt über geschmollt."

„Wenn ich geschmollt habe, dann deshalb, weil du mich wie ein Verrückter verfolgt und aus dem Bus geschleift hast!"

„Du bist richtig niedlich, wenn du dich so ereiferst." Er gab ihr einen Kuss auf die Nasenspitze. „Aber du kommst mir nicht davon, indem du das Thema wechselst. Du hast geglaubt, dass ich ein Verhältnis mit Roxy habe. Gib's zu."

„Kannst du es mir verdenken?", entgegnete Jenny trotzig. „Du kannst ja nicht die Hände von ihr lassen.

Bruce schmiegte die Hände zärtlich um ihre Brust. „Ich kann die Hände auch nicht von dir lassen. Wie wir beide wissen, ist das kein Beweis dafür, dass wir miteinander schlafen."

„Und das bringt uns zurück zum ursprünglichen Thema. Du solltest mich nicht ständig anfassen." Ihre Stimme klang wenig überzeugend, selbst in ihren eigenen Ohren.

„Gefällt es dir nicht, wenn ich dich anfasse?" Mit dem Daumen streichelte er über die Unterseite ihrer Brüste, während seine Finger weiterhin auf ihren Lippen ruhten. „Mir gefällt es sehr", flüsterte er, und dann zog er sie an sich und gab ihr einen unwiderstehlichen Kuss. „Lade mich zum Essen ein. Was ist schon dabei?"

„Wenn Bruce Hendren eine Frau in ihrer Wohnung besucht, steckt automatisch mehr dahinter als nur ein Abendessen."

„Das ist nur Gerede."

„Das auf Tatsachen beruht."

„Also gut. Ich gestehe. Ich möchte einen Abend mit dir allein verbringen und ein bisschen mit dir schmusen. Was ist daran falsch?"

„Alles."

Bruce seufzte. „Ich habe es auf die nette Art versucht, aber du willst ja gezwungen werden. Ich lasse dich nicht aus diesem Büro, bevor du mich nicht zum Dinner einlädst. Ich kann bis zum Jüngsten Tag hier stehen und dich küssen. Nur werde ich dabei sehr erregt." Er drängte die Beine zwischen ihre und schmiegte sich an sie. „Bald bin ich mit Küssen nicht mehr zufrieden. Ich werde mich dazu getrieben fühlen, die Knöpfe deiner Bluse zu öffnen. Ich habe gezählt. Es sind vier. Es dürfte drei Sekunden dauern, höchstens dreieinhalb. Dann werde ich wissen, ob dein BH lila oder hellblau ist. Und dann …"

„Du bist unmöglich!" Jenny schob ihn von sich. „Du erpresst mich wieder einmal. Also komm am Freitagabend um sieben."

„Um sechs."

Sie warf ihm einen verzweifelten Blick zu, nahm ihre Handtasche und ging zur Tür.

„Jenny?" Sie drehte sich um. „Welche Farbe hat dein BH denn nun?"

„Das ist mein Geheimnis."

„Aber nicht mehr lange."

10. KAPITEL

Nervös strich Jenny ihren Rock glatt. Sie befeuchtete sich die Lippen. Sie zupfte ihr Haar zurecht. Dann holte sie tief Luft und öffnete die Wohnungstür.

Bruce stand auf der Schwelle, in einer braunen Cordhose, einem sandfarbenen Hemd und einer sportlichen Kamelhaarjacke. Die Kleidung passte hervorragend zu seinem brünetten Haar, das seidig glänzte, aber wie gewöhnlich zerzaust war, so als käme er gerade aus dem Bett. Seine Augen glänzten wie Rauchtopas, als er Jenny musterte. „Bist du der Nachtisch?", fragte er lächelnd. „Wenn ja, dann lasse ich das Hauptgericht aus."

Verlegen senkte sie den Blick. Den ganzen Vormittag über hatten sie völlig unbefangen und kameradschaftlich im Büro zusammengearbeitet, doch nun herrschte eine unerklärliche, knisternde Spannung zwischen ihnen. „Sind die für mich?" Sie deutete auf den großen Strauß langstieliger Rosen in seiner Hand.

„Hast du eine Zwillingsschwester?"

„Nein."

„Dann sind sie wohl für dich." Er reichte ihr die Blumen, und sie ließ ihn eintreten. Nach zwei Schritten blieb er abrupt sehen und blickte sich überrascht um.

Das Wohnzimmer hatte sich seit seinem letzten Besuch sehr verändert. Mit Roxys Hilfe hatte Jenny die Wohnung in ein richtiges Zuhause verwandelt. Mehrere Grünpflanzen, antike Kerzenständer aus Messing, ein Schaukelstuhl, eine stoffbespannte Wand und Sofakissen in demselben Muster sorgten für eine behagliche Atmosphäre. Mit sechsundzwanzig Jahren hatte sie zum ersten Mal ihren Wohnbereich nach eigenem Geschmack dekoriert, und sie war stolz auf das Ergebnis. Im Gegensatz zu ihrem alten Zimmer im Pfarrhaus war nirgendwo eine Rüsche zu sehen. Die Einrichtung wirkte schlicht und elegant, aber dennoch gemütlich. „Gefällt's dir?", fragte sie gespannt.

„Und wie! Ich möchte am liebsten heute noch einziehen. Für mein Haus habe ich einem Dekorateur eine astronomisch hohe Summe gezahlt. Ich hätte es dir überlassen sollen. Ich wusste gar nicht, dass du ein verborgenes Talent für solche Dinge hast." Bruce blickte sie eindringlich an. „Alles sieht großartig aus."

„Danke."

„Besonders du." Unverhofft beugte er sich zu ihr vor und küsste sie, drängend und kühn.

Nach einer Weile wich Jenny atemlos zurück. „Ich sollte lieber die Blumen ins Wasser stellen, bevor sie verwelken.“ Sie eilte in die Küche und suchte nach einer passenden Vase. Doch sie fand keine, und daher stellte sie die Rosen in einer Saftflasche auf den Tisch im Wohnzimmer.

„Ist das Kleid neu?“, erkundigte Bruce sich.

Ja. Roxy hat es für mich ausgesucht und mich zum Kauf überredet.“

„Ich bin froh, dass sie es getan hat.“

Der lange Rock mit dem kniehohen Seitenschlitz und die Bluse mit dem kleidsamen Tellerkragen waren aus ungefärbter Rohseide und wichen völlig von ihrem bisherigen Stil ab. Ein breiter, bestickter Gürtel war um ihre Taille geschlungen, und sie trug die hochhackigen Spangensandaletten, die Bruce so gut gefielen. Ihre Haare waren locker hochgesteckt, sodass zarte Löckchen ihr Gesicht und ihren Hals umrahmten.

„Es ist der neue Look“, erklärte sie verlegen, als er sie aufmerksam musterte. „Ich habe mich nur dazu überreden lassen, weil die Bluse so weit und lang ist, dass ich sie später auch über dem Rock tragen kann, wenn man meinen Zustand sieht.“

„Dreh dich um.“ Langsam drehte sie sich um sich selbst. „Es gefällt mir. Aber unter all dem Stoff verschwindest du beinahe.“

„Unsinn! Ich habe zwei Pfund zugenommen.“

„Das ist gut. Was sagt der Arzt? Ist alles in Ordnung?“ Er musterte sie besorgt. „Die Hälfte der Zeit ist um, und man merkt dir immer noch nichts an.“

„Das meinst aber nur du! Du solltest mich mal ohne Kleider sehen.“

„Das möchte ich gern.“

Hastig erklärte sie: „Ich meine, dass ich schon ein bisschen Bauch habe. Der Arzt sagt, das Baby entwickle sich gut. Er hat genau die richtige Größe für den fünften Monat.“

„Er“

„Der Arzt hält es für einen Jungen, wegen des Herzschlags. Normalerweise haben Jungen einen langsameren Herzschlag als Mädchen.“

„Dann bin ich völlig anormal“, flüsterte Bruce. „Mein Herz rast.“

„Warum?“

„Weil ich immer noch daran denke, dich ohne Kleider zu sehen.“

Sein viel sagender Blick zog sie an wie ein Magnet und erweckte in ihr den Drang, sich in seine Arme zu schmiegen. Doch sie beherrschte sich eisern und drehte sich hastig zur Küche um. „Ich muss nach dem Essen sehen.“

„Was gibt's denn? Es riecht unheimlich lecker.“ Bruce folgte ihr durch die Pendeltür. Sie beugte sich gerade über den Backofen, und ihr reizvoller Anblick erweckte in ihm Gelüste, die stärker waren als das Hungergefühl in seinem Magen.

„Gefüllter Schweinebraten, Spargel mit zwei Saucen, Kartoffeln mit Petersilienbutter, heiße Brötchen, Eis und Schokolade."

Sobald sie das Blech mit den Brötchen in den Ofen geschoben hatte, drehte er sie zu sich um. „Willst du mich beeindrucken?"

„Wie kommst du denn darauf?"

„Du hast dir wirklich sehr viel Mühe gegeben. Warum, Jenny?"

„Ich koche einfach gern, und ... und ja ... deine Eltern haben mich nie etwas Neues ausprobieren lassen. Sie wollten immer das Gleiche essen, und ..."

Er brachte sie mit einem Kuss zum Schweigen. Dann murmelte er leise in ihr Ohr: „Darf ich mir den Nachtisch aussuchen?"

„Nein."

„Ich nehme dich", sagte er dennoch. „Du bist das Süßeste, was ich je gekostet habe." Bruce drängte sich an sie, und sie wich zurück, bis sie mit dem Rücken gegen den Schrank stieß. Leidenschaftlich schmiegte er seinen Körper an ihren.

Der Geruch von Hefeteig erfüllte die kleine Küche. „Bruce, die Brötchen brennen an", brachte Jenny atemlos hervor.

„Wen kümmert das schon?“

„Mich.“ Sie schob ihn von sich. „Sie haben mich viel Arbeit gekostet.“

Seufzend trat er zurück, damit sie das Blech aus dem Ofen nehmen konnte. „Stört es dich, wenn ich meine Jacke ausziehe?“

„Ist dir warm?“

Er blickte ihr tief in die Augen. „Mir ist sogar heiß, Darling.“

In Hemdsärmeln setzte Bruce sich an den Tisch. Jenny füllte seinen Teller und wartete gespannt auf sein Urteil. Nach dem ersten Bissen verkündete er: „Hm, absolut köstlich! Besser als alles, was meine Mutter je gekocht hat.“

Sie lächelte erfreut und begann ebenfalls zu essen. „Hast du sie gesehen, Bruce?“

„Wen? Ach, du meinst meine Eltern? Nein. Jedenfalls habe ich nicht mit ihnen gesprochen. Du?“

„Nein. Ich fühle mich schuldig, weil ich diesen Keil zwischen euch getrieben habe.“

Er lachte auf. „Jenny, dieser Keil ist schon da, seit ich ein Kleinkind war.“

„Aber mein Auszug und die Schwangerschaft haben die Lage verschlimmert. Das gefällt mir nicht. Ich hatte gehofft, ihr würdet euch näher kommen. Sie brauchen dich jetzt.“

Er ließ den Blick durch die Wohnung wandern. „Weißt du, ich glaube, sie wären eifersüchtig, wenn sie wüssten, wie du lebst."

„Eifersüchtig? Wieso denn das?"

„Ich glaube, sie wollten, dass du sie genauso brauchst, wie sie dich brauchen. Aber das ist nicht der Fall. Sie hatten immer Angst, du könntest das entdecken. Deswegen haben sie versucht, dich durch Verpflichtungen an sich zu binden."

„Das ist unfair, Bruce. Sie sind wirklich nicht so selbstsüchtig."

„Versteh mich nicht falsch. Ich will nicht sagen, dass sie es bewusst getan haben. Sie wären entsetzt, wenn sie sich darüber klar würden. Aber denk doch einmal nach. Ich war nicht so, wie sie sich ihren Sohn gewünscht haben, und deshalb haben sie mich fallen lassen und all ihre Hoffnungen in Hal gesetzt. Zum Glück entsprach er genau ihren Vorstellungen und ließ sich vollkommen von ihnen formen. Und dann kamst du. Du warst ein liebes, gehorsames, kleines Mädchen, das eine charmante Schwiegertochter für sie abgeben würde."

„Ich bin sicher, dass sie nicht mehr so empfinden."

„Da bin ich ebenso sicher. Und so ist es besser für alle. Du bist frei. Deswegen hast du sie nicht weniger lieb." Er schüttelte bedächtig den Kopf. „Das konnte ich ihnen nie begreiflich machen. Ich habe sie lieb. Ich wollte, dass sie mich lieb haben. Hätten sie mir ein bisschen Zuneigung gezeigt, wäre ich nicht so aufsässig gewesen. Es hätte nicht nötig getan. Du hast auf deine Weise rebelliert. Vielleicht geht ihnen diesmal ein Licht auf."

„Das hoffe ich. Es gefällt mir gar nicht, dass sie allein in dem großen Haus sind. Vor allem hoffe ich, dass sie bald über den Tod von Hal hinwegkommen."

„Und was ist mit dir, Jenny? Bist du denn darüber hinweg?"

Sie legte ihr Besteck auf ihren leeren Teller. „Ich vermisse ihn. Wir standen uns sehr nahe. Wir haben uns oft stundenlang unterhalten. Er war ein herzensguter Mensch."

„Liebst du ihn noch?"

Ich weiß nicht, ob ich ihn überhaupt jemals geliebt habe, hätte Jenny beinahe gesagt. Jahrelang hatte sie geglaubt, Hal zu lieben. Aber stimmte es wirklich? Sie hatte eine tiefe Zuneigung für ihn empfunden, aber seine Küsse hatten sie nie so erregt wie Bruce' Küsse. Abgesehen von jener letzten Nacht, in der sie anscheinend beide einfach den Kopf verloren hatten. Ihr Herz hatte nicht jedes Mal bei seinem Anblick zu klopfen begonnen. Sie hatte nie dieses sehnsüchtige, schmerzliche Verlangen nach Hal verspürt, wie Bruce es in ihr erweckte. „Auf eine gewisse Weise werde ich Hal immer lieben", sagte sie ausweichend.

„Wenn er noch lebte, würdest du ihn dann heiraten wollen?"

„Nun, schließlich muss ich an das Baby denken …"

„Und wenn das Baby nicht wäre?"

Nach kurzem Zögern erwiderte Jenny leise: „Nein, ich glaube nicht. Seit ich allein lebe, ist mir klar geworden, dass Hal und ich nicht füreinander bestimmt waren. Gute Freunde, ja. Wie Geschwister vielleicht. Aber ich bin nicht die Frau, die zu Hals Lebensweise gepasst hätte."

Sorgsam verbarg Bruce seine Erleichterung und stand auf. „Ich helfe dir beim Abwasch."

„Aber du hast doch deinen Nachtisch noch gar nicht gegessen."

„Den hebe ich mir für später auf. Damit die Vorfreude noch ein bisschen wachsen kann."

„Köstlich", murmelte Bruce und ließ genüsslich einen Löffel voll Eiscreme im Mund zergehen. „Geradezu sündhaft."

Jenny saß neben ihm auf dem Sofa im Wohnzimmer und beobachtete ihn. „Dann ist es also wahr, was behauptet wird?"

„Was denn?"

„Dass der Weg zum Herzen eines Mannes

durch den Magen führt."

„Das ist wohl einer der Wege, aber es gibt einen anderen, der viel mehr Spaß bringt. Soll ich ihn dir zeigen?"

Mit zitternder Hand schenkte sie ihm eine Tasse Kaffee ein. „Sahne oder Zucker?"

Er schmunzelte. „Du hast mir schon jahrelang Kaffee eingeschenkt. Du weißt doch, dass ich ihn schwarz trinke."

„Ich habe es vergessen."

„Unsinn. Du bist nur nervös." Er stellte die leere Eisschale auf den Tisch und lehnte sich zurück in die Polster, mit der Kaffeetasse in der Hand. „Du steckst voller Widersprüche."

„Wieso?"

„Du bist schwanger, und trotzdem wirst du ganz nervös, wenn das Thema Sex auch nur angedeutet wird. Irgendwie süß."

„Ach, du hältst mich für prüde und altmodisch? Ein Überbleibsel aus der viktorianischen Ära im Zeitalter der sexuellen Aufklärung?"

„Verdreh mir nicht das Wort im Mund. Das habe ich wirklich nicht gemeint. Deine Unschuld ist bezaubernd."

„Ich bin wohl kaum unschuldig", murmelte sie mit gesenktem Kopf.

„Du hast gesagt, du warst noch Jungfrau in der Nacht, als …"

„Ja."

Bruce stellte seine Kaffeetasse auf den Tisch. Er rückte näher zu Jenny und legte einen Arm auf die Rücklehne. Sanft streichelte er über ihre Wange. „Du musst in der Nacht sehr bewegt gewesen sein, um das aufzugeben, was du so lange behütet hattest."

„Ich habe in meinem ganzen Leben nie so empfunden wie in jener Nacht."

Sein Herz schlug plötzlich schneller. „Sag mir, wie du gefühlt hast."

Gedankenverloren erklärte sie: „Es war, als wäre ich nicht mehr ich selbst. Ich hatte keine Hemmungen mehr. Ich hatte alle Beschränkungen abgelegt, die ich mir normalerweise auferlege. Ich habe einfach nur für den Augenblick gelebt. Verstehst du, was ich meine?"

„Ja, vollkommen", antwortete er wahrheitsgemäß.

„Es erschien mir nicht unrecht, was wir taten. Es war wundervoll. Ich wollte lieben und geliebt werden. Es war nicht genug, unsere Liebe in Wort zu fassen. Ich wollte sie demonstrieren."

„Und Hal war willig?"

„Zuerst nicht."

Er schmiegte eine Hand um ihre Wange. „Aber du hast ihn überredet."

„Das ist eine wirklich nette Art zu sagen, dass

ich ihn verführt habe."

„Also gut, du hast ihn verführt. Und dann?"

Sie lächelte scheu. „Dann war er mehr als willig. Er hat sich vorher nie so verhalten."

„Wie?"

Jenny schloss die Augen und befeuchtete sich die Lippen, bevor sie erwiderte: „Begierig, sinnlich. Ein bisschen wild." Sie lachte verlegen. „Ich weiß nicht, wie ich es beschreiben soll."

„Grob? Zu grob?"

„Nein."

„Zärtlich?"

„Ja, unglaublich zärtlich, aber ... aber auch leidenschaftlich."

„Hattest du Angst, als er dir das Nachthemd auszog?" Bruce hätte sich ohrfeigen können für seine Achtlosigkeit, als sie ihn erstaunt anblickte. „Ich meine, du hattest doch bestimmt ein Nachthemd an, oder?"

Seine sanfte, raue Stimme hatte so faszinierend gewirkt, dass sie bis gerade eben wie hypnotisiert darauf reagiert hatte. Doch seine letzte Frage riss sie aus ihrer Benommenheit. „Ich sollte nicht mit dir darüber reden, Bruce."

„Warum nicht?"

„Es ist peinlich. Außerdem ist es Hal gegenüber unfair. Warum willst du das alles wissen?"

„Weil ich neugierig bin."

„Das ist krankhaft!“

„Nein, Jenny.“ Er beugte sich über sie, stützte eine Hand auf die Armlehne neben ihr und hielt sie somit gefangen. „Ich will wissen, wie du darüber denkst.“

„Warum?“

Er beugte den Kopf, bis sein Atem ihre Lippen streifte. „Weil ich mit dir schlafen will. Aber du widerstehst mir ständig. Ich will wissen, was dich in jener Nacht veranlasst hat, nicht mehr du selbst zu sein, deine Hemmungen und Beschränkungen abzulegen, nur für den Augenblick zu leben. Kurz gesagt, Jenny, was macht dich an?“

Gegen ihren Willen erregte sie der sinnliche Klang seiner Stimme und die Härte seines Körpers, der an ihrem lehnte. Ihr Atem beschleunigte sich, und sie konnte den Blick nicht von seinen Augen lösen.

„War es die Umgebung? War sie so romantisch, dass du dich nicht zurückhalten konntest?“

Sie schüttelte den Kopf. „Es ist in meinem Zimmer passiert.“

„Das ist weiß der Himmel nicht verführerisch.“

„Es war dunkel.“

Bruce griff an ihr vorbei und löschte die Stehlampe in der Ecke. Es wurde beinahe finster. Nur die Kerzen auf dem Couchtisch tauchten den

Raum in einen schwachen Schein. Sie warfen flackernde Schatten an die Wände und auf sein markantes Gesicht. „War es so?"

„Nein, völlig dunkel. Ich konnte nichts sehen."

„Du konntest das Gesicht deines Liebhabers nicht sehen?"

„Nein."

„Wolltest du es nicht?"

„Doch", murmelte Jenny und wandte den Kopf ab.

„Dann ist es jetzt besser. Sieh mich an." Er drehte ihr Gesicht zu sich herum und blickte ihr in die Augen.

Dann presste er den Mund hart auf ihren. Sie öffnete die Lippen, ließ seine forschende Zunge eindringen, schlang die Arme um ihn und massierte die harten Rückenmuskeln unter seinem Hemd.

„Was hat er zu dir gesagt, Jenny? Hat er dir all die Dinge gesagt, die du hören wolltest?"

Während seine Lippen mit ihren spielten, dachte sie angestrengt nach. „Er hat gesagt … Er hat gar nichts gesagt."

„Nichts? Hat er dir nicht gesagt, wie wundervoll und begehrenswert du bist?"

„Das bin ich gar nicht."

„Doch, Jenny, du bist so wundervoll", flüsterte er ihr ins Ohr. „Du fühlst doch, wie erregt ich bin. Wie kannst du glauben, dass du nicht begehrenswert bist? Ich begehre dich, mehr als je zuvor irgendeine Frau." Er streichelte ihren Hals. „Hat er dir nicht gesagt, dass deine Haut so weich wie Seide ist?" Er küsste ihre Kehle. „Und dass du himmlisch riechst?"

Sie sträubte sich nicht, als er ihre Bluse aufknöpfte und sie ihr von der Schulter streifte. Er streichelte sie zärtlich, und sie schloss die Augen und genoss seine sanften Liebkosungen.

„Er hätte dir sagen sollen, dass deine Brüste wundervoll sind. So weich und prall und vollkommen." Er öffnete ihren BH und schob ihn beiseite. „All das hätte er dir sagen sollen, denn es ist wahr." Er umschmiegte ihre Brüste mit den Händen, senkte den Kopf und küsste sie.

Jenny hatte nicht gewusst, dass Liebkosungen so zärtlich und doch so leidenschaftlich sein konnten, dass Lippen so fieberhaft knabbern und saugen konnten, ohne Schmerzen zu verursachen, dass eine Zunge so flink und dennoch gemächlich streicheln konnte. Wogen der Erregung durchströmten ihren Körper. Sie hatte die Grenzen der Vernunft längst überschritten, und es gab kein Zurück mehr. Sie war seinem legendären Charme zum Opfer gefallen. Sie gehörte nun auf die lange Liste seiner Geliebten. Doch irgendwie hatte sie das Gefühl, dass es dieses Mal auch für ihn anders war.

„Hat es dir gefallen, seinen Körper an deinem zu spüren, Jenny?"

„Ja."

„Und seine Haut an deiner zu spüren?"

„Er hat sich nicht ausgezogen", gestand sie atemlos, während er weiterhin ihre Brüste liebkoste.

„Und du?"

„Ich war ..."

„Nackt?"

„Ja."

„Und wie hast du dich dabei gefühlt?"

„Ich habe mich nicht geschämt. Ich wollte nur ..."

„Was?"

„Ihn auf mir fühlen."

Bruce stützte sich auf und blickte ihr tief in die Augen. „Knöpf mein Hemd auf."

Sie zögerte nur einen kurzen Moment. Dann senkte sie den Blick und öffnete einen Knopf nach dem anderen. Sie seufzte, leise und sehnsüchtig, als seine gebräunte Brust enthüllt war. Die Brustwarzen schimmerten dunkel im schwachen Kerzenschein. Sie schob das Hemd von seinen Schultern und streichelte genüsslich seine glatte, straffe Haut.

Allmählich senkte Bruce sich auf sie hinab, bis seine behaarte Brust ihre zarten Brüste berührte. Ihre Lippen vereinten sich ebenso wie ihre Körper. Er rollte sich ein wenig zur Seite, um sie nicht mit seinem ganzen Gewicht zu belasten. Er spürte das Pochen ihres Herzens an seinem und die Spitzen ihrer Brüste an seiner Haut. Er liebte Jenny so sehr, und er konnte kaum glauben, dass sie endlich sein wurde.

„Bist du jetzt froh, dass wir das weiche Sofa haben?"

„Hmm. Hattest du das im Sinn, als du es ausgesucht hast?"

„Das und viel mehr. Jenny, fass mich an."

Sie legte ihre Hand auf seine Brust, und seine Brustspitze zog sich unter ihren streichelnden Fingern zu einer kleinen, harten Perle zusammen.

„Jenny, lass mich dich lieben."

„Bruce …"

„Ich werde dir nicht wehtun. Ich verspreche es. Komm, lass uns ins Bett gehen."

Als Antwort hob sie ihm die Hüften entgegen. Er sah es als Zustimmung an. Er stand auf, nahm Jenny bei der Hand und zog sie von der Couch hoch.

Ein lautes Klopfen an der Wohnungstür ertönte. Bruce blieb auf dem Weg ins Schlafzimmer abrupt stehen. „Zum Teufel!"

Jenny ließ seine Hand los, stürzte zum Sofa und schlüpfte hastig in ihre Bluse. Den BH stopfte sie unter das nächste Kissen.

Anscheinend kümmerte er sich nicht um seinen verräterischen Aufzug. Mit wehenden Hemdschößen stürmte er zur Tür und riss sie auf. Roxy und Gary standen auf der Schwelle. „Steht das Gebäude in Flammen?“

„Nein.“

„Dann gute Nacht.“

Bruce versuchte ihnen die Tür vor der Nase zuzuschlagen, doch Roxy stemmte sich dagegen. „Aber es geht um Leben oder Tod. Wenn Gary und ich nicht heute Abend heiraten, dann bringe ich mich um.“

„Heiraten?“, rief Jenny und eilte herbei. Vor Verblüffung vergaß sie ihr zerzaustes Haar und ihre glühenden Wangen.

Roxys Augen funkelten belustigt bei Jennys Anblick. „Stören wir etwa bei etwas Wichtigem?“, fragte sie mit unschuldigem Augenaufschlag.

Bruce starrte sie finster an.

„Tut mir leid, Kumpel“, murmelte Gary.

„Dann verschwindet schleunigst wieder.“

„Bruce, hast du nicht gehört, was Roxy gesagt hat? Wir wollen heiraten.“

„Genau.“ Roxy hakte sich bei Gary unter. „Das

heißt, wenn ihr mit uns nach El Paso fahrt."

Bruce blickte von ihr zu ihm. Allmählich verflog seine Verärgerung. „Ihr meint es wirklich ernst, wie? Ihr wollt wirklich heiraten!"

„Ja!"

„Ja … He, das ist ja großartig!" Bruce schüttelte Gary die Hand und umarmte Roxy.

„Herzlichen Glückwunsch, Gary." Jenny umarmte ihn stürmisch, und seine großen Ohren wurden feuerrot. Dann drückte sie Roxy an sich. „Ich bin ja so glücklich für dich."

„Ich auch, Mädchen. Er ist das Beste, was mir je passiert ist. Ich verdiene ihn gar nicht."

„Und was hat es nun mit der Fahrt nach El Paso auf sich?", fragte Bruce.

„Wir haben von dort einen Flug für morgen Nachmittag nach Acapulco reserviert. Gary ist ja so altmodisch", neckte Roxy. „Er findet, wir sollten heiraten, bevor wir auf Hochzeitsreise gehen. Deshalb fahren wir heute Abend zu einem Friedensrichter in El Paso, und ihr sollt unsere Trauzeugen sein."

Bruce grinste. „Ich bin dabei. Und du, Jenny?"

Es war bereits zehn Uhr durch. Nie zuvor hatte sie mitten in der Nacht eine spontane Fahrt durch eine Gegend angetreten, in der es nichts als Sand und Steppengras und Hasen gab. Doch die Idee reizte sie irgendwie. Außerdem hatte sie

Roxy und Gary ins Herz geschlossen und wollte Zeuge ihrer Trauung werden. „Es klingt großartig“, antwortete sie eifrig.

„Ich glaube, wir haben alles!“ Roxy winkte mit einer Flasche Sekt und verschloss ihre Wohnungstür, nachdem das Gepäck im Kofferraum von Garys Wagen verstaut war. „Mrs. Burton wird sich um alles kümmern, während ich weg bin, Bruce“, erklärte sie, als sie sich neben Gary auf den Beifahrersitz setzte. „Und es ist ja auch nur für eine Woche.“

„Kein Problem. Jenny und ich sind ja auch da. Also mach dir keine Sorgen. Konzentrier du dich nur auf deine Flitterwochen.“

„Das habe ich auch vor.“ Roxy kuschelte sich an Gary. Sie berührte ihn an einer intimen Körperstelle, sodass er zusammenzuckte. Der Wagen geriet ein wenig ins Schlingern.

„So geht's nicht“, verkündete Bruce. „Gary kann nicht fahren und gleichzeitig mit Roxy schmusen. Also fahren wir lieber bei mir vorbei und nehmen den Lincoln. Dann könnt ihr beide während der ganzen Fahrt nach El Paso den Rücksitz haben.“

„Das ist wirklich eine tolle Idee, Bruce!“, rief Roxy begeistert. „Bist du einverstanden, Honey?“ Gary nickte nachdrücklich.

„Außerdem brauchen wir nur die halbe Zeit, wenn Bruce fährt“, bemerkte Jenny trocken.

„Wenn du nicht aufhörst, so vorlaute Bemerkungen von dir zu geben, muss ich dich durch drastische Maßnahmen zum Schweigen bringen.“ Bruce zog sie unerbittlich an sich und verschloss ihren Mund mit einem heißen, anhaltenden Kuss, bis der Wagen vor seiner Garage anhielt.

„Die Zeit ist um!“, rief Roxy.

Bruce fluchte leise vor sich hin, als Jenny sich aus seinen Armen löste. „Ich musste sowieso irgendwann mal Luft holen“, murmelte sie, während sie ihre Kleidung zurechtzupfte.

Alle fanden diese Bemerkung höchst witzig und lachten herzhaft, während sie das Gepäck von Garys Wagen in den Lincoln umluden.

„Macht’s euch gemütlich da hinten“, empfahl Bruce, während er das alte, aber auf Hochglanz polierte Fahrzeug in Bewegung setzte.

„Das haben wir auch vor“, erwiderte Roxy. Sie ließ sich in eine Ecke des Rücksitzes fallen und zog Gary mit sich.

Bruce lachte, während er auf die Schnellstraße einbog. „Das war das Letzte, was wir bis El Paso von den beiden hören.“ In diesem Augenblick erklang ein zufriedenes Seufzen von hinten. „Oder vielleicht auch nicht“, korrigierte er sich.

Der Lincoln raste mit neunzig Meilen oder mehr auf der Überholspur dahin, doch Jenny fühlte sich sicher. Die Straße wies kaum Kurven auf, und die Sicht war ausgezeichnet.

„Bequem?“, fragte Bruce nach einer Weile.

„Hmm. Ja.“

„Schläfrig?“

„Nicht besonders.“

„Du bist schrecklich still.“

„Ich denke nur nach.“

„Dieser Wagen ist geradezu ein Schlachtschiff. Ich finde, du sitzt schrecklich weit weg.“

Jenny lächelte und rückte näher an ihn.

„So ist's schon besser.“ Er legte einen Arm um ihre Schultern und bedeckte ihre Brust mit einer Hand.

„Bruce!“ Hastig schob sie seine Hand fort.

„Ich habe diesen Trick während der Schulzeit entwickelt und perfektioniert. Sag bloß nicht, dass er inzwischen nicht mehr funktioniert.“

„Bei mir nicht.“

„Bei den netten Mädchen hat es nie geklappt“, murrte er und zog seinen Arm zurück, bis seine Finger auf ihrem Nacken lagen. „Worüber hast du nachgedacht?“

Sie ließ den Kopf an seine Schulter sinken, und ihre Hand landete auf seinem Bein. „Über dieses Abenteuer. Es macht mir richtig Spaß. Ich habe noch nie etwas so Wildes und Leichtsinniges getan."

„Wir fahren doch nur über die Schnellstraße. Und ansonsten findet nur ein bisschen harmloses Geschmuse statt – zwischen zwei Menschen, die sich offensichtlich lieben und bald heiraten werden."

„Ich habe doch nicht gesagt, dass ich dich heiraten werde."

„Ich habe von Roxy und Gary gesprochen." Verlegen zog sie ihre Hand von seinem Bein fort und versuchte von ihm abzurücken.

„Bleib hier. Ich lasse dich nicht los", flüsterte, er eindringlich. „Es freut mich, dass du dachtest, ich hätte uns gemeint. Sind wir zwei Menschen, die sich lieben, Jenny?"

„Ich weiß es nicht", murmelte sie mit gesenktem Kopf.

„Ich kann natürlich nur für mich sprechen. Ich liebe dich, Jenny."

Verblüfft hob sie den Kopf, und er löste den Blick von der Straße und schaute ihr einen Augenblick lang tief in die Augen.

„Ich weiß, was du denkst", sagte Bruce, während er seine Aufmerksamkeit wieder ganz auf die Straße richtete. „Dass ich es schon zu vielen Frauen gesagt habe. Zu sehr vielen. Und es stimmt. Ich habe alles Mögliche gesagt, um eine

Frau ins Bett zu kriegen. Ich habe es getan, weil ich betrunken war oder heiß oder verärgert oder traurig. Manchmal habe ich es auch getan, obwohl ich gar nicht wollte, weil mir die Frau leidtat und ich wusste, dass sie einen Mann brauchte. Ich war nie besonders wählerisch."

Erneut blickte er zu ihr hinüber. „Aber ich schwöre dir, Jenny, dass ich nie geliebt habe. Du bist die einzige Frau, die ich je lieben werde. Es fing vor langer Zeit an. Vor Jahren. Aber es hatte keinen Sinn, es zu zeigen. Du wärst entsetzt weggelaufen, wenn ich mich dir ernsthaft genähert hätte. Meine Eltern hätten Wutanfälle gekriegt. Aber vor allem war Hal da, und ich wollte ihm nicht wehtun."

Tränen standen ihr in den Augen. „Warum erzählst du mir das alles jetzt?"

„Meinst du nicht, dass es Zeit wird, dass du es erfährst?" Er drückte einen Kuss auf ihre Schläfe. „Liebst du mich, Jenny?"

„Ich glaube … ich meine … ja. Ich weiß es. Aber ich bin so verwirrt."

„Verwirrt?"

„Ja. Bis vor ein paar Monaten war mein Leben so geordnet. Seit der Nacht, als Hal fortging, ist alles ganz anders als vorher. Diese Nacht hat mich verändert. Ich kann es nicht erklären."

Einen Moment lang schloss er die Augen. Er

wollte ihr sagen: Du hast dich verändert, weil wir uns geliebt haben und es wundervoll war, weil unsere Körper uns verraten haben, was wir insgeheim wussten, aber jahrelang ignoriert haben. Doch er konnte es ihr nicht sagen. Sie hatte schon genug erlitten. Er wollte ihr nicht noch größeren seelischen Schmerz zufügen.

„Ich bin wie ein Tier, das in Gefangenschaft aufgewachsen ist und nun plötzlich freigelassen wird. Ich muss mich erst ganz allmählich daran gewöhnen", erklärte Jenny. „Bitte mich nicht um eine Bindung. Es ist alles so kompliziert. Ich hatte kaum Zeit, meine Gefühle für Hal zu ergründen, bevor mir klar wurde, wie ich in Wirklichkeit für dich empfinde." Ihre Hand lag wieder auf seinem Bein, und ihre Finger gruben sich in die harten Muskeln. „Ich weiß nur, dass ich es nicht ertragen könnte, wenn du jetzt aus meinem Leben verschwändest."

Er legte seine Hand auf ihre. „Du weißt, was passiert wäre, wenn Roxy und Gary uns nicht unterbrochen hätten, oder?"

„Wir hätten uns geliebt."

„Wir wären immer noch dabei."

„Und es wäre falsch."

„Wie kannst du das sagen, nachdem wir gerade zugegeben haben, dass wir uns lieben?"

„Es geht noch um jemand anderen."

„Hal?“

„Sein Kind“, sagte sie leise.

Bruce schwieg einen langen Augenblick, bevor er rau entgegnete: „Das Kind ist auch deins. Es ist ein Teil von dir, Jenny. Ich liebe dich. Ich liebe das Kind. So einfach ist es.“

Sie bettete den Kopf an seine Schulter und gestand: „Ich wollte mit dir schlafen. Aber sogar das verwirrt mich.“

„Wieso?“

„Weil ich nicht genau weiß, ob ich dich will oder nur eine weitere Liebesnacht wie die mit Hal. Es klingt gemein, das weiß ich, aber irgendwie kann ich euch in meiner Vorstellung nicht voneinander trennen.“

Sein Herz schlug höher. „Sieh zu, dass du zu einer Bindung bereit bist, bevor wir zusammen schlafen. Wenn ich dich erst einmal habe, lasse ich dich nie wieder gehen.“

Sie lächelte zu ihm auf, ein verführerisches Lächeln, das seinen Herzschlag beschleunigte. Er bremste und brachte den Wagen auf dem Seitenstreifen zum Stehen.

„Warum halten wir an?“, fragte Gary benommen vom Rücksitz her.

„Ich bin hungrig“, sagte Bruce.

„Wie kann man jetzt nur ans Essen denken?“, murrte Roxy.

„Ich habe nicht an Essen gedacht." Bruce zog Jenny in die Arme und senkte den Mund auf ihren.

Es dauerte eine beträchtliche Weile, bevor der Lincoln die Fahrt nach El Paso fortsetzte.

11. KAPITEL

„Ich finde, es war unheimlich romantisch“, verkündete Jenny mit einem herzhaften Gähnen.

„Ich finde, wir haben wie eine Räuberbande ausgesehen. Wenn ich der Friedensrichter gewesen wäre, hätte ich die Tür vor uns verrammelt“, entgegnete Bruce.

Sie hatten den armen Mann aus dem Bett geholt, und er hatte sich mürrisch bereit erklärt, die Trauung vorzunehmen. Danach war das Brautpaar zu einem Hotel gefahren worden, wo es bis zum Abflug nach Acapulco am Nachmittag bleiben wollte. Nachdem Bruce mehrere Tassen Kaffee in einer Bar getrunken und den Lincoln aufgetankt hatte, befanden sie sich nun auf der Rückfahrt.

Er musterte Jenny und lachte. Irgendwann während der Nacht hatte sie den Versuch aufgegeben, ihr Haar hochgesteckt zu halten. Völlig zerzaust hing es ihr auf die Schultern. Rock und Bluse waren hoffnungslos zerknittert. Sie sah aus wie ein Starlet aus einem französischen Film in der Szene am Morgen danach.

„So witzig sehe ich aus?“

„So reizend. Leg dich hin und schlaf ein bisschen.“ Er klopfte mit der Hand auf sein Bein.

„Ich habe Angst, dass du einschläfst, wenn ich dir keine Gesellschaft leiste."

„Keine Sorge. Der Kaffee wird mich wach halten. Außerdem bin ich daran gewöhnt, so wilde und leichtsinnige Dinge zu tun." Sie zog eine Grimasse, und er lachte. „Komm."

Jenny legte sich auf die Seite, bettete den Kopf auf sein Bein und streckte sich so weit wie möglich aus. Sie schloss die Augen und seufzte. „Das tut gut."

Er zog ihre Bluse aus dem Gürtel, schob die Hand darunter und massierte sanft ihren Rücken.

Sie seufzte erneut. „Du verwöhnst mich zu sehr."

„Das tue ich mit Vergnügen." Ihre Haut war glatt wie Satin. Und warm. Allmählich ließ er die Hand weiter nach vorn gleiten, bis er ihre volle Brust berührte. „Wo ist dein BH?"

„Ich musste ihn unter dem Sofakissen verstecken, als du die Tür geöffnet hast. Und dann hatte ich keine Gelegenheit mehr, ihn hervorzuholen."

„Das freut mich", murmelte er zufrieden.

„Mich auch."

Er streichelte sie zärtlich. Nicht, um sie zu erregen, sondern um sie zu entspannen. Er war glücklich darüber, dass sie ihm inzwischen so weit vertraute, um diese intime Berührung zuzulassen. Eine Weile später merkte er an ihren regelmäßigen Atemzügen, dass sie eingeschlafen war.

Er konnte der Versuchung nicht widerstehen und strich mit den Fingerspitzen über ihre Knospe. Es war eine federleichte Berührung, doch sie reichte, um eine spontane Reaktion hervorzurufen, sogar im Schlaf. Jenny bewegte sich unruhig, rieb ihren Kopf an seinem Schoß, bis sie wieder still lag.

Er biss die Zähne zusammen und atmete tief durch, um sein Verlangen zu zügeln. „Keine Sorge, Jenny", flüsterte er. „Solange dein Kopf in meinem Schoß liegt, schlafe ich bestimmt nicht ein."

„Wo sind wir?" Jenny setzte sich auf und blinzelte gegen das helle Sonnenlicht. Sie ließ den Kopf kreisen und streckte sich.

„Beinahe zu Hause. Ich dachte mir, dass du vielleicht Hunger hast. Ich bin jedenfalls halb verhungert."

Sie blickte aus dem Fenster und sah, dass sie auf dem Parkplatz vor einem Cafe standen. „So, wie ich aussehe, kann ich unmöglich da reingehen!"

„Unsinn! Du siehst reizend aus." Er stieg aus, streckte sich, ging um den Lincoln herum und öffnete die Beifahrertür.

Sie versuchte vergeblich, ihre zerknitterte Kleidung zu glätten und ihr Haar zu ordnen. „Ich sehe schrecklich aus", klagte sie, während er ihr aus dem Wagen half. Sie taumelte und lehnte sich an ihn. „Oh, mein Fuß ist eingeschlafen. Du musst mich stützen."

„Aber gern", flüsterte Bruce ihr ins Ohr. „Übrigens habe ich mir Freiheiten erlaubt, während du geschlafen hast."

„Das sieht dir ähnlich!", sagte sie in vorwurfsvollem Ton, doch ihre Augen funkelten belustigt.

„He, was haben wir denn da?" Bruce griff hinter den Sitz und holte die ungeöffnete Sektflasche hervor. „Wir haben ganz vergessen, damit anzustoßen."

Jenny seufzte und nahm ihm die Flasche ab. „Die trinken wir zum Frühstück."

„Ich hätte dich nicht auf den Geschmack bringen sollen. Es wird sehr teuer, dich zu unterhalten. Hätte ich dich bloß an Bier oder etwas anderes gewöhnt!"

Unbekümmert und müde taumelten sie die Stufen zum Cafe hinauf. Gerade als Bruce die Türklinke ergreifen wollte, kam ein anderes Paar heraus. Bob und Sarah Hendren.

Es war ihnen zur Tradition geworden, jeden Sonnabend auswärts zu frühstücken, schon seit ihre Kinder groß genug waren, um sich selbst zu versorgen. Bobs Beruf ließ ihnen so wenig Zeit für sich selbst, dass sie sich die ganze Woche auf diese Gelegenheit freuten und überlegten, in welches Restaurant sie nächstes Mal gehen sollten.

Wie angewurzelt standen sie nun da und starrten Bruce und Jenny an. Bruce' Bartstoppeln kümmerten die beiden weniger, doch Jennys aufgelöste Erscheinung schockierte sie offensichtlich. Mit vollkommen zerknitterter Kleidung, wirrem Haar, verschmierter Wimperntusche und einer Flasche Sekt im Arm hatten sie Jenny noch nie gesehen.

„Hallo, Mom, Dad“, sagte Bruce und brach somit als Erster das gespannte Schweigen.

„Guten Morgen“, wünschte Bob mit ausgesprochenem Mangel an Höflichkeit.

Sarah sagte gar nichts. Sie starrte weiterhin Jenny an. Seit sie ihr vorgeworfen hatte, Hal verführt zu haben, waren sie sich nicht mehr begegnet, und ihre Miene verriet, dass sie die Beschuldigung nun als bestätigt ansah.

„Es ist nicht so, wie es aussieht“, erklärte Jenny eindringlich. „Wir … Bruce und ich … Wir haben nur …“

„Wir haben Freunde nach El Paso gefahren“, erklärte Bruce, als sie verstummte, „weil sie unbedingt letzte Nacht heiraten wollten. Wir sind gleich wieder zurückgefahren und gerade erst angekommen.“

Jenny lachte nervös. „Der Sekt war für die Hochzeit. Aber wir haben ihn ganz vergessen.

Seht ihr? Er ist noch nicht einmal geöffnet. Und jetzt wollten wir …"

„Du bist ihnen keine Erklärung schuldig", unterbrach Bruce sie gereizt. Er war nicht auf Jenny ärgerlich. Er wusste, dass ihr die Situation peinlich war, und er hätte es ihr gern erspart. Aber er war zornig auf seine Eltern. Er konnte ihnen nicht verdenken, dass sie von ihm das Schlimmste dachten, aber sie hatten kein Recht, Jenny so vorschnell zu verurteilen.

„Du warst für mich wie eine Tochter", sagte Sarah mit zitternder Stimme. Tränen traten in ihre Augen, und sie presste fest die Lippen zusammen.

„Das möchte ich immer noch sein", versicherte Jenny ernst. „Ich habe euch sehr lieb, und ich habe euch vermisst."

„Uns vermisst? Wir haben von deiner neuen Wohnung gehört. Du hast es ja nicht einmal für nötig gehalten, uns die Adresse mitzuteilen, geschweige denn, uns zu besuchen."

„Weil ich annahm, dass ihr mich nicht sehen wollt."

„Du hast uns genauso schnell vergessen wie Hal."

„Ich werde Hal nie vergessen. Ich habe ihn geliebt. Und ich trage sein Kind in mir."

Diese sanfte Erinnerung brach den Damm von

Sarahs Tränen, und sie lehnte sich schluchzend an Bob.

„Sarah vermisst dich schrecklich, Jenny", erklärte er leise. „Ich weiß, dass wir die Nachricht von dem Baby sehr schlecht aufgenommen haben. Inzwischen hatten wir aber Zeit, es uns zu überlegen. Erst vorhin haben wir darüber gesprochen und uns vorgenommen, dich anzurufen und uns zu versöhnen. Es ist unsere christliche Pflicht, die Familie zusammenzuhalten." Missbilligend musterte er Bruce, die Flasche Sekt und Jenny. „Aber wenn ich dich jetzt so sehe, dann bin ich mir einfach nicht mehr sicher." Traurig schüttelte er den Kopf und wandte sich ab, einen Arm schützend um Sarah gelegt.

„Bitte", flehte Jenny und streckte eine Hand aus.

„Jenny, nicht", sagte Bruce sanft und hielt sie zurück. „Lass ihnen Zeit, damit ins Reine zu kommen." Er führte sie zum Wagen zurück. Sie war nicht in der Verfassung, um sich in der Öffentlichkeit zu zeigen.

Und sobald sie eingestiegen war, brach sie in Tränen aus. Sie hatte das einengende, erdrückende Leben, das sie vor Hals Abreise geführt hatte, hinter sich gelassen. Doch welchen Preis hatte ihre Befreiung gefordert! Sie hatte die Liebe und Anerkennung der Menschen verloren, die ihr am meisten bedeuteten.

Jenny ließ den Tränen freien Lauf und achtete nicht darauf, wohin Bruce fuhr – bis er den Motor des Lincoln abstellte. Sie hob den Kopf, wischte sich über die Augen und stellte erstaunt fest: „Wir sind ja bei dir zu Hause. Was wollen wir denn hier?"

„Ich werde dafür sorgen, dass du ein ordentliches Frühstück isst. Und keine Widerrede", fügte er hinzu, als sie zu einer Entgegnung ansetzte. Er hielt ihr die Wagentür auf und sie stieg aus.

Sie war ohnehin zu erschöpft, um zu widersprechen. Schweigend folgte sie ihm ins Haus und die Treppe hinauf ins Schlafzimmer.

„Das Badezimmer gehört für zehn Minuten dir." Bruce kramte in einer Schublade und holte ein T-Shirt heraus. „Nimm eine heiße Dusche, und dann zieh dir das an. Wenn du in zehn Minuten nicht unten bist, komme ich dich holen." Er gab ihr einen raschen Kuss und verschwand.

Das Wasser war wohltuend heiß, die Seife duftete herrlich, das Shampoo schäumte mild, das Handtuch war flauschig weich. Als Jenny sich das T-Shirt über den Kopf zog, fühlte sie sich wesentlich besser und sehr hungrig.

Zögernd und äußerst verlegen blieb sie in der Küchentür stehen. Das T-Shirt reichte ihr zwar bis zur Mitte der Oberschenkel, aber sie trug nur ein Höschen darunter, und ihr Haar war nass.

Bruce schien weder ihre knappe Bekleidung noch ihre Verlegenheit zu bemerken. „Steh nicht so da herum. Fass mit an.“

„Was soll ich denn tun?“

„Den Toast buttern.“

Sie tat es, und kurz darauf saßen sie am Tisch, und Jenny machte sich heißhungrig über ihre Portion Spiegelei mit Schinken her. Sie fing einen belustigten Blick von Bruce auf und erklärte hastig: „Du bist ein guter Koch.“

„Nur zu, iss ruhig tüchtig.“

Nachdem sie ihren Teller geleert hatte, war sie so müde, dass sie kaum noch die Tasse mit Kräutertee heben konnte, den er für sie aufgebrüht hatte.

„Komm, bevor du umfällst“, sagte er und stand auf.

„Wohin?“

„Ins Bett.“ Er hob sie auf die Arme.

„In dein Bett?“

„Ja.“

„Ich sollte mich anziehen und nach Hause fahren. Lass mich runter, Bruce.“

„Nicht, bevor wir am Bett sind.“

Sie brachte nicht die Energie auf, ihn zurückzuhalten. Der kurze Schlaf während der Fahrt hatte nicht gereicht. Sie konnte sich nicht erinnern, sich jemals so erschöpft gefühlt zu haben. Ihr Kopf fiel an seine Brust, und ihre Augen schlossen sich. Er war so stark. So verlässlich. So vertrauenswürdig. Und sie liebte ihn.

Sanft legte Bruce sie auf das sauber duftende Laken und deckte sie zu. „Schlaf gut", wünschte er und strich ihr das Haar aus der Stirn.

„Was hast du jetzt vor?"

„Abwaschen."

„Das ist aber nicht fair. Du bist die ganze Nacht gefahren, und dann hast du auch noch gekocht", murmelte sie schlaftrunken.

„Du kannst es ein andermal gutmachen. Du und das Baby müsst euch jetzt erst einmal ausruhen." Er küsste sie sanft auf die Lippen, doch sie merkte es nicht mehr. Sie schlief bereits.

Als Jenny erwachte, wusste sie zunächst nicht, wo sie sich befand. Sie blieb reglos liegen und blickte sich um, bis sie Bruce' Schlafzimmer erkannte. Da fiel ihr wieder ein, was alles geschehen war, seit er am vergangenen Abend mit den Rosen vor ihrer Tür gestanden hatte.

Nun war es wieder Abend. Durch das Fenster sah sie den Mond und den strahlend hellen Abendstern am Himmel stehen.

Sie gähnte, drehte sich auf den Rücken, stieß die Bettdecke beiseite und streckte sich. Das T-

Shirt hatte sich um ihre Taille gewickelt, und ihre Beine waren entblößt. Sie drehte sich auf die andere Seite, und ihr stockte der Atem.

Bruce lag reglos neben ihr auf dem Rücken, auf Armeslänge entfernt. Er hatte die Hände unter dem Kopf gefaltet und beobachtete sie. Es schien unangemessen, etwas zu sagen, und daher erwiderte sie nur seinen stummen Blick.

Er hatte geduscht. Er roch nach derselben Seife, die sie benutzt hatte. Sein Gesicht war glatt rasiert. Sie sehnte sich danach, durch sein Haar zu streichen, das wie immer zerzaust aussah. Doch es schien ebenso unangemessen, ihn zu berühren. Daher blickte sie ihn nur genauso eindringlich an wie er sie.

Verlangen erwachte zwischen ihnen. Sie wusste, dass er alles an ihr wahrnahm – ihre Haare, ihr Gesicht, ihre Brüste, deren Knospen sich unter dem T-Shirt aufrichteten, so als wollten sie um seine Aufmerksamkeit betteln. Genauso wenig entging ihm, dass ihr Höschen unter dem hochgerutschten Hemd hervorlugte. Unter seinem glühenden Blick erwärmten sich ihre erogenen Körperstellen und begannen zu prickeln.

Fasziniert musterte sie seinen nackten Oberkörper. Gemächlich wanderte ihr Blick über seine breiten Schultern, die muskulöse Brust, seinen festen, flachen Bauch.

Er trug eine verwaschene Jeans, die seine langen Beine wie eine zweite Haut umschmiegte. Und der Schlitz stand offen.

Jenny schloss die Augen und atmete tief durch. Er war bedeckt, aber dennoch ... Ihr Herz klopfte wild. Als sie die Augen wieder öffnete, fiel ihr Blick unwillkürlich auf seinen Schoß. Mit jedem Atemzug hob und senkte sich sein Bauch, und das Spiel seiner Muskeln wirkte hypnotisierend und erotisch.

Sie war fasziniert. Sie fühlte sich gezwungen, ihn zu berühren. Warum „widerstehen? Sie streckte die Hand aus. Ihre Fingerspitzen streichelten über den schmalen Haarstreifen, der von seiner Brust hinablief, und umkreisten seinen Nabel.

Bruce war so warm und lebendig. Energie strahlte von ihm aus. Sie fühlte sich schwach und wehrlos gegen seine männliche Anziehungskraft. Ihre Hand glitt weiter hinab. Die Haare in der Öffnung seiner Jeans waren dunkler und dichter und lockiger.

Sie zögerte. Sie wandte den Kopf und blickte ihm voll ins Gesicht. Tränen glitzerten in seinen Augen. Er hatte sich nicht bewegt, hatte kein Wort gesagt, doch aus seinen Augen sprachen tiefe Gefühle.

Ihm war nie Liebe entgegengebracht worden.

Er war nie mit Zuneigung und Zärtlichkeiten überschüttet worden. Selbstlose Liebkosungen waren ihm versagt geblieben.

Jenny zögerte nicht länger. Sie dachte nicht nach. Ihre Hand verschwand in seiner Jeans.

Bruce stöhnte auf. Er senkte die Arme und umklammerte das Laken mit den Händen. Mit verklärter Miene schloss er die Augen. Ein heftiges Verlangen durchströmte ihn. Er hakte die Daumen in den Bund der Jeans, schob sie sich von den Hüften und streifte sie sich ab.

Jenny blickte hinab auf ihre Hand. Er füllte sie reichlich aus, hart und heiß. Mit ungeübtem, aber eifrigem Blick bewunderte sie ihn.

Spontan drehte sie sich um, legte sich dicht neben ihn, bettete ihre Wange auf seinen Schenkel. Sie war erfüllt von Liebe zu ihm, und sie wollte ihm zeigen, wie wundervoll sie ihn fand. Sie hob den Kopf, beugte sich über ihn und küsste ihn.

Was dann geschah, übertraf all ihre Vorstellungskraft. Sie merkte kaum, dass Bruce ihr den Slip abstreifte. Sie spürte seine streichelnden Hände auf ihren Beinen, zwischen ihren Schenkeln. Er berührte sie auf höchst intime, aufreizende Weise. Und dann spürte sie seinen Mund, warm und feucht und sanft.

Sie liebkosten einander mit Lippen und Zungen. Die raue Wirklichkeit entschwand. Sie entrückten in eine wundersame, samtene Welt, in der es keine Probleme, keine Hässlichkeiten, keine Härte gab. Es war ein strahlendes, vollkommenes Reich der Harmonie und Schönheit.

Als Bruce sich umdrehte und behutsam auf sie niedersank, flüsterte er: „Mach die Augen auf, Jenny. Sieh mich an."

Sie blickte zu ihm auf, und mit einer raschen Bewegung drang er tief in sie ein. Er lächelte sie an und beobachtete die wechselnden Ausdrücke, die über ihr Gesicht huschten, während er sich rhythmisch bewegte. Er sah das Staunen in ihren Augen, als er das Tempo änderte und ihre Erregung mehr und mehr steigerte. Und er sah das verklärte Leuchten auf ihrem Gesicht, als sie schließlich Erfüllung fanden.

Er senkte den Kopf, schmiegte seine Wange an ihre. „Ich liebe dich", flüsterte er dicht an ihrem Ohr.

„Ich liebe dich auch, Bruce." Sie streichelte mit den Fingerspitzen über seine Stirn, seine Augen, seine Wange, seine Lippen. „Es war wundervoll."

„Du bist wundervoll." Er hob den Kopf, küsste sie innig auf den Mund. Dann schob er ihr T-Shirt hinauf, zog es ihr über den Kopf und streichelte ihre Brust. „Ich liebe dich schon sehr lange, Jenny."

„Ich habe gespürt, dass etwas zwischen uns war. Ich wusste nur nicht, was."

„Verlangen."

Sie lächelte und strich mit den Fingern durch sein Haar. „Was immer es war, ich hatte Angst davor."

„Ich dachte, du hättest Angst vor mir gehabt."

„Nein. Nur vor den Gefühlen, die du in mir erweckt hast."

„Hast du mich deshalb immer gemieden?"

„War es so offensichtlich?"

„Hmm. Du hast mich nie in deine Nähe gelassen."

„Du warst zu gefährlich. Wenn ich allein mit dir in einem Raum war, konnte ich nicht atmen. Es war, als hättest du all den Sauerstoff verbraucht." Jenny stöhnte auf, als er den Kopf senkte und mit der Zunge über die Spitze ihrer Brust streichelte. „Du raubst mir immer noch den Atem."

„Und ich kann kaum verheimlichen, was du mir antust." Er bewegte sich in ihr. Er war wieder hart.

Sie schmiegte die Hände um seine Hüften und presste ihn an sich. Sie wollte ihn all die Zeiten in der Vergangenheit vergessen machen, in denen er Liebe gebraucht und nicht bekommen hatte. Sie wollte sich darauf konzentrieren, ihm Vergnügen zu bereiten. Doch seine Liebkosungen erregten sie zu sehr. Sein Verlangen war gewachsen, und er füllte sie wieder aus. Sie genoss jede seiner kraftvollen Bewegungen und hob sich ihnen entgegen.

Und dann spürte sie eine andere Bewegung in ihrem Innern, zunächst so schwach, dass sie glaubte, es sich nur eingebildet zu haben. Doch dann wurde das Flattern stärker. Sie geriet in Panik. Ihr Körper erstarrte unter Bruce. „Nein, hör auf." Sie ergriff seinen Kopf und hob ihn von ihrer Brust. Sie entwand sich ihm und presste die Schenkel fest zusammen.

Sein Atem ging rasch. Es dauerte einen Moment, bis er in die Wirklichkeit zurückkehrte. „Jenny, was ist? Habe ich dir wehgetan?"

Sie drehte ihm den Rücken zu, zog die Knie an die Brust, rollte sich zusammen und begann zu weinen.

Angst stieg in Bruce auf. Er hatte sich noch nie so hilflos gefühlt. Er legte eine Hand auf Jennys Schulter, doch sie zuckte zurück. „Soll ich einen Arzt rufen?" Als Antwort erklang nur ein Schluchzen. „Um Himmels willen, Jenny, sag mir wenigstens, ob du Schmerzen hast?"

„Nein."

„Was ist denn dann? Warum sollte ich aufhören? Habe ich dir wehgetan?"

„Das Baby hat sich leicht bewegt", flüsterte sie tonlos.

Bruce atmete erleichtert auf. „War es das erste Mal?“

Jenny nickte stumm.

Er lächelte vor sich hin. Sein Kind hatte gesprochen. Doch Jenny war offensichtlich besorgt. Erneut berührte er ihre Schultern, und diesmal ließ er die Hand liegen, als sie sich abwehrend versteifte. Er legte sich neben sie und versuchte sie in die Arme zu schließen. „Das ist kein Problem, Jenny. Es schadet dem Baby nicht, wenn wir vorsichtig sind.“

Abrupt setzte sie sich auf und starrte ihn an. „Du begreifst überhaupt nichts, wie?“ Sie zerrte die Decke vom Bett, wickelte sich darin ein und trat ans Fenster. Mit dem Rücken zu ihm starrte sie hinaus.

Er war verletzt und verärgert. Er sprang auf, zog sich mit ruckhaften Bewegungen die Jeans an und stürmte zu ihr. „Anscheinend begreife ich wirklich nicht. Warum erklärst du es mir nicht?“

Sie drehte sich zu ihm um. Er stand sehr nahe vor ihr. Sein Haar war zerzaust, und seine Jeans stand wieder offen. Er sah so männlich und verführerisch aus, dass es ihr schwer fiel, seiner Anziehungskraft zu widerstehen. „Vielleicht hast du keine Bedenken gegen so unzüchtiges Verhalten, aber ich schon.“

„Du hältst es für unzüchtig, was wir getan haben?“, hakte er in zornigem Ton nach.

„Seit sich das Baby bewegt hat, ja.“

„Ich finde es wundervoll. Es ist schade, dass du mich nicht daran teilhaben lässt.“

„Es ist das Baby eines anderen, Bruce! Ist dir nicht klar, zu was für einer Frau mich das macht?“ Beschämt und verzweifelt senkte sie den Kopf. Tränen rannen ihr über die Wangen, und Schluchzer schüttelten ihre Schultern.

„Zu was für einer Frau macht es dich denn?“

Jenny schüttelte den Kopf und schluckte schwer. Es gelang ihr nicht, ihre Gedanken in Worte zu fassen. Schließlich brachte sie stockend hervor: „Was wir getan haben … Ich kenne mich nicht mehr … Ich liebe dich, aber ich trage das Kind deines Bruders in mir.“

„Hal ist tot. Wir leben.“

„Ich wollte es nicht eingestehen, aber deine Eltern haben recht. Ich habe versucht, ihn von seiner Mission abzubringen. Er wollte nicht mit mir schlafen. Ich habe ihn geküsst und ihn gebeten, bei mir zu bleiben und mich zu heiraten.“

„Aber du hast mir erzählt, dass er gegangen und später zurückgekommen ist.“

„Das stimmt.“

„Dann kannst du dir nicht vorwerfen, ihn verführt zu haben. Er hat seine eigene Entscheidung getroffen.“

„Aber vielleicht ist er nur zurückgekommen, weil er mir noch einmal gute Nacht sagen wollte. Aber ich war so verzweifelt, und das muss er gespürt haben."

„Es war trotzdem seine eigene Entscheidung."

„Wenn es nicht passiert wäre, würde er vielleicht noch leben. Ich habe nicht an eine mögliche Schwangerschaft gedacht, aber vielleicht hat er es getan. Vielleicht hat er sich Sorgen gemacht und war deswegen so unachtsam, dass er deshalb gefangen genommen werden konnte. Ich habe ihn verführt, obwohl ich in Wirklichkeit dich geliebt habe und nur zu schwach war, um es einzugestehen. Und jetzt schlafe ich mit dir, obwohl ich Hals Kind in mir trage. Ich bin schuld daran, dass mein Baby niemals seinen Vater kennenlernen wird."

Bruce kehrte zum Bett zurück und sank auf die Kante. Er stützte die Ellbogen auf die Knie und das Kinn in die Hände, während er zu Boden starrte. „Du brauchst dich nicht schuldig zu fühlen."

„Versuch nicht, es zu beschönigen. Ich verachte mich."

Er hob den Kopf und erklärte eindringlich: „Du bist nicht schuldig, Jenny. Du hast Hal nicht verführt und ihn auch nicht von seiner Mission abgelenkt. Du bist nicht schuld an seinem Tod, und du brauchst dir nichts vorzuwerfen." Er holte tief Luft und gestand leise, aber ohne Zögern. „Dein Baby ist nicht von Hal. Es ist von mir. Ich bin in jener Nacht in dein Zimmer gekommen. Du hast mit mir geschlafen."

Jenny starrte ihn mit großen Augen an. Langsam glitt sie an der Wand hinab und sank auf den Fußboden. „Das ist unmöglich."

„Es ist die Wahrheit."

Heftig schüttelte sie den Kopf. „Hal ist in mein Zimmer gekommen. Ich habe ihn gesehen."

„Es war dunkel im Zimmer. Du hast nur eine Silhouette gesehen. Ich war es. Ich bin an deiner Tür vorbeigekommen und habe dich weinen gehört. Dann wollte ich Hal holen, aber er war in das Gespräch mit Mom und Dad vertieft. Deswegen habe ich nach dir gesehen. Bevor ich etwas sagen konnte, hast du mich mit ‚Hal' angesprochen." Ich wusste nicht, was ich tun sollte.

„Ich glaube dir nicht", sagte sie tonlos.

„Woher weiß ich dann, wie es war? Du hast dich aufgesetzt und mich in die Arme gezogen. Du hattest Tränen auf dem Gesicht. Du warst verzweifelt und brauchtest Trost. Ich hätte mich zu erkennen geben sollen, als du mich ‚Hal' nanntest, aber ich habe es nun einmal nicht getan. Und ich bin froh darüber. Ich glaube nicht, dass er dir gegeben hätte, was du gebraucht hast."

„Ich habe mit Hal geschlafen!“, rief sie verzweifelt.

„Hal war unten und hat über seine Mission geredet, statt sich um seine Verlobte zu kümmern. Du hast uns beide verwechselt. Wir waren uns von der Statur her sehr ähnlich, und wir hatten beide Jeans und ein Hemd an. Ich habe nichts gesagt, damit du mich nicht an meiner Stimme erkennen konntest.“

„Aber ich hätte den Unterschied gemerkt.“

„Woran denn? Du hattest keine Vergleichsmöglichkeit. Ich war dein erster Liebhaber.“

Sie erinnerte sich sehr gut, wie eifrig sie diesen Liebhaber gedrängt hatte, sie zu umarmen, sie zu küssen. Und sie erinnerte sich, wie benommen sie sich von den Schlaftabletten gefühlt hatte, wie traumartig ihr alles erschienen war.

„Du hast Hal erwartet, und deshalb ist es dir gar nicht in den Sinn gekommen, dass es jemand anders hätte sein können.“

„Mein Gott, Bruce, ich fasse es nicht! Wie konntest du so gemein sein? Wie konntest du mich so täuschen? Wie konntest du nur …“

Bruce stand vom Bett auf, trat zu ihr und hockte sich vor ihr nieder. „Weil ich dich liebe. Weil ich dich genauso gebraucht habe, wie du die Liebe eines Mannes gebraucht hast. Ich hatte dich schon seit Jahren begehrt. Zuerst wollte ich dich nur einen Moment in den Armen halten und mich dann zu erkennen geben. Aber nachdem ich dich geküsst und gestreichelt hatte, gab es einfach kein Zurück mehr. Ich wollte deinen Kummer durch meine Liebe vertreiben. Zum ersten Mal im Leben hatte ich das Gefühl, etwas Gutes zu tun. Es war sauber und richtig, Jenny. Das hast du selbst gesagt."

„Ich dachte, ich hätte von Hal gesprochen."

„Aber ich bin es gewesen. Denk an jene Nacht zurück und vergleiche sie mit vorhin. Du weißt, dass ich nicht lüge." Er stand auf und wanderte rastlos im Raum umher.

Jenny blickte zum Bett hinüber. Es war schrecklich, aber sie glaubte ihm. „Warum hast du es mir nicht längst gesagt, Bruce?"

„Zuerst dachte ich, du würdest Hal noch lieben. Ich wollte auf keinen Fall, dass du denkst, du wärst ihm untreu geworden."

„Aber das bin ich."

„Das bist du nicht, verdammt!"

Sie atmete tief durch und stand auf. „Inzwischen sind Monate vergangen. Warum hast du es mir nicht irgendwann früher gesagt?"

„Ich wollte dir nicht wehtun."

„Glaubst du etwa, dass es mir jetzt nicht wehtut?"

„Das sollte es nicht. Es ist mein Vergehen, Jenny,

nicht deins. Du bist unschuldig, und ich wollte dich schonen."

„Warum?"

„Weil du einen masochistischen Hang dazu hast, die Schuld anderer auf dich zu nehmen. Die meiner Eltern, Hals, meine." Er seufzte tief. „Aber das ist nicht der einzige Grund. Ich habe mich Hal gegenüber verpflichtet gefühlt, es dir nicht zu sagen. Ich habe genommen, was rechtmäßig ihm gehörte ... Und ich wusste, dass ich einen sehr hohen Preis für dich bezahlen musste. Schlechte Menschen wie ich kommen nie ungestraft davon."

„Wie meinst du das? Inwiefern bist du denn schon gestraft worden?"

„Weil du bei deinem ersten Höhepunkt Hals Namen gerufen hast. Weil du die ganze Zeit über gedacht hast, dass er dich zum ersten Mal in Ekstase gebracht hat. Weil ich dir meine Liebe nicht zeigen konnte, als du in Monterico in meinen Armen geschlafen hast. Und vor allem, weil du gedacht hast, dass mein Kind von einem anderen sei, und weil ich mich bis jetzt nicht zu ihm bekennen konnte."

Sie hätte ihm beinahe verziehen. Sie wäre beinahe dem Zittern seiner Stimme und den heftigen Gefühlen in seinem Blick erlegen. Sie hätte sich beinahe in seine Arme geworfen und seine Liebe akzeptiert. Doch sie konnte es nicht. Er hatte eine schreckliche Schuld auf sich geladen, die sie nicht so einfach verzeihen konnte. „Und warum erzählst du es mir jetzt?“

„Weil ich nicht zulassen kann, dass du dir die Schuld an Hals Tod gibst. Er ist mit reinem Gewissen zu seiner Mission aufgebrochen. Sein Tod hatte nichts mit dir zu tun. Ich kann nicht zulassen, dass du dich für den Rest deines Lebens dafür verantwortlich fühlst und glaubst, du habest unser Kind zu einem Waisen gemacht.“ Er nahm ihre Hand, die sich kalt und schlaff anfühlte. „Ich liebe dich, Jenny.“

Sie entriss ihm die Hand. „Liebe ist nicht auf Lügen und Täuschungen aufgebaut. Du hast mich seit Monaten belogen. Du hast mich zum Narren gehalten.“

„Ich habe dich zu einer Frau gemacht. Du solltest endlich aufhören, alles mit schlechtem Gewissen und Schuldgefühlen zu betrachten. Jene Nacht war das Beste, was uns beiden je passiert ist. Sie hat uns befreit.“

„Befreit?“, schrie Jenny aufgebracht. „Jene Nacht wird mich für den Rest meines Lebens belasten!“

„Bezeichnest du das Baby etwa als Last?“

„Nein, nicht das Baby. Die Schuld, mit einem Bruder geschlafen zu haben, während ich mit dem anderen verlobt war.“

Bruce stieß einen heftigen Fluch aus. „Sind wir jetzt schon wieder bei diesem Punkt angelangt?“

„Ja. Und ich bin es leid. Bring mich nach Hause.“

„Nein. Nicht, bevor wir zu einer Einigung gekommen sind.“

„Bring mich nach Hause“, beharrte sie. „Sonst nehme ich mir den Schlüssel von einem deiner Wagen und fahre selbst.“

„Du bleibst hier, oder ich …“

„Drohe mir nicht. Ich habe keine Angst mehr vor dir. Was könntest du mir schon Schlimmeres antun, als du bereits getan hast?“

Zornig presste er die Lippen zusammen. Dann trat ein kalter, harter Blick in seine Augen. Abrupt wandte er sich ab. Er ging zum Schrank, riss ein Hemd von einem Bügel und nahm ein Paar Stiefel heraus. „Zieh dich an“, sagte er schroff. „In fünf Minuten fahren wir.“

12. KAPITEL

Bruce schwieg beharrlich während der gesamten Fahrt in die Stadt. Er fuhr sehr schnell. Vor Jennys Wohnung trat er hart auf die Bremse. Er beugte sich zur Beifahrertür hinüber und stieß sie auf.

„Jenny?", sagte er tonlos, als sie wortlos ausstieg. „Ich habe einige schreckliche Dinge getan, größtenteils aus Bosheit. Aber diesmal habe ich versucht, das Richtige zu tun. Für dich und unser Baby." Er lachte hart auf. „Selbst wenn ich mich noch so bemühe, etwas richtig zu machen, geht es daneben. Vielleicht ist es wahr, was die Leute über mich sagen. Ich tauge eben nichts." Er knallte die Tür zu, legte heftig einen Gang ein und trat das Gaspedal durch. Der Lincoln schoss davon.

Lustlos betrat Jenny ihre Wohnung. Sie fühlte sich ausgelaugt. War es erst einen Tag her, dass sie und Bruce das Dinner bei Kerzenschein veranstaltet hatten? Ja, die Eiscremeschalen und Kaffeetassen standen noch auf dem Tisch. Doch das alles schien nun eine Ewigkeit zurückzuliegen.

Sie durchquerte die Wohnung und ging ins Schlafzimmer. Es wirkte kalt und leer und ungemütlich. Ganz anders als das Schlafzimmer in Bruce' Haus. Sie wollte nicht daran denken, doch die Erinnerungen stürmten ungebeten auf sie ein, an jede Berührung, jeden Kuss, jedes Wort.

Sie erinnerte sich an den hoffnungslosen Ausdruck auf seinem Gesicht, mit dem er davongefahren war. Hatte er wirklich versucht, das Richtige zu tun? Liebte er sie wirklich? Um ihr nicht wehzutun, hatte er die Wahrheit verschwiegen und darauf verzichtet, Anspruch auf sein Kind zu erheben. War ein derartiges Opfer nicht der größtmögliche Liebesbeweis? Und wenn er sie liebte, warum war sie dann eigentlich so aufgebracht?

Bruce war ihr einziger Liebhaber. Vermittelte ihr dieses Wissen nicht ein wohliges, erhebendes Gefühl? Sie hätte es ahnen müssen. An diesem Abend hatte sie dasselbe Entzücken verspürt wie in jener Nacht. War ihr sein Körper nicht vertraut erschienen? Hatte sie nicht beide Male ein Gefühl der Zusammengehörigkeit verspürt, so als wäre er eine Erweiterung ihrer selbst?

Beschuldigte sie Bruce nur der Täuschung, um ihr eigenes Gewissen zu erleichtern? Weil sie jahrelang Hal und die Hendrens getäuscht hatte? Sie hatte deren Hochzeitsplänen zugestimmt, trotz des Wissens, dass ihre Liebe zu Hal nicht als Grundlage für eine Ehe ausgereicht hätte.

Konnte sie Bruce nicht verzeihen, dass er ein paar Monate lang sein Geheimnis gewahrt hatte?

Sie war bereit gewesen, ihres ein Leben lang zu hüten. Und andere zu täuschen. Wäre Hal nicht gestorben, dann hätte sie ihn geheiratet, dann hätte sie sich weiterhin selbst verleugnet und unterdrücken lassen.

Bruce hingegen beflügelte ihren Geist und forderte sie heraus, sie selbst zu sein. Er hatte in ihr den Mut erweckt, ihr Glück zu verfolgen. Er hatte sie gelehrt, sich eine eigene Zukunft aufzubauen. War das allein nicht Grund genug, ihn zu lieben?

Vielleicht rufe ich ihn morgen an, dachte Jenny. Ich sollte mich wirklich für meine Intoleranz entschuldigen und mich mit ihm aussprechen.

Müde zog sie sich aus und schlüpfte ins Bett. Doch sie konnte nicht einschlafen. Die Welt schien verhindern zu wollen, dass sie Ruhe fand. Sirenen heulten durch die Straßen der Stadt, und als ihr gerade die Augen zufielen, klingelte das Telefon.

Sie zögerte. Vielleicht war es Bruce. Sie wusste nicht recht, ob sie schon bereit war, sich mit ihm auszusöhnen. Beim sechsten Klingeln gab sie nach und griff zum Hörer. „Hallo?"

„Miss Fletcher?"

Es enttäuschte sie ein wenig, dass es nicht Bruce war. „Ja?"

„Hier ist Deputy Sheriff Rawlins. Wissen Sie

zufällig, wo ich die Hendrens erreichen kann?"

„Haben Sie es im Pfarrhaus versucht?"

„Natürlich."

„Es tut mir leid. Dann weiß ich auch nicht, wo sie sein können. Kann ich Ihnen helfen?"

„Ich muss sie dringend finden. Ihr Sohn hatte einen Unfall."

Jenny erstarrte. Übelkeit stieg in ihr auf, und einen Moment lang war ihr schwarz vor Augen. „Ihr Sohn?", wiederholte sie mit unnatürlich hoher Stimme.

„Ja. Bruce."

„Aber er war gerade ... Ich habe ihn doch gerade noch gesehen."

„Es ist vor ein paar Minuten passiert."

„War es ... Ist er ... tot?"

„Das weiß ich noch nicht, Miss Fletcher. Die Ambulanz ist gerade auf dem Weg ins Krankenhaus. Es steht recht schlimm um ihn. Sein Wagen ist mit einem Zug zusammengeprallt. Deswegen muss ich seine nächsten Angehörigen benachrichtigen."

Mit eiskalter Hand dämpfte Jenny den entsetzten Aufschrei, der sich ihrer Kehle entrang. Die nächsten Angehörigen ... der offizielle Ausdruck der Polizei im Falle eines Todesopfers.

„Miss Fletcher?"

„Ich weiß nicht, wo Bob und Sarah sind. Aber

ich fahre sofort ins Krankenhaus." Sie legte den Hörer auf.

Ihre Knie gaben nach, als sie aus dem Bett glitt. Sie taumelte zum Schrank und zerrte das erstbeste Kleidungsstück hervor. Sie musste sich beeilen. Sie musste Bruce sagen, dass sie ihn liebte, bevor … Nein, er durfte nicht sterben. Sie wollte nicht daran denken.

Warum hatte er es nur getan? Hatte ihre Zurückweisung ihn derart getroffen? Ich tauge eben nichts, waren seine letzten Worte gewesen. War dieser Unfall ein Versuch, die Welt von ihm zu erlösen?

„Nein!", schrie Jenny auf und rannte durch die dunkle Wohnung zur Tür. Tränen strömten ihr über die Wangen, und ihre Hände zitterten so sehr, dass es ihr kaum gelang, den Schlüssel ins Zündschloss ihres Wagens zu stecken.

Aus einiger Entfernung sah sie den Unfallort, den die Polizei abgeriegelt hatte. Der silbergraue Lincoln war von den Schienen gezogen worden. Er sah aus wie ein Stück Aluminiumfolie, das ein zorniger Riese in der Faust zusammengeknüllt und dann weggeworfen hatte. Es schien unvorstellbar, dass Bruce lebend aus diesem Metallwrack geborgen worden war.

Jenny stellte ihren Wagen vor dem Krankenhaus ab und rannte über den Parkplatz zur Unfallstation. „Bruce Hendren?“, fragte sie atemlos an der Aufnahme.

Die Schwester blickte vom Schreibtisch auf. „Er ist schon im OP.“

Dem Himmel sei Dank, dachte Jenny und atmete auf. Wenn er operiert wurde, dann lebte er also noch. „Welcher Stock?“

„Dritter.“

„Ich, danke Ihnen.“ Jenny wandte sich ab und rannte zum Fahrstuhl.

„Miss?“, rief die Schwester ihr nach. „Es dauert wahrscheinlich sehr lange.“

„Ich warte auf jeden Fall.“

In der dritten Etage bestätigte die Stationsschwester, dass Bruce sich im OP befand. „Sind Sie mit ihm verwandt?“, fragte sie höflich.

„Ich bin im Haus seiner Eltern aufgewachsen. Ich gehöre quasi zur Familie.“

„Aha. Wir konnten seine Eltern bisher noch nicht erreichen.“

„Sie werden bestimmt bald nach Hause zurückkehren und dann hierherkommen.“

„Ein Streifenwagen wartet dort auf sie, um sie herzubringen.“

Jenny nagte an der Unterlippe. „Das wird sie sehr erschrecken. Sie haben erst vor ein paar Monaten ihren jüngeren Sohn verloren.“

„Das tut mir leid“, sagte die Schwester mitfühlend. Sie deutete zum Warteraum. „Setzen Sie sich doch dort hinein. Wir werden bestimmt bald erfahren, wie es Mr. Hendren geht."

Wie ein Roboter bewegte Jenny sich zum Warteraum und sank auf das Sofa. Vielleicht hätte sie zum Pfarrhaus fahren und dort warten sollen, um den Hendrens persönlich die Unfallnachricht zu überbringen. Aber sie konnte das Krankenhaus nicht verlassen. Sie musste einfach in Bruce' Nähe bleiben.

Hatte sie ihn zu einer Verzweiflungstat getrieben? Genau wie seine Eltern am Abend von Hals Beerdigung, hatte sie ihn zurückgewiesen. Sie hatte ihn grausam ausgeschlossen, als er ihr sein Herz geöffnet hatte. Die Hendrens mochten zu ignorant sein, um zu erkennen, was sie ihm das ganze Leben lang angetan hatten, doch sie hätte es besser wissen sollen.

Er war in dem Glauben fortgegangen, dass er durch und durch schlecht sei. Wie oft hatte er bereits den Sinn seines Lebens angezweifelt? Spielte er nicht jedes Mal mit dem Tod, wenn er sich hinter das Steuer eines Wagens setzte und sämtliche Geschwindigkeitsbegrenzungen überschritt?

Bruce, bitte verzeih mir, dachte sie inbrünstig. Ich liebe dich. Du bist der wichtigste Mensch für mich auf der Welt.

„Miss Fletcher?"

Jenny zuckte zusammen. Mit geschlossenen Augen hatte sie um Bruce' Leben gebetet. Sie blickte auf, in der Erwartung, einen Arzt vor sich zu sehen. Doch vor ihr stand ein Polizist in Uniform.

„Ich bin Deputy Rawlins", stellte er sich vor. „Wir haben vorhin zusammen telefoniert. Und das hier ist Mr. Hanks. Es ist seine Familie, die von Bruce gerettet wurde."

Jenny wischte sich die Tränen aus den Augen. Nun erst bemerkte sie den Mann, der hinter dem Deputy gestanden hatte und nun vortrat. Sein Monteuranzug stand in krassem Gegensatz zu der sterilen Krankenhausatmosphäre. Seine Augen waren feucht von Tränen.

„Gerettet?", flüsterte sie kaum hörbar. „Das verstehe ich nicht."

„Seine Frau und seine Kinder sind mit dem Wagen auf den Schienen liegen geblieben. Bruce ist hinter ihnen gefahren und hat sie gerade noch rechtzeitig von den Gleisen schieben können. Der Zugführer hat natürlich abgebremst, so sehr er konnte, aber er ist nicht mehr zum Stehen gekommen." Der Deputy räusperte sich. „Bruce hat großes Glück gehabt, dass der Zug ihn an der Beifahrerseite getroffen hat und dass es nicht sein Sportwagen war. Der wäre komplett zerquetscht worden."

Erneut rannen Tränen über Jennys Wangen. Bruce hatte also nicht versucht, sich das Leben zu nehmen. Er hatte vielmehr anderen das Leben gerettet. Sie blickte zu Mr. Hanks auf. „Wie geht es Ihrer Familie?"

„Sie sind noch ziemlich erschüttert, aber dank Mr. Hendren sind sie unverletzt. Ich möchte ihm gern selbst sagen, wie dankbar ich ihm bin. Ich bete zu Gott, dass er es übersteht."

„Darum bete ich auch."

„Wissen Sie", sagte Mr. Hanks und schüttelte bekümmert den Kopf, „ich habe immer schlecht von Bruce Hendren gedacht, wegen all der Geschichten, die man so hört. Über sein Trinken und die Frauen und so. Ich habe ihn in seinem flotten Wagen durch die Stadt rasen sehen und ihn für einen Verrückten gehalten." Er seufzte. „Jetzt ist mir eine harte Lektion erteilt worden. Jetzt habe ich gelernt, dass man einen Menschen nicht verurteilen soll, den man nicht kennt. Er hätte den Wagen meiner Frau nicht von den Gleisen schieben müssen. Aber er hat's getan." Erneut traten Tränen in seine Augen. Beschämt bedeckte er sie mit einer Hand.

„Am besten gehen Sie jetzt nach Hause, Mr. Hanks", schlug der Deputy freundlich vor und legte ihm eine Hand auf die Schulter.

„Danke, Mr. Hanks", sagte Jenny leise.

„Wofür? Wenn mein alter Wagen nicht liegen geblieben wäre …“

„Trotzdem danke“, beharrte Jenny sanft, und er nickte ihr ernst zu, bevor er sich vom Deputy hinausführen ließ.

Beinahe zwei Stunden saß Jenny bereits im Warteraum, ohne Nachricht über Bruce, als Bob und Sarah eintrafen. Sie sprachen kurz mit der Schwester am Empfang. Dann wandten sie sich dem Warteraum zu, aufeinander gestützt, mit kummervollen, verzweifelten Gesichtern. Sie zögerten, als sie Jenny sahen.

Mit vorwurfsvoller Miene blickte sie ihnen entgegen und dachte dabei: Ihr habt ihn nie geliebt, aber jetzt kommt ihr, um an seinem Sterbebett zu weinen.

Doch sie konnte die beiden nicht beschuldigen, ohne sich selbst Vorwürfe zu machen. Hätte sie nicht so sehr um ihr geruhsames, wohl behütetes Leben gebangt, dann hätte sie sich schon vor Jahren zu Bruce bekannt. Und an diesem Tag, als er ihrer Liebe und Vergebung bedurft hatte, war er abgewiesen worden. Er hatte sich dafür entschuldigt, dass er ihr die wundervollste Nacht ihres Lebens geschenkt hatte, und sie hatte sich geweigert, seine Entschuldigung zu akzeptieren. Wie konnte sie den Hendrens deren Unzulänglichkeit vorwerfen, wenn ihre eigene viel verletzender auf Bruce gewirkt hatte?

Jenny stand auf und streckte die Hände aus. Mit einem erleichterten Seufzer taumelte Sarah in ihre Arme. „Seht, Sarah, es wird alles gut. Ich weiß es."

Schluchzend erklärte Sarah: „Wir haben einen erkrankten Freund außerhalb der Stadt besucht. Als wir nach Hause zurückkamen, stand der Wagen des Sheriffs vor der Tür. Wir wussten, dass etwas Schreckliches passiert ist. Zuerst Hal und jetzt Bruce. Ich kann es nicht ertragen."

Jenny setzte sich mit ihr zusammen auf das Sofa. „Wäre es wirklich so schlimm für euch, wenn Bruce stirbt?" Sie konnte selbst kaum fassen, dass sie diese kühne Frage stellte. Doch wenn Grausamkeit nötig war, um ihnen bewusst zu machen, wie ungerecht sie ihren Sohn behandelt hatten, dann musste sie eben grausam sein. Diesen Kampf führte sie für Bruce. „Er glaubt bestimmt, dass es euch nicht kümmert."

„Aber er ist doch unser Sohn! Wir haben ihn lieb!", rief Sarah.

„Habt ihr ihm das jemals gesagt? Habt ihr ihm je gesagt, dass ihr ihn schätzt?" Bob senkte schuldbewusst den Blick. Sarah schluckte schwer. „Ihr braucht nicht zu antworten. Solange ich bei euch gelebt habe, habt ihr es nie getan."

„Wir … wir hatten es schwer mit Bruce“, erklärte Bob.

„Weil er nicht in die Form passte, in die ihr ihn pressen wolltet. Er hat sich immer zurückgesetzt gefühlt. Ihr wolltet ihn, so wie er war, nicht akzeptieren. Er wusste, dass er eure Erwartung nicht erfüllen konnte, und deswegen hat er den Versuch aufgegeben. Er gibt sich hart und kalt und zynisch, aber das ist seine Verteidigung. Er sehnt sich verzweifelt nach Liebe von euch, seinen Eltern.“

„Ich habe versucht, ihn zu lieben“, flüsterte Sarah. „Aber er hat nie lange genug still gehalten. Er war nie so liebevoll wie Hal. Er war nie so artig. Es ist schwer, ihn zu lieben. Seine wilde Ader hat mir immer Angst gemacht.“

„Ich weiß, was du meinst.“ Mit einem kleinen Lächeln tätschelte Jenny verständnisvoll Sarahs Hand. „Ich habe gelernt, hinter seine Fassade zu sehen, und ich liebe ihn.“

„Wirklich?“, fragte Bob verblüfft.

„Ja. Ich liebe ihn sehr.“

„Wie kannst du das, so kurz nach Hals Tod?“

„Ich habe Hal geliebt, aber eher wie einen Bruder. Erst als Bruce und ich mehr Zeit miteinander verbrachten, wurde mir klar, dass ich ihn schon sehr lange liebe. Wie ihr hatte ich früher Angst vor ihm.“

„Es wird wohl eine Zeitlang brauchen, bis wir uns an den Gedanken gewöhnen, dass du und Bruce zusammen seid.“

„Ich habe auch einige Zeit gebraucht.“

„Wir wissen, dass wir nicht fair dir gegenüber waren“, gestand Sarah mit leiser Stimme. „Wir wollten dich für uns behalten, um die Leere in unserem Leben zu füllen, die Hals Tod verursacht hat.“

„Ich muss mein eigenes Leben führen.“

„Das ist uns jetzt klar. Wir können dich nur behalten, indem wir dich gehen lassen.“

„Ich werde nicht weit gehen“, versicherte Jenny mit einem Lächeln. „Ich habe euch beide lieb, und es hat mir sehr wehgetan, dass diese Kluft zwischen uns war.“

„Das Baby war ein Schock für uns, Jenny.“ Bobs Blick glitt zu ihrem Bauch hinab. „Das kannst du sicherlich verstehen. Aber nun, es ist auch Hals Kind. Aus diesem Grund akzeptieren und lieben wir es.“

Jenny setzte zu einer Entgegnung an, doch in diesem Augenblick ertönte eine andere Stimme von der Tür her.

„Reverend Hendren?“ Dr. Mabry, der Chirurg, betrat in grüner OP-Kleidung den Warteraum. Er wirkte erschöpft. „Er lebt“, verkündete er, und alle atmeten erleichtert auf. „Aber sein

Zustand ist sehr kritisch. Er hatte innere Blutungen. Es war eine sehr schwere Operation, aber wir haben ihn wieder ganz ordentlich zusammengeflickt. Wir mussten ihm mehrere Blutkonserven geben. Der rechte Oberschenkel und das rechte Schienbein sind gebrochen, und er hat am ganzen Körper Prellungen und Fleischwunden."

„Wird er am Leben bleiben, Dr. Mabry?", fragte Sarah mit verzagter Stimme.

„Die Chancen stehen recht gut, weil er so stark und zäh wie ein Bulle ist. Dass er den Unfall und die Operation überlebt hat, ist ein gutes Zeichen. Meiner Ansicht nach besteht Anlass zur Hoffnung. Doch jetzt entschuldigen Sie mich. Ich muss zurück in den OP."

„Dürfen wir zu ihm?", fragte Jenny besorgt.

Dr. Mabry zögerte einen Augenblick. „Nun gut. Sobald er auf die Intensivstation verlegt worden ist, kann einer von Ihnen für ein paar Minuten zu ihm. Ich komme später zurück." Er wandte sich ab und eilte mit großen Schritten den Korridor hinab.

„Ich gehe zu ihm", sagte Sarah. „Ich muss ihm sagen, wie viel er uns bedeutet."

„Natürlich, Darling", stimmte Bob zu. „Geh du."

„Nein, ich gehe zu ihm", entgegnete Jenny entschieden. „Ihr hattet euer ganzes Leben Zeit, ihm zu sagen, dass ihr ihn lieb habt. Aber ihr habt es nicht getan. Ich hoffe, dass ihr es den Rest eures Lebens wieder gutmachen könnt. Heute Abend gehe ich zu ihm. Er braucht mich. Und was das Baby angeht, Sarah und Bob … Es ist nicht von Hal. Es ist von Bruce."

Bob und Sarah starrten sie fassungslos an.

Doch Jenny ließ sich nicht länger von Konventionen einschüchtern. Sie legte beiden eine Hand auf die Schulter und erklärte: „Wir haben euch lieb, und wir möchten gern eine richtige Familie mit euch zusammen sein. Wenn ihr uns aber nicht so akzeptieren könnt, wie wir sind, dann ist es auch gut. Es wäre euer Schaden." Sie lächelte unter Tränen. „Ich liebe Bruce, und er liebt mich, und ich fühle mich nicht schuldig deswegen. Wir werden heiraten und unser Kind jeden Tag seines Lebens wissen lassen, dass wir es so lieben, wie es ist."

Und als Dr. Mabry eine halbe Stunde später zurückkehrte, war es Jenny, die mit ihm zu Bruce ging.

„Was geht denn hier vor?"

„Wir nehmen ein Bad."

„Ihr veranstaltet eine Überschwemmung."

„Das ist Trents Schuld. Er plantscht so gern."

„Und wer hat ihm das beigebracht?" Liebevoll lächelte Jenny ihren Ehemann und ihren sieben Monate alten Sohn an, die zusammen badeten. Trent saß auf dem Schoß seines Vaters, den Rücken an dessen angezogene Oberschenkel gelehnt, die pummeligen Füßchen auf dessen Bauch gestützt. Sie betrat das Badezimmer und hockte sich vor die Wanne. Trent lachte sie an, zeigte dabei stolz seine beiden Vorderzähne. Er deutete mit dem Finger auf sie und krähte vergnügt.

„Ich empfinde genauso, mein Sohn", sagte Bruce. „Sie ist hinreißend, stimmt's?"

„Sie wird euch gleich zeigen, wie hinreißend sie sein kann, wenn ihr nicht sofort herauskommt und diese Überschwemmung beseitigt." Jenny bemühte sich, streng zu klingen, doch sie lachte, als sie Trent aus der Wanne hob.

„Pass auf, er ist schlüpfrig wie ein Aal", warnte Bruce, während er aufstand.

„Das weiß ich nur zu gut." Es kostete sie einige Mühe, ihren zappelnden Sohn festzuhalten, während sie ihn in ein Handtuch wickelte. Sie hatte längst den Versuch aufgegeben, trocken zu bleiben. Sein kleiner fester Körper hatte ihren Bademantel bereits durchnässt.

Sie trug ihn hinüber in das Kinderzimmer, das Bruce nach ihren Anweisungen in liebevoller Eigenarbeit eingerichtet hatte. Sie waren sehr stolz auf das Resultat.

Als Bruce in einem Bademantel zu ihnen trat, hatte sie Trent bereits gewickelt und einen Schlafanzug angezogen. „Sag Daddy gute Nacht“, forderte sie ihn auf und hielt ihn hoch.

Bruce nahm ihn ihr aus den Armen, drückte ihn an sich und küsste ihn zärtlich auf die Wange. „Gute Nacht, mein Sohn. Ich hab dich lieb.“

Trent war sehr müde. Sein Köpfchen mit den blonden Ringellocken fiel auf Bruce’ Schulter, und er gähnte herzhaft.

„Er war wirklich reif fürs Bett“, sagte Jenny, nachdem Trent eingeschlafen war und sie mit Bruce in das Schlafzimmer ging. „Und das bin ich auch.“ Sie breitete die Arme aus und ließ sich rückwärts auf das Bett fallen. „Ihr beide habt mich völlig geschafft.“

„Ach ja?“ Eingehend musterte er sie von Kopf bis Fuß. Ihr Bademantel hatte sich geöffnet. Aufreizend lugten ihre wohlgeformten, glatten Schenkel und ihre vollen Brüste hervor. Ohne Umschweife knotete er seinen Bademantel auf und ließ ihn auf den Teppich fallen. Dann legte er sich auf sie.

„Du solltest wirklich lernen, deine Schüchternheit zu überwinden, Bruce.“

Er schmunzelte, während er mit den Lippen an ihrem Ohr spielte.

Sie hatte kurz vor ihm gebadet, und ihre Haut

duftete herrlich. „Warum Zeit mit Vorgeplänkel vertun? Ich bin dafür, mir gleich zu nehmen, was ich mir so unendlich ersehne."

„Und du ersehnst mich?"

„Hmm." Er bedeckte ihren Hals mit zarten Küssen. „Immer. Die längsten drei Monate meines Lebens waren die nach Trents Geburt."

„Vergiss nicht die Wochen davor."

„Die habe ich nicht vergessen. Ich glaube, dass der Arzt uns früher als nötig Enthaltsamkeit auferlegt hat. Er wollte sich rächen."

„Wofür?"

„Ach, nichts."

Jenny zog an seinen Haaren, bis er den Kopf hob. „Wofür? Sag's mir."

„Also gut. Vor ein paar Jahren ging ich mit einer seiner tüchtigen Krankenschwestern. Als ich mit ihr Schluss machte, war sie außer sich und verließ die Stadt. Das nimmt er mir immer noch übel."

„Mit wie vielen Frauen bist du denn eigentlich … gegangen?"

Seine Miene wurde ernst. „Ist das wirklich wichtig, Jenny?"

„Das hängt davon ab, ob du es vermisst. Das Herumtreiben."

„Was meinst du wohl?" Er schob mit seinem Körper ihren Bademantel beiseite, und sie spürte sein Verlangen.

„Ich glaube nicht.“

„Da hast du recht“, bestätigte Bruce und küsste sie mit hungriger Leidenschaft, die jeglichen Zweifel verscheuchte.

Ihr Puls raste, als er schließlich den Kopf hob. „Ich liebe dich, Bruce.“

„Und ich liebe dich.“

„Weißt du eigentlich, was heute für ein Tag ist?“

Er überlegte. „Der Unfall?“

„Ja. Heute vor einem Jahr.“

„Wieso weißt du das?“

„Weil es der Tag war, an dem ich glaubte, dich verloren zu haben. Zuerst habe ich nur gebetet, dass du lange genug lebst, damit ich dir sagen konnte, wie sehr ich dich liebe und wie viel du mir bedeutest. Als du dann die Operation überstanden hast, wurde ich mutiger und betete, dass du bis ins hohe Alter lebst.“

Er lächelte. „Ich hoffe ja sehr, dass dein Gebet erhört wird.“

„Das hoffe ich auch. Und ich danke dem Schicksal für jeden einzelnen Tag, den wir zusammen verbringen dürfen.“

Sie besiegelten ihre Liebe mit einem innigen Kuss.

„Als ich auf der Intensivstation zu mir kam, sah ich als Erstes dein Gesicht. Da konnte ich doch nicht sterben und dich verlassen.“

„Wie viel weißt du eigentlich von den ersten Tagen nach dem Unfall?“ Seltsamerweise hatten sie bisher kaum darüber gesprochen. Mit Jennys liebevoller Fürsorge und geduldigem Zuspruch war er innerhalb einiger Monate völlig genesen. Die Ärzte hatten sogar gescherzt, dass es ihm nun besser ging als je zuvor, da er nicht mehr rauchte und wesentlich weniger trank.

Sein Geschäft florierte. Er hatte inzwischen zwei Angestellte. Eine Sekretärin, die Jennys Position kurz vor Trents Geburt übernommen hatte, und einen Geologen, der Erdproben analysierte. Doch es war nach wie vor Bruce, der spekulierte, der mit Investoren verhandelte, der die Geschäfte abschloss, der das Öl fand. Das vergangene Jahr war so betriebsam gewesen, dass Jenny nur selten an die trostlosen ersten Tage nach dem Unfall dachte. Und sie hatte ihn nie nach seinen Eindrücken gefragt.

„Ich weiß nicht viel. Nur, dass du immer da warst. Und ich erinnere mich an den ersten Besuch meiner Eltern. Sie haben beide meine Hand genommen und mich auf die Wange geküsst. Mir hat es sehr viel bedeutet.“

Jenny unterdrückte ihre Tränen der Rührung. „Du wärst stolz auf mich, wenn du gesehen hättest, wie ich mich gegen sie behauptet und ihnen gesagt habe, dass das Baby von dir ist.“

„Sie haben sich wirklich sehr geändert. Sie sind verrückt nach Trent und halten ihn für das wundervollste Baby auf der ganzen Welt."

„Wie sie wohl auf die Idee gekommen sein können? Wir müssen aufpassen, dass er von ihnen und Roxy und Gary nicht schändlich verzogen wird." Jenny lachte. „Weißt du, wann ich zum ersten Mal gemerkt habe, dass deine Eltern uns akzeptieren würden?"

„Als Dad uns im Krankenzimmer getraut hat?" Meinst du den Moment?

„Nein." Sie lächelte versonnen, als sie daran zurückdachte. „Vorher schon, als Gary aus El Paso anrief und wissen wollte, warum wir nicht am Flughafen waren, um sie von der Hochzeitsreise abzuholen. Ich hatte die beiden durch deinen Unfall völlig vergessen. Bob bot freiwillig an, sie abzuholen. Da wusste ich, dass sie uns auch akzeptieren würden, wenn sie sogar Roxy akzeptieren können."

„Du hast ein paar Pluspunkte bei ihnen gewonnen, als du den Hal-Hendren-Fonds für politische Flüchtlinge gegründet hast."

„Und du hast noch mehr Pluspunkte bekommen, als du die saftige Spende geleistet hast."

„Nur, weil du darauf bestanden hast, dass ich genauso viel stifte, wie ich für unsere Eheringe ausgegeben habe."

„Das hättest du sowieso getan.“

„Ich weiß nicht recht“, murmelte Bruce und blickte hinab auf ihren Diamantring. „Das war ein verdammt teurer Ring.“

Jenny piekte ihn zärtlich, und sie lachten beide. Sie fasste in sein zerzaustes Haar und sah ihn liebevoll an.

„Weißt du eigentlich, dass ich dich anbete, Jenny? Du hast erst Licht in mein Leben gebracht durch deine Liebe.“

„Dieses Licht wird für immer scheinen, denn so lange werde ich dich lieben.“

„Schwörst du's?“

„Ich schwöre.“ Sie küsste ihn, und Verlangen flammte zwischen ihnen auf. „Aber du bist trotzdem ein Unruhestifter“, flüsterte sie an seinen Lippen.

„Findest du?“

„Hmm. Sieh nur, was du angerichtet hast.“ Sie nahm seine Hand und legte sie auf ihre Brust.

Er spürte, wie hart die Knospe hervorstand. „Das habe ich geschafft?“

„Ja. Und dabei war ich doch früher so ein braves Mädchen.“

Verschmitzt raunte er ihr zu: „Ich bin wirklich ein böser Junge.“

Als endlich ihre Körper miteinander verschmolzen, schien die Zeit still zu stehen, und die

Erde schien sich schneller zu drehen, während sie den Gipfel der Leidenschaft erklommen. Es dauerte lange, bis sie wieder zu Atem kamen. Dann stützte Bruce sich auf die Ellbogen und blickte lächelnd in ihr strahlendes Gesicht.

Jenny erwiderte sein Lächeln, verklärt und verführerisch, und sie flüsterte mit rauer Stimme: „Du bist wirklich ein wunderbarer Mann, Bruce Hendren."

– ENDE –